BASTEI
LÜBBE

HEDWIG COURTHS-MAHLER

SIE HATTEN EINANDER SO LIEB

BASTEI LÜBBE

BASTEI-LÜBBE-TASCHENBUCH
Band 11 914

Printed Januar 1993
Einbandgestaltung: Roland Winkler
Titelfoto: Bastei-Eigenproduktion
Satz: Koenig, Köln
ISBN 3-404-11914-2

Der Preis dieses Bandes versteht sich einschließlich
der gesetzlichen Mehrwertsteuer

1

Auf der Terrasse des Gutshauses von Hagenau saßen unter dem blau und weiß gestreiften Sonnenzelt in bequemen Korbstühlen zwei Herren und sahen schweigend dem Rauch ihrer Zigaretten nach.

Vor ihnen lag eine herrliche Landschaft: Im Hintergrund die Bergkette des bayrischen Hochgebirges, zu deren Füßen grüne Matten und blumige Wiesen, dazwischen in scharf abgegrenzten Streifen bestellte Felder und ganz nah der am Bergabhang emporstrebende Park.

Hagenau hatte kürzlich einen neuen Herrn und Besitzer bekommen, einen Ausländer. Doktor Hendrik van der Straaten war ein angenehmer Mensch, ein Holländer. Blondes Haar legte sich in einem schlichten Scheitel um seinen gutgeformten Kopf. Frohe blaue Augen blitzten aus dem braungebrannten Gesicht; ein gutes, vertrauenerweckendes Gesicht, aber weniger bedeutend und markant als das seines Freundes, Doktor Rüdiger Lersingen, der ihm gegenübersaß.

Energischer Wille und unbeugsame Entschlossenheit gaben dessen Gesicht mit dem schmallippigen, festgeschlossenen Mund fast einen Zug von Härte. Aber aus seinen grauen Augen leuchtete echte Güte, die den strengen Ausdruck milderte.

Beide Freunde, die in der Mitte der Dreißig stehen mochten, boten einen erfreulichen Anblick. Es lag über beider Wesen ein Hauch von Lebensfrische, eine stolze Männlichkeit, die sich ihres Wertes ohne Überhebung bewußt ist. Doktor van der Straaten merkte man an, daß seinem Leben ernste und schwere Kämpfe ferngeblieben waren. Als einziger Sohn eines reichen holländischen Fabrikherrn hatte er seinen Wunsch, Naturforscher zu werden und auf deutschen Universitäten zu studieren, ohne Schwierigkeiten durchführen können. Sein Vater hatte später sein Unternehmen in eine Aktiengesellschaft umgewandelt, deren Hauptaktionär er blieb. Einen Teil seines Vermögens hatte er außerdem in einer großen Besitzung auf Sumatra angelegt, die aufs beste durch einen tüchtigen Plantagendirektor verwaltet wurde. So hatte er seinen Sohn ohne Sorge studieren lassen.

Hendriks Vater starb, als sein einziger Erbe gerade seinen Doktor gemacht hatte. Dann kam der Krieg. Mit seinem Studienfreund Rüdiger Lersingen blieb Hendrik zwar in brieflicher Verbindung, aber erst nach Friedensschluß sahen sich beide in Holland wieder, wohin ihn van der Straaten eingeladen hatte.

Lersingen war durch den Krieg aus der Bahn geworfen worden. Was er in den vier Kriegsjahren erlebt und erlitten, hatte ihn ernst, fast düster gemacht.

Hendrik nahm Rüdiger in dem schönen alten Patrizierhaus in Amsterdam, in dem schon seines Vaters Eltern und Großeltern gelebt hatten, gastlich auf, und die beiden Freunde schlossen sich wieder in alter Herzlichkeit einander an. Der heitere und sorglose Hendrik und der frühgereifte Rüdiger ergänzten einander vorzüglich. Nach Verlauf der ersten Tage des Zusammenseins hatte van der Straaten dem Freund den Vorschlag gemacht, ihn auf einer geologischen Studienreise durch die Gebirge von Neuguinea zu begleiten. Er wollte die Gesteinsbildungen der Gebirgskette, die Neuguinea durchzieht und die seiner Meinung nach goldhaltig sein mußte, durchforschen.

Die Expedition hatte zwei Jahre beansprucht, und nachdem sie mit reicher wissenschaftlicher Beute Neuguinea verlassen hatten, waren sie noch auf einige Monate nach Sumatra auf die dortigen Besitzungen Hendrik van der Straatens gegangen. Rüdiger hatte hier mit großem Interesse das Plantagenleben studiert, und er wäre gern auf Sumatra geblieben, wenn er nicht mit dem Freund zusammen über ihre gemeinsamen Forschungen hätte ein Werk schreiben wollen. So kehrten sie erst nach Holland zurück und gingen dann nach Deutschland, wo Hendrik in Oberbayern das Gut Hagenau mit dem schönen, schloßähnlichen Gutshaus kaufte. Er liebte diese Gebirgsgegend sehr, und es reizte ihn, in der Stille des ländlichen Idylls mit dem Freund sein Werk zu vollenden. Der letzte Besitzer von Hagenau, Georg von Hagenau, war so stark verschuldet, daß seine Gläubiger nach seinem Tod das Gut unter den Hammer brachten. Seine Frau und seine Tochter standen dem Nichts gegenüber, und es war nur Hendriks Großmut zu verdanken, daß sie nicht ganz heimatlos wurden.

Zu Füßen der Anhöhe, auf der das Hagenauer Gutshaus stand, lag am Ende des Parks das sogenannte Hagenauer Witwenhäuschen. Es bildete ein kleines Anwesen für sich, war aber von drei Seiten vom Hagenauer Park umgeben.

Dieses Häuschen hatte Hendrik nach einer Rücksprache mit dem alten Hagenauer Verwalter den beiden Damen überlassen, und Frau von Hagenau hatte Hendrik herzlich gedankt. Sie lebte nun mit ihrer Tochter dort, die der neue Besitzer von Hagenau indes noch nicht zu Gesicht bekommen hatte.

Heute wollte Hendrik seinen ersten nachbarlichen Besuch machen, den er immer wieder aufgeschoben hatte. »Einmal muß es doch sein, wenn ich nicht für unhöflich gelten will«, meinte er seufzend zu seinem Freund und erhob sich.

Rüdiger Lersingen streifte die Asche von seiner Zigarette und sah lächelnd zu ihm auf.

»Ich weiß, daß du dich die ganze Zeit über vor diesem Besuch gefürchtet hast.«

»Ja, denn ich habe den beiden Damen gegenüber ein sehr unbehagliches Gefühl. Wie ein Eindringling komme ich mir vor, weil ich sie aus ihrem angestammten Besitz vertrieben habe.«

»Mein lieber Hendrik, der andere Käufer, der noch auf Hagenau reflektierte, hätte wohl kaum dieselbe Rücksicht genommen wie du. Ich glaube, die beiden Damen sind sehr zufrieden damit, daß du jetzt Herr auf Hagenau bist.«

»Meinst du?«

»Ganz gewiß, denn die alte Urkunde, nach der der Witwensitz von allen neuen Herren von Hagenau der Witwe des Vorgängers zu überlassen ist, konnte natürlich nur bindend sein, solange der Herrensitz in Händen der Familie von Hagenau blieb. Du heißt aber nicht Hagenau, sondern Hendrik van der Straaten und hast alles, was zu Hagenau gehört, gekauft, auch den Witwensitz. Trotzdem bist du in die verbrieften Pflichten der Herren von Hagenau ohne Zögern eingetreten.«

»Selbstverständlich, Rüdiger, zur Erleichterung meines Gewissens. Ich will mich doch schließlich an diesem wunderschönen Besitz freuen, und das könnte ich nicht, wenn ich die beiden schutzlosen Frauen ins Elend getrieben hätte.«

Lersingen nickte lächelnd. »Und was für andere Verpflichtungen hast du noch auf dich genommen laut der famosen Urkunde?«

Hendrik lachte.

»Die Damen haben freie Verfügung über das Obst, das im Garten um das Witwenhäuschen gezogen wird; dann erhalten sie aus dem Gutsbetrieb für den eigenen Gebrauch Milch, Butter und Eier, von jedem geschlachteten Schwein ihren Anteil und die nötigen Kartoffeln zum eigenen Gebrauch. Was sie sonst aus dem Gutsbetrieb brauchen, verkauft ihnen der Verwalter auf meine Anordnung hin zu Friedenspreisen.«

»Hoffentlich wird deine Großmut nicht mißbraucht! Aber nun laß dich nicht länger aufhalten. Oder soll ich dich begleiten und zugleich meine Aufwartung machen?«

»Nein, nein, bemühe dich nicht! Es wäre mir nur peinlich, wenn man mir in deiner Gegenwart Dankeshymnen sänge. Du kannst später deinen Besuch machen. Also auf Wiedersehen!«

»Auf Wiedersehen, Hendrik. Ich werde inzwischen ein Stündchen ausreiten.«

»Gut, dann viel Vergnügen! Zu Tisch sehen wir uns wieder.«

Die Freunde trennten sich, und wenige Minuten später schritt Hendrik van der Straaten über die Wiese zum Park hinüber, während Rüdiger Lersingen sich ein Pferd satteln ließ.

2

Vor dem kleinen Witwenhäuschen standen zu derselben Zeit, als die beiden Herren diese Unterhaltung hatten, zwei junge Damen. Die eine von ihnen trug ein elegantes, fußfreies Bergkostüm. Ihr goldbraunes Haar schimmerte metallisch im Sonnenlicht unter dem kleinen Hut hervor. Aus dem reizenden Gesicht strahlten Augen, die an das Blau des Enzians mahnten. Die schlanke Gestalt lehnte zwanglos an der Tür des Zaunes, der den Witwensitz umgab.

Die andere, fast von der gleichen schlanken Größe, trug ein schlichtes blaues Leinenkleid und darüber eine hellgraue Ärmelschürze. Sie hatte kastanienbraunes Haar und samtbraune Augen, in denen es leuchtete, als seien Sonnenfunken darin gefangen. Sie reichte der Freundin jetzt die Hand und sagte:

»Also, ich danke dir herzlich für deinen Besuch, Malve. Ich rechne es dir hoch an, daß du mir deine Freundschaft auch jetzt noch bewahrst, wo wir in so bescheidene Verhältnisse untergetaucht sind, Mama und ich!«

»Wäre das Freundschaft, Dani, wenn solche Äußerlichkeiten den Ausschlag geben sollten?«

Daniela von Hagenau umfaßte die Freundin lächelnd.

»Nein, Malve, du hast recht. Ich habe es auch nicht anders von dir erwartet, als daß du mir die Treue hältst. Aber nun will ich dich nicht länger aufhalten, sonst bist du nicht rechtzeitig zu Tisch im Lindenhof, und dein gestrenger Herr Vormund zankt.«

Malve atmete tief auf.

»Ja, es ist Zeit, daß ich mich auf den Weg mache, zumal ich dich von der Arbeit abhalte. Ich bewundere dich, Dani, du hast dich so schnell in die neue Situation gefunden und mit so heiterem Mut, daß ich dich kaum noch bedauern kann.«

»Das soll man auch nicht – und braucht man nicht. Glaube mir, Malve, wenn Mama nicht so darunter leiden würde, wäre ich ganz zufrieden mit meinem Schicksal. Wie die Dinge jetzt liegen, fange ich an, wieder aufzuatmen. Du ahnst nicht, was ich in den letzten Jahren vor Papas Tod gelitten habe unter diesen zerrütteten, ungewissen Verhältnissen. Mit offenen Augen sah ich das Unglück immer näher kommen, ohne es aufhalten zu können. Dabei sollte ich Komödie spielen und mir den Anschein geben, als sei auf Hagenau alles gut und schön. Nein, das war nichts für mich! Wir sind niemand mehr etwas schuldig; was das für eine Wohltat ist, wirst du kaum begreifen können. Nicht mehr Angst haben müssen, ob die Hypothekenzinsen zusammenkommen, ob die Löhne für die Leute zur Stelle sein werden, ach, wie schön das ist! Jetzt haben wir nur noch unsere alte Burgel auszuzahlen, und die ist so bescheiden. Und unser kleines Häuschen, ist es nicht reizend?«

»Ja, du hast es entzückend ausgestattet mit den lieben alten Möbeln.«

»Es war ja alles da. Ich mußte nur alles auffrischen, damit Mama sich behaglich fühlen konnte. Und sieh dir unseren Garten an, die Pfirsichspaliere am Haus; du, aus der Pfirsichernte will ich viel Geld ziehen. Du weißt, diese Pfirsiche sind wundervoll, und ich verkaufe sie nach München. Man zahlt dort ein Heidengeld dafür. Und einen kleinen Hühnerstall habe ich mir auch eingerichtet. Burgel hat vom Verwalter vier Hühner und einen Hahn gekauft, das ist der Stamm für meine künftige Hühnerzucht. Die Eier werden auch verkauft. Was wir für uns brauchen, erhalten wir ja vom Gut. Aber ich muß Geld in die Hände bekommen, wenn Mama dies oder jenes braucht. Mit der Zeit werde ich mir eine richtige kleine Landwirtschaft anlegen. Dazu muß ich freilich erst Herrn van der Straatens Einwilligung einholen, denn ohne weiteres darf ich das nicht tun.«

Malve Bertram faßte Danielas Hand.

»Wenn du mir doch gestatten wolltest, dir zu helfen, Dani.«

In das lebenssprühende, schöne Gesicht Danielas trat ein Ausdruck stolzer Abwehr.

»Nein, Malve! Das würde ich nie annehmen, von keinem Menschen, auch von dir nicht, das weißt du.«

»Freilich weiß ich es, du stolze Dani. Aber ehe ich gehe, noch eine Frage: Hast du Herrn van der Straaten schon gesehen?«

»Bitte, Herrn Doktor van der Straaten! Nein, ich habe ihn noch immer nicht zu Gesicht bekommen, ich komme ja nicht fort, weil ich einfach keine Zeit habe.«

»Er hat auch noch keinen Besuch gemacht?«

»Nein. Wozu auch? Er wird sich nicht viel um uns kümmern. Aber gelegentlich muß ich ihm einmal über den Weg laufen, weil ich ihm gern danken möchte, daß er uns nicht ganz heimatlos gemacht hat.«

»Das durfte er doch nicht, da war doch noch eine Urkunde.«

Über Danielas Gesicht flog ein leichter Schatten.

»Das ist eine sehr seltsame Angelegenheit mit der Urkunde. Ich will dir etwas verraten, Malve; die Urkunde halte ich im Grunde für ungültig in diesem Fall, mindestens für anfechtbar. Doktor van der Straaten hat Hagenau mit allem Drum und Dran gekauft und bezahlt. Dann hatte unser guter alter Verwalter besagte Urkunde aufgestöbert und, ohne uns etwas davon zu sagen, dem neuen Gutsherrn unterbreitet, der auch ohne Wimpernzucken das Witwenrecht der Hagenaus anerkannt hat. Ich bin aber überzeugt, daß er diese Urkunde als für ihn nicht bindend anfechten kann, denn sie verpflichtet nur Mitglieder der Familie Hagenau. Sicher könnte er uns das Witwenrecht streitig machen, wenn er wollte. Aber er hat großmütig erklärt, daß er das Witwenrecht anerkennt und alle Pflichten daraus auf sich nimmt. Soll ich ihm nun sagen, daß er das nicht nötig gehabt hätte? Soll ich Mama heimatlos machen? Nein, das kann ich nicht. Ich selbst würde mich wohl durchbringen, aber für Mama könnte ich kaum sorgen. Und deshalb muß ich schweigen mit etwas beklommenem Gewissen.«

»Aber, Dani, ich bitte dich, es kann doch kein Mensch verlangen, daß du selbst euch ein Recht absprichst, das andere anerkennen.«

»Nein, Malve, das kann wirklich niemand von

mir verlangen, außer mein sehr empfindliches Ehrgefühl. Solange Mama lebt, muß ich das aber zum Schweigen verurteilen.«

»Das kannst du ohne Gewissensbisse. Jetzt gehe ich aber wirklich, es ist höchste Zeit.«

»Grüße deine Tante und deinen Vormund.«

»Danke. Noch eine Empfehlung an deine liebe Mutter.«

Sie umarmten sich zum Abschied, und Malve Bertram ging mit elastischen Schritten zwischen Wiesen und Feldern dahin, bis zu der Grintelschlucht hinüber, die wie ein schmaler Riß zwei Bergkolosse trennte. Jenseits dieser Schlucht lag das Gut Lindenhof, das Franz Marlitz, dem Vormund Malve Bertrams, gehörte. In seinem Haus lebte die reiche junge Erbin seit dem Tod ihrer Eltern. Durch die Grintelschlucht brauchte man von Hagenau bis Lindenhof nur eine gute halbe Stunde.

Daniela wandte sich, als die Freundin gegangen war, ihrer Arbeit wieder zu. Sie streifte erst einmal die Schutzhandschuhe über die schönen, schlanken Hände, nahm von einem Tisch Bastfäden und machte sich daran, die schon mit ansetzenden Früchten reich beladenen Zweige, wo es notwendig war, an das Spalier festzubinden. Dabei sang sie mit einer klaren, weichen Stimme leise vor sich hin.

So bemerkte sie nicht Hendrik van der Straaten, der langsam auf dem weichen Parkboden näher kam. Unweit des Witwenhäuschens blieb er stehen und sah auf das schlanke Mädchen, als genieße er mit Andacht ein schönes Bild. Bewundernd blickte er auf das reiche, kastanienbraune Haar, das sich schlicht in zwei dicken Flechten um den feinen Kopf legte. Trotz der einfachen Kleidung sah er sofort, daß er eine Dame vor sich hatte. Als er endlich näher trat, blickte auch Daniela auf, gerade in seine guten, lebensfrohen Augen hinein. Sie richtete sich hoch auf. Und so standen sie sich einen Augenblick gegenüber und sahen sich schweigend an.

Schließlich raffte sich Hendrik auf.

»Verzeihung, mein gnädiges Fräulein, mein Name ist van der Straaten, ich möchte Frau von Hagenau meinen Besuch machen.«

Daniela bekämpfte ihre Befangenheit.

»Ich hätte es mir denken können, daß Sie der neue Gutsherr von Hagenau sind. Bitte, treten Sie ein, Mama wird sich freuen«, sagte sie, ruhig ihre Schutzhandschuhe abstreifend.

»Ich habe die Ehre, Fräulein von Hagenau vor mir zu sehen?«

»Ja, Herr Doktor, und ich freue mich, Sie kennenzulernen. Ich möchte Ihnen so gern danken für alle Liebenswürdigkeit und Güte, die Sie uns erwiesen haben.«

»Oh, ich habe nichts getan als meine Pflicht«, wehrte er ab.

Sie hatte ihm die niedere Tür des grünen Zaunes geöffnet, und er trat in den Garten ein. Seine hohe Gestalt überragte die ihre fast um Haupteslänge. Mit klaren, frohen Augen sah sie zu ihm auf, und es berührte ihn ganz seltsam, daß sie so tapfer und frohgemut aussah und ihm nicht, wie er gefürchtet hatte, mit verweinten Augen entgegenkam.

»Nichts als Ihre Pflicht?« sagte sie und sah ihn mit einem leuchtenden Blick an, so daß es seltsam warm und wohlig in seinem Herzen aufstieg.

»Nein, nichts als meine Menschenpflicht. Ich bitte Sie, machen Sie kein Aufhebens davon, es beschämt mich. Ich komme mir ohnedies wie ein Eindringling vor.«

Wieder sah sie ihn mit einem großen Blick an. Dann sagte sie lächelnd:

»Also, Sie wollen sich meinen Dank nicht gefallen lassen? Dann muß ich ihn aufheben für eine gelegenere Zeit. Übrigens bin ich erstaunt, daß Sie als Holländer ein so tadellos reines Deutsch sprechen.«

Er atmete erleichtert auf, als sie damit auf ein anderes Thema kam.

»Das ist nicht zu verwundern, mein gnädiges Fräulein. Erstens hatte ich eine deutsche Mutter, zweitens habe ich an einer deutschen Universität studiert, und drittens habe ich einen Deutschen zum Freund, der sozusagen meine andere Hälfte ist, so daß ich nicht aus der Übung komme.«

»Dann allerdings, Herr Doktor. Aber bitte, treten Sie in das Haus ein, ich will Sie zu meiner Mutter führen.«

Er verneigte sich und ließ seine Augen mit warmem Glanz auf dem schönen Mädchen ruhen.

Sie ließ ihn in ein kleines, behaglich mit Biedermeiermöbeln eingerichtetes Zimmer treten.

»Bitte, nehmen Sie Platz, ich rufe Mama sogleich.«

Damit ließ sie ihn allein.

Er sah mit sinnenden Augen hinter ihr her.

»Ein wundervolles Mädchen«, sagte er vor sich hin.

Wenige Augenblicke später trat Daniela mit ihrer Mutter wieder ein. Sie hatte die Schürze abgelegt und sah nun trotz des einfachen Leinenkleides sehr vornehm aus.

Frau von Hagenau war eine feine, aristokratische Erscheinung mit einem blassen Leidensgesicht, das von vielen Sorgen und Kämpfen sprach.

Sie reichte Hendrik die Hand.

»Es freut mich sehr, Herr Doktor, daß Sie uns aufsuchen. So kann ich Ihnen doch noch einmal für all Ihre Güte danken.«

Er küßte ihre Hand, sah aber dann so unglücklich und verlegen auf Daniela, daß diese fröhlich auflachte.

»Du darfst dem Herrn Doktor nichts von Dankbarkeit sagen, Mama, das mag er nicht hören. So viel weiß ich nun schon von ihm.«

Er nahm den beiden Damen gegenüber Platz und beantwortete höflich die Fragen, die Frau von Hagenau an ihn richtete.

»Ich habe die Berge immer geliebt, obwohl ich in Holland geboren bin. Aber meine Mutter stammte aus dem Allgäu, und von ihr habe ich wohl die Bergsehnsucht geerbt, die mich bestimmte, mich hier anzukaufen. Ich würde mich noch viel behaglicher fühlen, wenn ich nicht sozusagen mit einem etwas bedrückten Gewissen herumliefe, weil ich Sie verdrängt habe.«

»Aber, lieber Herr Doktor, das brauchen Sie gewiß nicht. Wir sind so froh, daß Sie Hagenau gekauft haben. Wie wäre es uns ergangen, wenn es der andere Reflektant gekauft hätte – dieser absolut ungebildete Mensch! Wie habe ich Gott gedankt, daß Sie ihm zuvorkamen! Wir wären hier heimatlos geworden.«

»Ganz gewiß nicht, verehrte gnädige Frau, Sie haben doch ein verbrieftes Recht, hier zu bleiben.«

»Nun ja, das wohl, aber man hätte es uns ganz

sicher streitig zu machen versucht. Nein, ich danke Gott, daß Sie Herr von Hagenau geworden sind, und habe mit Angst darum gebetet. Sie müssen mir verzeihen, daß ich Ihnen neulich etwas vorgeweint habe, aber wir haben so viel Schweres durchlebt – da streiken die Nerven!«

»Aber jetzt ist Mama wieder ganz tapfer, Herr Doktor«, warf Daniela lächelnd ein.

Er sah sie forschend an.

»Und Sie sind es vermutlich immer gewesen, mein gnädiges Fräulein?«

Sie atmete tief auf.

»Nicht immer, Herr Doktor, es gab Zeiten, wo mir das Herz vor Sorge oft genug schwer war – ich kann es so schlecht ertragen, jemand etwas schuldig zu sein. Aber nun ist alles gut, wir sind die Gläubiger los, schulden keinem Menschen einen Pfennig und haben ein sicheres Dach über dem Kopf.«

»Und damit sind Sie zufrieden?«

»Herzlich zufrieden.«

»Sie fühlen sich also wunschlos glücklich in Ihrem neuen Heim?«

Mit einem schelmischen Lächeln, das ihn entzückte, sah sie ihn an.

»Wunschlos? Nein, das bin ich denn doch nicht. Ich stecke voller Wünsche und Pläne und habe dabei sogar ein Attentat auf Sie vor.«

Er lachte.

»Es wird mir ja nicht gleich ans Leben gehen. Bitte, nennen Sie mir Ihre Wünsche, und es wird mich glücklich machen, wenn ich sie erfüllen kann.«

Sie preßte die Handflächen zusammen.

»Ich habe die kühne Absicht, auf dem Witwensitz eine richtige kleine Landwirtschaft einzurichten. Jedes Fleckchen Erde möchte ich nutzbringend verwenden. Außer Obst will ich feines Gemüse ziehen und dann eine Hühnerzucht anlegen und habe mir voreilig schon von unserer Dienerin einen Hahn und vier Hühner beim Verwalter kaufen lassen. Nun möchte ich wissen, ob Sie mir das gestatten werden.«

Er sah sie lächelnd an.

»Warum nicht? Sie sind doch freier Herr über den Witwensitz.«

Daniela sah eine Weile unschlüssig vor sich hin. Es widerstrebte ihr, ihm verschweigen zu müssen, daß er ein Recht hatte, ihnen den Witwensitz streitig zu machen. Um der Mutter willen durfte sie ihm das aber nicht sagen.

»Unser kleiner Besitz liegt aber in Ihrem Park, Herr Doktor, und es könnte Sie vielleicht stören, wenn meine Hühner dort herumvagabundieren. Ich könnte nicht dafür garantieren, daß sie nicht zuweilen durch den Zaun schlüpfen.«

Hendrik schüttelte lächelnd den Kopf und fragte: »Aber wird Ihnen das alles nicht zuviel Mühe machen?«

Sie atmete froh auf.

»Das ist nicht so schlimm. Unsere brave Burgel hilft mir dabei.«

»Aber, Dani, du hast doch schon mit dem Obstgarten genug zu tun«, warf Frau von Hagenau ein.

»Ich habe das gnädige Fräulein selbst bei der Arbeit gesehen, gnädige Frau, und gestaunt«, sagte Hendrik, bewundernd auf Danielas schöne Hände blickend.

»Es geht mir alles schnell und leicht von der

Hand, und gottlob gedeiht alles prächtig. Papa pflegte zu sagen, ich hätte eine glückliche Hand, unter der sich alles wohl fühlt.«

»Eine glückliche Hand – das ist sehr wichtig. Aber wichtiger ist ein glückliches Herz«, sagte Hendrik.

»Das habe ich auch, Herr Doktor, weil ich arbeiten und nützen kann. Gottlob, jetzt fragt kein Mensch mehr danach, ob Fräulein von Hagenau salonfähig ist. Ich habe Sie ohne Skrupel im Arbeitskleid empfangen dürfen. Das ist eine wohltätige Errungenschaft unserer neuen Verhältnisse.«

»Wenn man dich hört, sollte man meinen, daß diese schrecklichen Verhältnisse dir wünschenswert erscheinen.«

Daniela zog die Hände der Mutter an ihre Lippen.

»Du wirst es nicht begreifen, Mama, wenn ich das bejahe. Ich fühle mich hier in unserem kleinen Reich viel glücklicher als all die letzten Jahre drüben im Herrenhaus. Nur daß du unter dem Wechsel leidest, betrübt mich.«

»Darüber wollen wir jetzt nicht mehr reden, es wird den Herrn Doktor langweilen.«

Mit einem warmen Blick sah Hendrik in Danielas Gesicht.

»Bitte, glauben Sie das nicht. Ich betrachte es als eine Auszeichnung, daß Sie in meiner Gegenwart von Ihrer Zufriedenheit sprechen, und ich bewundere Sie. Sie sind ein tapferer Mensch, und Ihre Frau Mutter kann stolz auf Sie sein.«

Lächelnd schüttelte Daniela den Kopf.

»O nein, Mama ist gar nicht stolz auf mich. Ich habe viele Eigenschaften, die ihr nicht gefallen.«

»Das darfst du nicht sagen, Dani. Wenn ich dich auch in manchen Dingen nicht begreife, stolz bin ich doch auf meine Tochter. Wie die Dinge liegen, muß ich ja froh sein, daß du dich so leicht in die veränderten Verhältnisse gefunden hast. Aber davon jetzt nichts mehr. Gedenken Sie dauernd Ihren Wohnsitz in Hagenau zu nehmen, Herr Doktor?«

»Vorläufig auf einige Monate, bis wir, mein Freund und ich, unser wissenschaftliches Werk wenigstens in großen Umrissen beendet haben.«

»Sie haben eine Forschungsreise hinter sich, Herr Doktor?« fragte Daniela interessiert.

»Ja, mein gnädiges Fräulein. Mein Freund Lersingen und ich haben das Gebirgsinnere von Neuguinea durchforscht. Wenn unsere wissenschaftliche Arbeit beendet ist, muß ich für einige Zeit nach Holland zurück, um nach meinen Geschäften zu sehen. Auch werde ich zuweilen auf meinen Besitzungen auf Sumatra verweilen müssen. In Hagenau werde ich demnach immer nur einige Monate im Jahr leben.«

»Es muß wundervoll sein, so ungehindert die Welt durchstreifen zu können«, sagte Daniela aufatmend.

Er sah sie lächelnd an.

»Möchten Sie das auch tun?«

»Sehr gern! Aber ich werde es immer nur im Geist tun können. Wenn ich ein Mann wäre – ja –, dann wäre ich Mama wohl schon längst auf und davon gegangen und hätte versucht, draußen in der Welt das Glück zu finden.«

»Was verstehen Sie in diesem Fall unter Glück?«

Ihre Augen strahlten auf.

»Neues sehen, Neues lernen – und nebenbei so

viel Geld verdienen, daß ich Mama jeden Wunsch erfüllen könnte.«

»Das würde Sie glücklich machen?«

»Ich glaube wohl.«

»Junge Damen pflegen sonst ihr Glück in anderen Dingen zu suchen.«

Ihre Augen wurden ernst.

»Ach, Sie meinen unter diesen anderen Dingen einen Mann und alles, was mit ihm zusammenhängt?«

»Aber Daniela!« rief die Mutter.

»Ist es ungehörig, wenn ich das ausspreche, Mama, was der Herr Doktor denkt? Nicht wahr, Herr Doktor, es ist doch so? Sie meinen, eine junge Dame müsse ihr Glück immer und überall nur in der Vereinigung mit einem Mann suchen!«

»Allerdings, mein gnädiges Fräulein, das ist meine Ansicht.«

Daniela sah sinnend vor sich hin.

»Nun ja, es muß wunderschön sein, wenn eine Frau auf ihrem Lebensweg einen Mann findet, den sie liebt und von dem sie wiedergeliebt wird. Aber ich glaube, dieses Glück finden nur wenige Frauen. Und so hoch fliegen meine Wünsche nicht, denn in diesem Punkt wäre ich sehr unbescheiden und würde mich gar nicht leicht begnügen wollen.«

»Sie stellen an einen Mann also hohe Ansprüche?«

Daniela lachte.

»Ach, Sie glauben, daß ich sehr wählerisch bin? Nun, ich werde vermutlich nie in die Verlegenheit kommen, das feststellen zu können, denn arme Mädchen werden bei uns zulande noch weniger als anderswo geheiratet. Aber Mama sieht mich ganz entsetzt an, daß ich mit einem Herrn über solche Dinge rede.«

»Das solltest du auch nicht tun, Dani, was wird der Herr Doktor davon denken?«

Daniela sah Hendrik groß und ernst an.

»Hoffentlich denkt er, daß ich ein ehrlicher Mensch bin, Mama.«

Hendrik verneigte sich, und seine Augen leuchteten warm in die ihren.

»Ein tapferer, ehrlicher Mensch und, soviel ich mich auf Menschen verstehe, auch ein sehr wertvoller«, sagte er herzlich.

Nachgerade hielt es Frau von Hagenau für angebracht, der Unterhaltung eine andere Wendung zu geben, und so fragte sie:

»Haben Sie schon in der Nachbarschaft Besuche gemacht, Herr Doktor?«

»Meine gnädige Frau, ich kam noch nicht dazu. Ihnen gilt mein erster Besuch. Aber in diesen Tagen will ich es tun. Hoffentlich wird man mich als Ausländer nicht unfreundlich aufnehmen.«

»Oh, mit Holland verstehen wir uns doch gut. Viel Nachbarschaft haben Sie überhaupt nicht, nur Lindenhof und Gundlingen. Diese Güter liegen in Nebentälern. Lindenhof ist durch die Grintelschlucht zu Fuß und zu Pferd in einer halben Stunde zu erreichen, zu Wagen, weil man das ganze Bergmassiv umkreisen muß, in zwei Stunden. Deshalb ziehen wir meist den Verkehr durch die Grintelschlucht vor. Gundlingen ist nur auf der Fahrstraße in anderthalbstündiger Fahrt zu erreichen«, erklärte Frau von Hagenau.

»Wenn man nicht als guter Bergsteiger vorzieht, auf schmalen Bergpfaden über die Berge zu steigen, wozu man freilich ebensoviel Zeit braucht. Und dazu muß man Weg und Steg genau kennen«, warf Daniela ein.

»Ich danke Ihnen für diese Auskunft. Wenn Sie Ihrer Liebenswürdigkeit die Krone aufsetzen wollen, dann informieren Sie mich bitte auch noch ein wenig über die Bewohner von Lindenhof und Gundlingen«, bat Hendrik.

»Das kann ich am besten«, sagte Daniela munter. »Also Lindenhof liegt ganz isoliert jenseits der Grintelschlucht und gehört einem Herrn Marlitz. Er ist ein etwas schwieriger Herr und nicht leicht zu nehmen. Seine Gattin ist sehr nett, ganz unkompliziert und eine tüchtige Hausfrau. Die beiden Töchter sind verheiratet und leben schon seit Jahren fern von Lindenhof. Sie halten sich nur selten besuchsweise mit ihren Kindern dort auf. Aber das Mündel des Herrn Marlitz, Malve Bertram, eine reiche Erbin, lebt ständig in Lindenhof, mit Ausnahme von einigen Winterwochen, die sie mit ihrer Tante in München verbringt, um etwas Geselligkeit zu genießen und Theater und Konzerte zu besuchen. Malve Bertram ist meine einzige Freundin, außerdem ein goldener, liebenswerter Mensch von vornehmer Gesinnung. So, das ist Lindenhof.«

»Ich danke für die gründliche Orientierung. Und nun Gundlingen.«

»Das ist schwieriger. Gundlingen ist Dorf, und wir sind dort eingemeindet und besuchen da auch die Kirche. Außerdem ist es Bahnstation. Auf dem sogenannten Schloßgut von Gundlingen residiert seit Jahresbeginn ein deutscher Neureicher. Früher gehörte es dem Freiherrn von Granitz. Es kam, wie Hagenau, unter den Hammer. Der neue Besitzer soll ungeheuer bemittelt sein, hat das Schloß pompös – zu pompös – ausstatten lassen und erfreut sich allgemeiner Unbeliebtheit. Niemand verkehrt mit ihm, weil er ein unfreundlicher Protzer ist. Wir kennen ihn nicht persönlich, ebensowenig seine Frau, die sein würdiges Gegenstück sein soll. Zu Gundlingen gehört noch das einige hundert Meter höher liegende Höhenluftsanatorium des Doktor Haller. Er und seine Frau sind prächtige Menschen, und der Verkehr mit ihnen ist ein Gewinn. Auch unter seinen Patienten findet man zuweilen interessante Gesellschaft – ganz international. Falls Sie Langeweile verspüren, empfehle ich Ihnen dieses Sanatorium. Und wenn Sie in Gundlingen Besuch machen, vergessen Sie nicht, unseren Seelsorger zu besuchen, man plaudert gut mit dem klugen geistlichen Herrn. Er ist nie ein Spielverderber, wo es heiter und vergnügt zugeht.«

Hendrik verneigte sich.

»Vielen Dank, Sie waren sehr ausführlich, und ich werde nun bald meine Aufwartung machen, zugleich mit meinem Freund Lersingen. Ich hoffe, Sie gestatten, daß Doktor Lersingen auch Ihnen einen Besuch macht.«

»Es wird uns freuen, ihn bei uns zu sehen, und wenn Sie mit unserer bescheidenen Behausung vorliebnehmen wollen, sollen Sie uns immer willkommen sein«, sagte die alte Dame.

Hendrik sah Daniela an.

»Darf ich hoffen, mein gnädiges Fräulein, daß wir Ihnen nicht ungelegen kommen, wenn ich Ihnen meinen Freund zuführe und zuweilen einmal vorspreche?«

Daniela lachte.

»Ach, Herr Doktor, wenn Sie wüßten, wie wir uns über jeden Besuch freuen in unserer Einsamkeit, dann würden Sie nicht so fragen. Ungelegen kommen Sie nie, vorausgesetzt, daß Sie, wie heute, mein Arbeitskleid entschuldigen.«

»Das brauche ich hoffentlich nicht erst zu versichern. Aber nun will ich nicht länger stören, ich habe meinen ersten Besuch schon über Gebühr ausgedehnt. Ich möchte nur noch fragen, ob ich noch irgend etwas für Sie tun kann, um Ihnen die neuen Verhältnisse erträglicher zu gestalten.«

»Nein, Herr Doktor, wir haben Ihre Güte schon zuviel in Anspruch genommen und werden immer Ihre Schuldner bleiben müssen«, sagte die alte Dame.

Hendrik erhob sich und verneigte sich dankend vor Frau von Hagenau, die ihm zum Abschied die Hand reichte. Mit einem herzlichen »Auf Wiedersehen, Herr Doktor!« reichte ihm auch Daniela die ihre.

Als die beiden Damen allein waren, sagte Frau von Hagenau seufzend:

»Ein hübscher, stattlicher Mann, dieser Doktor van der Straaten. Wenn man nur wüßte, Dani, ob er bereits gebunden ist.«

In Danielas Gesicht schoß eine jähe Röte. Sie hatte gedankenverloren hinter Hendrik hergesehen.

»Wie meinst du das, Mama?«

»Mein Gott, Dani, sei doch nicht so schwerfällig. Ich meine, ich wüßte gern, ob er verlobt ist. Daß er nicht verheiratet ist, wissen wir ja – aber er kann doch verlobt sein.«

Daniela richtete sich stolz empor.

»Das darf uns nichts angehen, Mama.«

»Aber Kind, bedenke doch, so eine unerhört glänzende Partie, das darf man doch nicht außer acht lassen, das –«

»Ich bitte dich, Mama, verliere dich nicht in solch phantastische Gedanken. Doktor van der Straaten hat, falls er noch nicht verlobt ist, die Auswahl unter den glänzendsten Frauen, er wird sich nicht ausgerechnet um deine unscheinbare Daniela kümmern.«

»Du bist sehr schön, Dani, das kannst du mir glauben. Und er hat dich voll Bewunderung angesehen.«

Eine leichte Röte stieg in Danielas Gesicht.

»O Muttereitelkeit! Laß uns nicht mehr davon sprechen, Mama, und denke nicht mehr daran. Damit verlierst du nur wieder den Boden unter den Füßen. Wir haben in all den Jahren nie auf festem Boden gestanden. Jetzt wollen wir zufrieden sein, daß wir endlich sicher stehen, wenn auch nur auf bescheidenem Grund. Ich lasse mich jedenfalls nicht davon verdrängen – schon deinetwegen nicht.«

»Ach, Dani, es ist doch ein trauriges Leben, das wir jetzt führen«, klagte die alte Dame.

Daniela schüttelte unwillig den Kopf.

»Fühlst du nicht, Mama, daß wir jetzt viel sorgloser leben als früher drüben im Herrenhaus, wo wir sozusagen immer auf Kosten der Gläubiger lebten? Ich tausche nicht mit früher, Mama. Aber du, arme Mama, hast es schlimmer als ich, weil du an Luxus und Gesellschaft gewöhnt bist und weil Papa dich in dem Glauben erhielt, das würde immer so sein. Ich aber habe seine Sorgen geteilt. Ich sah die Katastrophe langsam herannahen, lange, ehe du sie ahntest.

Als sie endlich kam, fand sie mich gewappneter als dich. Und jetzt zum ersten Mal habe ich das Gefühl, in geordneten Verhältnissen zu leben. Sie sind bescheiden, aber ich atme auf und fühle mich leicht und frei.«

»Ja doch, Kind, ich will dir auch das Herz nicht schwermachen und werde mich klaglos in alles fügen. Aber du kannst dir doch denken, daß ich die einzige Möglichkeit zu einer Aufbesserung unserer Verhältnisse darin sehe, daß du eine gute Partie machst. Und Doktor van der Straaten wäre eine solche.«

Es zuckte in Danielas Gesicht, und ihre sonst so frohen Augen blickten trübe.

»Quäl mich nicht damit, ich kann es nicht hören, daß du so sprichst. Aus Berechnung eine gute Partie machen, um in bessere Verhältnisse zu kommen, das ist bei einem Charakter wie dem meinen ganz ausgeschlossen.«

»Nun, ich meine, einen solchen Mann müßte ein Mädchen leicht lieben können.«

Mit einem seltsamen Blick sah Daniela durch das Fenster. Sie sah eben Hendrik van der Straaten zwischen den Bäumen verschwinden.

»Wünsche mir das nicht, Mama, es würde mich sehr unglücklich machen. Und jetzt will ich wieder an meine Spaliere. Ich habe noch zu tun.«

Damit brach sie das Gespräch ab und ging hinaus in den Garten. Bei ihrer Arbeit wurde ihr das Herz leicht und frei, und ihre schönen Augen blickten wieder klar und tapfer ins Leben. Sie ließ sich nicht von unklaren Gefühlen unterkriegen, wie sie sich von Sorgen und Nöten nicht hatte unterkriegen lassen.

Und bald sang sie wieder leise. Aber zuweilen sah sie mit einem versonnenen Lächeln vor sich hin. Schön war es doch, daß Hagenau einen Herrn bekommen hatte, der ihr so wohl gefiel.

3

Rüdiger Lersingen war über Wiesen und Felder zur Grintelschlucht hinübergeritten. Als er sie erreichte, mußte er auf schmalem, in steilen Windungen aufwärts führendem Pfad vorsichtig im Schritt reiten. Tiefe Schatten lagerten über der engen Schlucht. Als er um einen Felsvorsprung bog, hielt er plötzlich sein Pferd zurück, denn wenige Schritte von ihm entfernt sah er eine junge Dame am Pfad sitzen, die den Kopf mit geschlossenen Augen an die Felswand lehnte. Sie hatte sich offenbar den Fuß verletzt, denn um den einen Knöchel, von dem der Strumpf abgestreift war, lag eine Kompresse.

Es war Malve Bertram, die Freundin Danielas, die auf ihrem Weg durch die Schlucht ausgeglitten war und sich den Fuß verstaucht hatte.

Als Lersingen sich jetzt bemerkbar machte, schlug Malve die Augen auf und sah erschrocken auf den Reiter.

»Mein gnädiges Fräulein, ich vermute, daß Sie Hilfe brauchen. Wollen Sie über mich verfügen?« sagte er, vom Pferd steigend und es langsam am Zügel näher führend.

Malve, die die meisten Leute im weiten Umkreis von Lindenhof kannte, war der Reiter fremd, und so nahm sie ohne weiteres an, daß er der neue Besitzer von Hagenau oder sein Freund sein müsse. Sich fassend, erwiderte sie mit mattem Lächeln: »Ich bin allerdings in eine ziemlich hilflose Situation geraten; mit dem verstauchten Fuß bin ich momentan außerstande, den Heimweg fortzusetzen.«

»So gestatten Sie mir, Ihnen zu helfen. Mein Name ist Lersingen, ich bin zu Gast auf Hagenau bei dem neuen Besitzer.«

Wieder huschte ein schwaches Lächeln über ihr Gesicht.

»Ich dachte es mir, daß Sie entweder Doktor van der Straaten oder sein Freund sein müßten, denn sonst kenne ich so ziemlich jeden Menschen hier herum.«

Rüdiger sah unverwandt in Malve Bertrams liebes, süßes Gesicht mit den feinen Zügen. Ihr hilfloses Lächeln bezauberte ihn. Er trat näher und meinte: »Irre ich, wenn ich annehme, Fräulein von Hagenau vor mir zu haben?«

»Nur ihre Freundin. Ich komme soeben von einem Besuch bei ihr und bin auf dem Heimweg nach Lindenhof. Dürfte ich Sie wohl bitten, nach dort zu reiten und meine Angehörigen um Hilfe zu bitten? Etwa in zehn Minuten endet die Schlucht, und wenn Sie herauskommen, sehen Sie Lindenhof unten im Tal liegen.«

»Aber, mein gnädiges Fräulein, es ist ganz ausgeschlossen, daß ich Sie in Ihrer hilflosen Situation allein lasse. Ich kann Ihnen auf viel einfachere Weise helfen, indem ich Sie auf mein Pferd hebe und Sie so nach Lindenhof bringe.«

Sie errötete leicht unter dem Blick seiner grauen Augen.

»Das wäre freilich die einfachste Lösung, aber Sie müßten dann zu Fuß gehen.«

»Was mir durchaus nichts ausmachen würde. Aber nun sagen Sie mir erst, ob Sie arge Schmerzen haben. Vielleicht kann ich Ihnen Linderung verschaffen.«

Sie sah ein wenig verlegen zu ihm auf.

»Der Schmerz hat etwas nachgelassen, seit ich mir das feuchte Taschentuch auf den Knöchel legte.«

»Dann, bitte, geben Sie mir das Tuch, ich will es noch einmal frisch anfeuchten, damit Sie die Kompresse erneuern können, ehe ich Sie auf das Pferd hebe.«

Als es geschehen, hob er sie behutsam in den Sattel, kürzte den einen Steigbügel und streifte ihn über ihren gesunden Fuß, damit sie eine Stütze hätte. Dann nahm er die Zügel und schritt neben dem Pferd her.

Eine Weile schwiegen sie beide, ganz von der eigenartigen Situation gefangengenommen.

Erst nachdem das Schweigen anfing, bedrückend zu werden, begann Lersingen:

»Wenn dieser kleine Unfall übrigens unsere Bekanntschaft nicht vermittelt hätte, dann hätten wir uns doch in den nächsten Tagen kennengelernt. Mein Freund und ich wollten demnächst in der Nachbarschaft unsere Aufwartung machen. Er hat heute bei den Damen von Hagenau schon den Anfang gemacht.«

»Und wird eine gute Aufnahme gefunden haben. Frau von Hagenau ist seines Lobes voll, und Mutter und Tochter sind so dankbar, daß sie auf dem Witwensitz bleiben dürfen. Auch ich bin Doktor van der Straaten dankbar, daß er mir die einzige Freundin nicht vertrieben hat.«

Und dann erzählte Malve von Daniela, von ihrer Tapferkeit, ihrem unverzagten Frohsinn und ihrer lauteren, vornehmen Gesinnung. Rüdiger lauschte mit Vergnügen der klaren, weichen Mädchenstimme, und als Malve schwieg, sagte er, lächelnd zu ihr aufsehend:

»Zwischen Ihnen und Ihrer Freundin scheint ein besonders inniges Freundschaftsverhältnis zu bestehen. Man hört selten, daß eine Dame so von der anderen spricht.«

Da gab Malve dem Gespräch eine andere Wendung und fragte: »Gedenkt Doktor van der Straaten seinen dauernden Wohnsitz in Hagenau zu nehmen?«

»Nein, aber über den ganzen Sommer bleibt er sicher, und ich mit ihm.«

Das hatte Malve hören wollen, denn Doktor Lersingen gefiel ihr. Mit sinnenden Augen sah sie auf ihn herab. Sie mußte sich gestehen, daß noch nie ein Mann einen so starken Eindruck auf sie gemacht hatte. Sein sicheres, bestimmtes und doch so ritterliches Wesen nahm sie gefangen. Immer wieder erkundigte er sich besorgt, ob sie Schmerzen habe.

Als sie aus der Schlucht herauskamen, ließ Rüdiger entzückt seinen Blick über das Tal gleiten, aus dem das Gut Lindenhof mit seinen sauberen Wirtschaftsgebäuden heraufgrüßte.

»Wie schön! Dies ist also Ihre Heimat, mein gnädiges Fräulein?« fragte Rüdiger.

Malve seufzte leicht auf.

»Meine Heimat ist es eigentlich nicht. Ich habe

nur nach dem Tod meiner Eltern in Lindenhof Aufnahme gefunden. Der Besitzer, Herr Marlitz, ist mein Vormund, seine Gattin ist eine Kusine meiner verstorbenen Mutter und meine einzige Verwandte. Seit drei Jahren lebe ich hier, und wenn ich überhaupt eine Heimat habe, ist es Lindenhof.«

Sie sagte das mit einer leichten Resignation. Forschend sah er in ihre reinen Züge.

»Es gibt Menschen, die nie eine rechte Heimat finden, nie eine gekannt haben«, sagte er, starr vor sich hin blickend.

Nun blickte sie ihn fragend an.

»Das sagen Sie, als gehörten Sie zu diesen Menschen.«

Er neigte das Haupt. »Ja, ich gehöre dazu.«

»Dann sind Sie mehr zu bedauern als ich, denn solange meine Eltern lebten, hatte ich eine liebe, schöne Heimat am Rhein.« Dann nannte sie ihm die Namen der Berge, die jenseits von Lindenhof emporragten. »Sie sind gewiß ein guter Bergsteiger?« schloß sie.

»O ja, wir haben zwei Jahre lang nichts anderes getan, als in den Bergen herumzuklettern, und dabei in Neuguinea solche von fünftausend Meter Höhe bestiegen.«

Damit hatten sie das Lindenhofer Gutshaus erreicht. Es war kleiner als das Hagenauer und rings mit einer breiten Veranda umgeben. Dort stand Marlitz mit seiner Frau, und beide sahen erstaunt der seltsamen Gruppe entgegen.

»Mein Gott, Malve, was ist denn geschehen?« rief die etwa fünfzigjährige Dame erschrocken.

»Nichts Schlimmes, Tante Herta, ich habe mir nur in der Grintelschlucht den Fuß verstaucht und würde wohl jetzt noch hilflos dort sitzen, wenn Herr Doktor Lersingen mich nicht erlöst hätte.«

Und Malve stellte vor.

Franz Marlitz hatte mit einem seltsam verkniffenen Gesicht auf die beiden jungen Menschen gesehen. Er machte auf den ersten Blick einen sehr ungünstigen Eindruck auf Lersingen. Etwas in diesem Gesicht stieß ihn ab. Aber er ließ sich das natürlich nicht anmerken. Wie ganz selbstverständlich trat er an Malve heran.

»Sie müssen mir gestatten, mein gnädiges Fräulein, daß ich Sie in das Haus trage, damit Sie Ihren Fuß nicht anstrengen. Gnädige Frau, Sie haben wohl die Güte, voranzugehen und mir den Weg zu zeigen.«

Franz Marlitz wollte dagegen Einspruch erheben, aber schon hob Rüdiger Malve behutsam vom Pferd, und sie wagte gleichfalls nicht, seiner zwingenden Persönlichkeit gegenüber zu protestieren. Wie ein Kind trug er sie auf seinen Armen ins Haus und ließ sie im Zimmer auf einen Diwan gleiten. Dann trat er mit einer höflichen Verbeugung zurück.

»Die Herrschaften gestatten, daß ich mich empfehle. Ich habe meine Schutzbefohlene in Sicherheit gebracht und bin nun nicht weiter vonnöten«, sagte er.

»Wollen Sie nicht erst eine Erfrischung nehmen, Herr Doktor?« fragte Frau Marlitz einladend.

»Ich danke, gnädige Frau. Aber wenn Sie gestatten, werde ich mich in den nächsten Tagen nach dem Befinden des gnädigen Fräuleins erkundigen, dann zugleich meinen Freund, Doktor van der Straaten, mitbringen, der die Absicht hatte, Ihnen seine nachbarschaftliche Aufwartung zu machen.«

Frau Marlitz stimmte freudig zu. Auch Herr Marlitz quälte sich ein paar Höflichkeitsfloskeln ab. Malve aber reichte Rüdiger mit einem lieben Lächeln die Hand.

»Ich danke Ihnen für Ihre ritterliche Hilfe, Herr Doktor.«

»Bitte, beschämen Sie mich nicht, mein gnädiges Fräulein.«

Damit verabschiedete sich Rüdiger, bis auf die Veranda von Franz Marlitz begleitet.

Mit höflichem Gruß ritt er davon, während Marlitz ins Zimmer, wo Malve gebettet lag, zurückging.

»Ein sehr anmaßender, aufdringlicher Mensch, dieser Herr Doktor! Ich begreife dich nicht, Malve, daß du seine Hilfe gerade in dieser Form angenommen hast«, sagte er ärgerlich.

Malves Lippen zuckten.

»Willst du mir nicht sagen, Onkel Franz, was ich hätte tun sollen in meiner Lage? Ich saß völlig hilflos in der Grintelschlucht, unfähig, einen Schritt zu gehen. Sollte ich Doktor Lersingens höflich angebotene Hilfe ablehnen?«

»Du hättest ihn allein nach Lindenhof schicken sollen, um uns Nachricht zu geben. Der ganze Aufzug war höchst romantisch und sah wie eine Illustration zu ›Tom der Reimer‹ aus, der das Pferd der Elfenkönigin am Zügel führt. Jedenfalls war es sehr unnötig, daß Malve sich von diesem Menschen ins Haus tragen ließ«, schloß er, zu seiner Frau gewandt, die an Malves Lager getreten war.

Nach diesen Worten verließ er schnell das Zimmer. Seine Frau sah ihm kopfschüttelnd nach.

»Er wird alle Tage grilliger. Aber du mußt dir nichts daraus machen, Malve«, sagte sie leichthin.

Malve war das Blut ins Gesicht geschossen.

»Es ist beinahe beleidigend, was Onkel sagt. Ich kenne das nun schon an ihm. Jedesmal wird er so aggressiv, wenn ich in irgendeiner Weise mit einem jungen Mann zusammenkomme.«

»Nun ja, er fühlt sich verantwortlich für sein Mündel«, beruhigte sie die Tante.

»Diese Verantwortung kann er ruhig mir selbst überlassen.«

»Ja doch, Malve, nimm es nur nicht so tragisch. Wenn die Männer nicht alles wichtig aufbauschen können, fühlen sie sich nicht wohl. Dein Fuß sieht übrigens recht bös aus. Der ganze Knöchel ist geschwollen; einige Tage wirst du wohl stillhalten müssen. Übrigens scheint dieser Doktor Lersingen ein außergewöhnlicher Mensch zu sein; ein Paar Augen hat er im Kopf! Und etwas Imponierendes geht von ihm aus, obwohl er höchstens Mitte der Dreißig ist.«

Malve lächelte.

»Ja, man muß tun, was er will, er hat etwas Zwingendes in seinem Wesen.«

Lachend drohte die alte Dame mit dem Finger.

»Ei, ei, Malve, etwa Feuer gefangen?«

Sie wurde rot, sagte aber stolz abwehrend:

»Du solltest wissen, Tante Herta, daß dies bei mir nicht so schnell geht.«

»Allerdings, du bist eine kleine Gletscherjungfrau, und bis jetzt hat noch keiner Gnade vor deinen Augen gefunden. Doktor Lersingen ist jedenfalls der erste Mann, der dir imponiert.«

»Deshalb muß man aber nicht gleich Feuer fangen, wie du es nennst, Tante Herta.«

Als aber Malve dann allein war und mit geschlossenen Augen vor sich hin träumte, da sah sie Rüdiger Lersingens stolze, männliche Erscheinung im Geist vor sich stehen. Und ein leiser Seufzer, der etwas Sehnsüchtiges hatte, kam über ihre Lippen.

4

Bei Tisch fanden die beiden Freunde wieder zusammen. Gegen ihre Gewohnheit nahmen sie die Mahlzeit ziemlich schweigsam ein. Als sie dann eine Zigarette rauchten und eine Tasse Mokka schlürften, richtete sich Hendrik van der Straaten plötzlich auf.

»Entschuldige, Rüdiger, ich bin wohl heute ein schlechter Wirt; aber verzeih, ich war in Gedanken.«

»Was hat dich denn so stark beschäftigt?«

»Mein Besuch bei den Damen Hagenau.«

»Wie ist er verlaufen? War es sehr schlimm?« fragte Lersingen.

Hendrik schüttelte den Kopf mit leuchtenden Augen.

»Nein, im Gegenteil, entzückend. Ich kann dir sagen, so eine junge Dame wie Daniela von Hagenau gibt es nicht noch einmal auf der Welt.«

»Hm! Ich hörte heute schon ein Loblied auf sie.«

»Wer hat dir das gesungen?«

»Ihre Freundin, Fräulein Malve Bertram, ein Mündel des Besitzers von Lindenhof.«

»Ah! Wie kamst du denn zu einer Unterhaltung mit ihr?«

Rüdiger erzählte von seinem Zusammentreffen

mit Malve, ohne zu verraten, welchen tiefen Eindruck sie auf ihn gemacht hatte.

Aufmerksam hörte Hendrik zu.

»Und diese junge Dame sprach von Fräulein von Hagenau?« fragte er dann.

»Ja, und zwar sehr enthusiasmiert; dabei machte ihre Schilderung aber nicht den Eindruck, als übertreibe sie.«

»Nein, es ist keine Übertreibung. Daniela von Hagenau ist ein herrliches Geschöpf.«

Rüdiger sah seinen Freund forschend an.

»Du bist noch mehr enthusiasmiert als Fräulein Bertram.«

»Oh, wenn du sie kennenlernst, wirst du das auch sein. Aber ich möchte dich bitten, nicht zu sehr!«

»Hallo, Hendrik, du scheinst Feuer gefangen zu haben?«

»Ich weiß nicht, ob das der richtige Ausdruck ist. Jedenfalls hat die junge Dame einen tiefen Eindruck auf mich gemacht.«

»Also verliebt?«

»Nein, nicht verliebt, ich glaube, es ist viel mehr, und jedenfalls bitte ich dich, laß dir um des Himmels willen nicht einfallen, dich in sie zu verlieben.«

Das sagte Hendrik halb ernst, halb scherzend.

Rüdiger schüttelte den Kopf.

»Mein lieber Hendrik, was du mir eben gesagt hast, genügt mir, um Fräulein von Hagenau zu den Sternen zu rechnen, die man wohl ansieht, aber nicht begehrt.

»Aber wenn sie dir nun den gleichen Eindruck machen würde wie mir?«

Rüdiger sah versonnen vor sich hin. Vor seinem geistigen Auge erschien das blasse, süße Gesicht

Malve Bertrams. Sich aufraffend, sagte er klar und bestimmt:

»Du kannst ruhig sein, Hendrik; wenn mir je eine Frau gefährlich werden könnte, dann bin ich ihr heute begegnet.«

Hendrik sprang auf und sah betroffen auf den Freund herab.

»Rüdiger, dieses Fräulein Bertram?«

Dieser nickte versonnen.

»Ein süßes, liebes Geschöpf«, sagte er mit einem sanften, weichen Ausdruck.

Hendrik faßte seinen Arm.

»Rüdiger, wir beide an einem Tag zur Strecke gebracht, nachdem wir so lange den heißesten Augen standgehalten haben?«

Rüdiger Lersingen zuckte die Achseln.

»Es ist alles Bestimmung! Weidwund bin ich jedenfalls, wenn auch nicht zur Strecke gebracht. Und dir scheint es ähnlich zu ergehen?«

Lachend nickte Hendrik. »Sehr ähnlich.«

»Aber vorläufig behalten wir doch den Kopf noch oben?«

»Solange es geht.«

*

In der Folge entwickelte sich ein reger Verkehr zwischen den beiden Freunden einerseits und den Damen von Hagenau und Lindenhof andererseits. Auch in Gundlingen trafen sie zuweilen im Sanatorium des Doktor Haller zusammen, der seinen »Patienten« gern die Gesellschaft der vier lebensfrischen jungen Menschen verordnete. Es ging dann immer sehr lustig im Sanatorium her.

In den letzten Tagen des August hatten Doktor Haller und seine Frau Einladungen zu einem großen Gartenfest im Sanatorium verschickt. Natürlich hatten auch die beiden Freunde, die Lindenhofer und die Damen von Hagenau Einladungen erhalten.

Daniela und die Mutter fuhren mit den beiden Freunden in Hendriks Auto hinüber nach Gundlingen. Als sie ankamen, waren die Lindenhofer gerade eingetroffen. Rüdigers Augen glänzten auf, als er Malve erblickte. Aber wie schon oft, fiel es ihm auch heute auf, daß Herr Marlitz nicht von Malves Seite wich, sobald er in ihre Nähe kam. Es schien sein innigstes Bestreben zu sein, jedes Alleinsein zwischen Malve und Rüdiger zu verhindern. Lersingen sah, trotz seiner stillen Abneigung gegen Franz Marlitz, zunächst nichts anderes darin als das Verantwortlichkeitsgefühl des Vormundes. Er ahnte nicht, daß Franz Marlitz einen anderen Grund hatte, seine Annäherung an Malve zu hintertreiben. Im Gegensatz zu ihm sah seine Gattin jedoch dem Emporblühen eines innigen Empfindens zwischen den jungen Menschen mit einem lächelnden Phlegma zu. Sie schien es ganz in Ordnung zu finden, daß ihre Nichte und Doktor Lersingen Gefallen aneinander fanden, und wenn sie ihr Zusammentreffen auch nicht begünstigte, so verhinderte sie es auch nicht.

Rüdiger war selbst ein zu ehrlicher, offener Mensch, als daß er hätte ahnen können, warum ihm Franz Marlitz so mißtrauisch gegenüberstand, und er machte sich keine Gedanken über dessen befremdendes Verhalten, obwohl es ihm oft recht störend war. Eines Tages, kurz vor dem Gartenfest, hatte Rüdiger zu seinem Freund Hendrik gesagt:

»Herr Marlitz ist die strengste Ehrenwache, die jemals eine junge Dame behütet hat.«

»Mir scheint«, hatte Hendrik erwidert, »daß er in jedem Bewerber einen Mitgiftjäger wittert.«

Rüdiger hatte gestutzt.

»Einen Mitgiftjäger? Wie meinst du das?«

»Nun, Fräulein Bertram ist doch eine reiche Erbin, wie mir Fräulein von Hagenau erzählte.«

Ein Schatten flog über Rüdigers Gesicht.

»Ich wollte, daß du mir das nicht gesagt hättest, Hendrik.«

»Aber Rüdiger, ich weiß doch, daß du dich für Malve Bertram ganz sicher nicht ihres Geldes wegen interessierst.«

»Ja, du weißt das, weil du mich kennst. Aber andere Menschen kennen mich nicht so gut wie du. Und nun ist mir das eigenartige, mißtrauische Verhalten des Herrn Marlitz erklärlich. Ich wollte, ich hätte das nicht von dir gehört, es nimmt mir meine Unbefangenheit.«

»Sei doch kein Tor! Sowenig, wie es dich anlokken würde, daß Malve Bertram eine reiche Erbin ist, sowenig darf es dich abstoßen. Was hat das mit der Liebe zu tun?«

Diese Worte des Freundes hatten Rüdiger wieder beruhigt.

»Du hast recht, Hendrik, es darf damit nichts zu tun haben. Aber jetzt verstehe ich wenigstens Herrn Marlitz: Er mißt mich anscheinend mit einem falschen Maßstab. Nun, mag er glauben, was er will, wenn Malve nur an mich glaubt.«

»Ich denke, darüber kannst du beruhigt sein.«

»Das hoffe ich.«

Rüdiger hatte bald die kleine Verstimmung überwunden, die ihm Hendriks Eröffnung verursachte. Er hatte im stillen allerlei Pläne erwogen und sich gefragt, ob er imstande sei, einer Frau unter den jetzigen schwierigen Verhältnissen ein sorgloses Dasein zu schaffen.

Und nun hatte er gehört, daß Malve ein reiche Erbin war. Ihn freute diese Nachricht nicht. Er war ein Mann, der für die Frau seiner Liebe alles sein, ihr alles geben wollte.

Doch als er sie auf dem Gartenfest wiedersah, besiegte ihr holder Liebreiz schnell seine Unruhe und Bedenken. Und es war ihm heute quälender denn je, daß er nicht ein Wort ungestört mit ihr sprechen konnte.

Ob Malve ihn liebte, wußte er nicht mit Bestimmtheit. Sie war zu still und zurückhaltend, als daß sie sich ihm verraten hätte. Gleichmäßig lieb und freundlich war sie nicht nur ihm gegenüber, daraus konnte er also keine Schlüsse ziehen. Daß sie ihr innerstes Empfinden scheu vor ihm verschloß, wußte er nicht. Gern hätte er sich Gewißheit verschafft, ob sie seine Liebe erwiderte, und hoffte nun bei dem Gartenfest eine Gelegenheit herbeiführen zu können, sich mit ihr auszusprechen. Aber anscheinend sollte ihm das heute nicht gelingen. Immer wurde er gestört. Als man nach allerlei Spielen im Freien dann zur Tafel schritt, war ihm eine blonde Dänin zur Tischdame bestimmt, und Malve wurde von einem stattlichen Schweden, auch einem »Patienten« aus dem Sanatorium, geführt. So konnten sie sich nur von weitem sehen. Auch Daniela und Hendrik hatte die grausame Tischordnung getrennt. Erst nach aufgehobener Tafel glückte es Rüdiger, sich Malve im Park zu nähern, wo er sie auf einer stillen Bank entdeckte.

Mit wenigen Schritten stand er vor ihr und sah bewundernd auf sie herab. Sie sah entzückend aus mit den leicht geröteten Wangen. Ein mattblaues Chiffonkleid schmiegte sich um ihre jugendschöne Gestalt, und über das schimmernde Goldhaar streute eine elektrische Lampe metallisch glänzende Lichter.

»Darf ich Ihnen ein wenig Gesellschaft leisten, mein gnädiges Fräulein?« fragte er.

Sie deutete lächelnd auf die Bank neben sich.

»Bitte, nehmen Sie Platz, Herr Doktor«, lud sie freundlich den vor ihr Stehenden ein, aber im selben Augenblick tauchte aus dem Schatten ihr Vormund auf.

»Wirst du dich nicht im Freien erkälten, Malve?« fragte er.

Ihre Stirn legte sich in unmutige Falten, denn es war ihr so wenig wie Rüdiger entgangen, daß ihr Vormund stets sofort neben ihr erschien, wenn sie sich mit Doktor Lersingen unterhielt. Sie fühlte sich überwacht und unter stetiger Beobachtung, und das quälte sie.

»Wie sollte ich mich an diesem warmen Abend erkälten, Onkel Franz!« erwiderte sie.

Ihr Vormund begann nun eine belanglose Unterhaltung mit ihr und Rüdiger, an der sich die beiden jungen Menschen wenig erfreut beteiligen mußten; und Malve atmete auf, als plötzlich Daniela zu ihr trat.

»Komm mit hinüber nach der großen Wiese, Malve, dort soll jetzt ein Feuerwerk abgebrannt werden. Herr Marlitz, Ihre Frau Gemahlin sucht Sie«, sagte sie in ihrer frischen Art. »Drüben am Springbrunnen wartet sie auf Sie, um ebenfalls mit Ihnen zum Feuerwerk zu gehen. Eilen Sie, ein galanter Ehemann läßt seine Frau nicht warten.«

Marlitz wandte sich an Rüdiger.

»Kommen Sie mit, Herr Doktor?«

Rüdiger wich aber nicht von der Stelle.

»Ich denke, es ist besser, wenn ich die jungen Damen hinüberbegleite.«

»Bravo, Herr Doktor, lassen Sie uns nicht allein«, sagte Daniela lachend.

Marlitz mußte also allein davongehen, aber er tat es einigermaßen beruhigt, weil Daniela bei den beiden zurückblieb.

In diesem Augenblick holte sie Hendrik van der Straaten ein, der Daniela gefolgt war, wie von einem Magnet angezogen.

»Darf ich mich den Herrschaften anschließen?« fragte er und sah dabei beglückt in Danielas schönes, lebensprühendes Gesicht.

»Ausnahmsweise wollen wir es gestatten, Herr Doktor«, neckte sie und nahm Straatens Arm, um mit ihm vorauszugehen.

So kam Doktor Lersingen doch noch zu einem kurzen Alleinsein mit Malve. Er bot ihr ebenfalls den Arm, und sie folgten Daniela und Hendrik, der mit Vergnügen in Danielas lebensfrohes Gesicht schaute.

»Ich freue mich, daß Sie froh und heiter sind, mein gnädiges Fräulein«, sagte er.

Sie lachte.

»Warum soll ich es nicht sein? Wir sind doch zu einem Fest hier, und Feste soll man nur in guter

Stimmung feiern, zumal jetzt, wo man so selten zu einem Fest kommt.«

»Tut Ihnen das sehr leid?«

»Sagen wir – ein wenig.«

»Also feiern Sie gern Feste?«

»Sehr gern.«

»Das ermutigt mich zu einer Bitte. Ich habe nämlich die Absicht, mich für die mir erwiesene Gastfreundschaft zu revanchieren und zu diesem Zweck in Hagenau ein Fest zu geben. Aber wie soll ich das fertigbringen, ich armer Junggeselle, ohne weibliche Hilfe? Also habe ich ein Attentat vor auf Sie und Ihre Frau Mutter. Glauben Sie, daß ich es wagen darf, Ihre Frau Mutter zu bitten, daß sie zu diesem Fest die Honneurs in Hagenau macht? Oder würde es sie zu schmerzlich an alte Zeiten erinnern?«

»Mama hat seit langen Jahren keine Gelegenheit gehabt, in Hagenau Feste zu feiern. Das erlaubten unsere Verhältnisse nicht. Sie wird sich sehr gern zur Verfügung stellen. Wir können sie gleich fragen, dort sehe ich sie mit Herrn und Frau Marlitz zusammenstehen.«

Malve und Rüdiger waren den beiden gefolgt, ohne daß Lersingen die kurzen Augenblicke des Alleinseins, so wie er es gewollt, genutzt hätte. Immer war ein tiefer Ernst der Grundzug seines Charakters gewesen. Und nun hatte er in Malve Bertram ein Wesen gefunden, das alle Quellen in seinem Inneren erschloß und das er dafür mit der ganzen Inbrunst seines Herzens liebte. Aber er war kein Mensch, der leicht über das sprechen konnte, was ihn bewegte. Je tiefer er fühlte, desto mehr verschloß er sein Fühlen in sich. Und kaum hatte er sich einige Worte abgerungen, die Malve ahnen ließen, wie es um ihn stand, da waren sie schon wieder von allen Seiten von Menschen umgeben. Es kam auch an diesem Abend nicht mehr zum Alleinsein zwischen ihnen, aber sein ganzes heißes Empfinden, seine schmerzhafte Sehnsucht brannte aus seinem Blick, als er sich von ihr verabschiedete. Sie erzitterte, wandte sich aber errötend ab. Und so trennten sie sich.

5

Das Hagenauer Herrenhaus war zum Empfang der Gäste festlich geschmückt. Daniela hatte mit frischfrohem Eifer, unterstützt von den beiden Freunden und ihrer Mutter, alle Festvorbereitungen getroffen. Sie zeichnete, wie Hendrik lachend versicherte, als verantwortlicher Regisseur, und er meinte, daß alles grandios werden würde.

»Das ist kein Kunststück, Herr Doktor, wenn Sie mir Ihre Gulden so freigebig zur Verfügung stellen. Damit ist es leicht, Zauberfeste zu veranstalten«, sagte Daniela lachend.

»Vor allen Dingen gehören solche Feenhände dazu wie die Ihren, ohne diese würde das Fest kein Zauberfest«, erwiderte er.

Daniela trug ein schlichtes weißes Kleid, ihr einziges Festkleid, aber sie wirkte darin wie eine junge Königin. Ihre Mutter, in eine schwarze Seidenrobe gekleidet, die durchaus nicht der letzten Mode entstammte, sah mit ihrem weißen Haar und dem aristokratischen Gesicht nicht weniger vornehm aus.

»Fanget an! Das Spiel kann beginnen«, sang Daniela lachend, als sie die beiden begrüßte.

»Es fehlt nur noch an den Gästen, mein gnädiges Fräulein«, erwiderte Hendrik, sie entzückt betrachtend.

»Oh, die werden sich bald einstellen. Auf dem Land ist man pünktlich, wir sind nicht so blasiert wie die ›Stadtleut‹«, sagte Daniela munter.

»Sind Ihre Hühner gut versorgt bis zur Nacht?« fragte Rüdiger scherzend.

Sie nickte.

»Alles in bester Ordnung, Herr Doktor, und außerdem ist ja die Burgel daheim geblieben. Die sieht nach dem Rechten. Aber meine Hühner waren fleißig, morgen liefere ich zweihundert Eier an das Sanatorium. Ich mache Ihnen Konkurrenz, Herr Doktor van der Straaten. Sie werden es noch bereuen, daß Sie mir die Erlaubnis zum Anlegen einer Hühnerzucht gaben.«

»Ja, ja, diese Konkurrenz macht mir schwere Sorgen. Wo soll das hinführen? Im stillen trage ich mich schon mit dem Gedanken, ein Kompagniegeschäft mit Ihnen zu machen. Wie denken Sie darüber?«

Sie ging, wie immer, auf den scherzhaften Ton ein.

»Nein, darauf lasse ich mich nicht ein.«

»Aber was wollen Sie nur mit dem sündhaft vielen Geld machen, das Ihnen diese zweihundert Eier einbringen?«

Daniela seufzte lachend.

»Das bekommt der Schuhmacher, restlos, für einige Reparaturen und ein Paar neue Schuhe für Mama.«

Eine tiefe Rührung stieg in Hendrik auf.

»Also immer noch kein Bankkonto?« fragte er, hielt aber den scherzhaften Ton fest.

Sie lachte fröhlich.

»Dazu wird es schon noch kommen, ich bin ganz zuversichtlich. Lassen Sie nur erst meine Pfirsiche reifen und die Königsbirnen. Daraus erlöse ich ein kleines Vermögen«, übertrieb sie schelmisch.

Voll Bewunderung sah er sie an.

»Die ersten reifen Pfirsiche gehören mir, das haben Sie mir versprochen. Ich werde sie auch mit Gold aufwiegen«, sagte er, halb ernst, halb scherzend.

Ihr Gesicht wurde ernst. Sie sah ihn mit großen Augen an.

»Das dürfen Sie nicht sagen, Herr Doktor. Die ersten Pfirsiche werde ich Ihnen bringen, wie die ersten Erdbeeren und die ersten Kirschen, aber wie sehr würden Sie mich kränken, wenn sie mir Geld dafür bieten wollten!«

»Sie kränken? Um Gottes willen nicht, aber ich darf Sie doch nicht der besten Erzeugnisse Ihres Gartens berauben.«

Sie strich sich leicht über die Stirn.

»Habe ich nicht viele Wohltaten von Ihnen annehmen müssen, ohne Ihnen auch nur danken zu dürfen? Sie ahnen nicht, wie froh ich bin, auch einmal die Gebende sein zu dürfen. Ich kann es ohnedies nur in sehr bescheidener Weise.«

Er faßte ihre Hand.

»Verzeihen Sie mir, ich hätte wissen müssen, daß meine unbedachten Worte Sie kränkten. Weiß ich doch, wie stolz Sie sind.«

Sie errötete leicht.

»Es ist der Stolz der Armut, Herr Doktor, und der ist leicht gekränkt. Aber ich weiß, daß es nicht bös gemeint war, und jetzt wollen wir gar nicht mehr daran denken. Ihr Fest darf nicht von dem leisesten Schatten getrübt werden.«

Rüdiger war inzwischen mit Danielas Mutter plaudernd auf der Terrasse auf und ab gegangen. Seine Augen spähten dabei immer die Fahrstraße entlang. Aber er mußte seine sehnsüchtige Ungeduld noch eine ganze Weile bezähmen.

Zuerst kamen auf zwei mit Laubgewinden dekorierten Stellwagen Doktor Haller, seine Frau und ein Teil seiner »Patienten«. Das ganze Sanatorium war von Hendrik eingeladen worden. Es gab gleich eine sehr vergnügte Stimmung, als die zwanzig Personen ausgestiegen waren.

Danach kam der Pfarrer von Gundlingen mit seinem Neffen, einem flotten Studenten, in seinem Landwägelchen ankutschiert. Sein vergnügtes Gesicht strahlte den Wahlspruch »Leben und leben lassen« aus, und sein Neffe bekam durch einen launigen Einfall gleich die Lacher auf seine Seite. So herrschte schon ein munteres Treiben auf der Terrasse, als endlich auch die Lindenhofer eintrafen.

Rüdiger eilte zuerst an den Wagen, um den Damen beim Aussteigen zu helfen. Malve trug ein duftiges, zartes Schleierkleid mit einer Blumenbordüre über weicher weißer Seide und sah so süß und holdselig aus, daß er sie am liebsten in wortloser Seligkeit in die Arme gerissen hätte. Aber das strenge, verkniffene Gesicht des Herrn Marlitz brachte ihn schnell wieder zu sich.

Auf der Terrasse hatte inzwischen das Konzert begonnen, das alle Lieblingsstücke Danielas brachte. Sogar ein einfaches Wanderlied, das sie oft auf ihren Wegen durch Feld und Wald vor sich hin sang, ein deutsches Volkslied, hatte Hendrik in das

Programm aufgenommen. Daniela stutzte, als es begann, und ihre Augen suchten Hendrik, der gerade mit ihrer Mutter sprach. Ihre Augen trafen sich, und als er darauf, wie magnetisch angezogen, schnell auf sie zutrat, zwang sie sich zu einem Scherz.

»Herr Doktor, es ist erstaunlich, wie gut Sie unsere Volkslieder kennen, sogar dieses sonst wenig gebräuchliche.«

»Kennen Sie dieses Lied auch, mein gnädiges Fräulein?« fragte er scheinbar harmlos.

»O ja, ich kenne es.«

»Ich möchte den Text gern kennenlernen. Bitte, singen Sie ihn mir einmal vor«, sagte er bittend.

Sie errötete jäh. »Hier, vor all den Menschen?«

»Nur ganz leise, es wird niemand zuhören als ich.«

»Also ein Privatkonzert für Sie, Herr Doktor«, neckte sie, sang aber nun halblaut zur Musik:

Wer recht in Freuden wandern will,
Der geh' der Sonn' entgegen,
Da ist der Wald so kirchenstill,
Kein Lüftchen mag sich regen.
Noch sind nicht die Lerchen wach,
Nur im hohen Gras der Bach,
Singt leise den Morgensegen.

Er sah strahlend in ihre sonnigen Augen.

»Dieses Lied habe ich einmal gehört, als ich in ganz früher Morgenstunde durch den Wald ritt. Es war eine Frauenstimme, die es sang. Von der Berghalde herunter klang es an mein Ohr und machte einen tiefen Eindruck auf mich. So fromm war ich nie in einer Kirche wie an jenem Morgen im Wald. Wissen Sie, wer die Sängerin war?«

Wieder errötete sie.

»Ach, dieses Lied singt mancher hierzulande!«

»Aber nicht so; es klang so froh, so herzerfrischend, wie Lerchenjubel, und es war wie ein Dankgebet an den Himmel, der die Welt so schön gemacht hat. Ich habe mitgebetet und werde diese Stimmung nie vergessen, Fräulein Daniela.«

Jetzt fürchtete Daniela zum erstenmal, im Verkehr mit ihm die Fassung zu verlieren.

»Herr Doktor, Sie müssen sich Ihren Gästen widmen«, stieß sie verwirrt hervor und eilte davon.

Mit heißen Augen sah er ihr nach.

»Meine Lerche«, sagte er vor sich hin.

Aber dann befolgte er ihren Rat und mischte sich unter seine Gäste.

Das Fest verlief glänzend. Der Himmel begünstigte es durch strahlend schönes Wetter, und die Stimmung war ausgezeichnet.

Auch Malve und Rüdiger waren sehr zufrieden, denn sie konnten doch zuweilen einige unbelauschte Worte miteinander wechseln. Einer wußte vom anderen nicht, wie sehr er sich mühte, ein solches Alleinsein herbeizuführen. Malve hätte es nicht einmal sich selbst eingestanden, daß sie das tat. Sie war viel zu scheu und zurückhaltend gerade Rüdiger gegenüber, eben weil sie sich ihrer Liebe zu ihm bewußt geworden war.

Aber auch heute gelang es ihm nicht, dem geliebten Mädchen zu sagen, wie es in seinem Herzen aussah. Deshalb reifte nun der feste Entschluß in ihm, am nächsten Tag in aller Form schriftlich bei Herrn Marlitz um Malves Hand anzuhalten. Etwas beruhigt durch diesen Entschluß, gelang es Rüdiger nun besser, das Fest zu genießen.

Als am Abend an kleinen Tischen gespeist wurde, während die Musik konzertierte, wußte es Hendrik geschickt einzurichten, daß er mit Daniela, Malve und Rüdiger zusammen an einem kleinen Ecktisch Platz fand. Rüdiger hatte dieses Bestreben heimlich unterstützt, und so saßen denn die beiden jungen Paare mit strahlenden Gesichtern zusammen.

Franz Marlitz hatte freilich Frau von Hagenau an einen benachbarten Tisch geführt und sich so plaziert, daß er Malve und Rüdiger beobachten konnte, aber das störte Rüdiger jetzt nicht mehr. Morgen wollte er sich ohnedies von Herrn Marlitz das Recht ausbitten, Malve von seiner Liebe reden zu dürfen. Dann mußte er ja endlich Gewißheit erhalten, ob sie ihn liebte oder nicht. Und er ließ seine Augen, unbeirrt durch Herrn Marlitz, entzückt auf Malves feinem süßen Antlitz ruhen, und das Herz klopfte rasch und laut in seiner Brust, wenn er merkte, daß unter seinen Blicken ein leises Rot in ihre Wangen stieg.

Hendrik hielt im Verlauf des Abends noch eine kleine Rede an seine Gäste. Er dankte ihnen, daß sie ihn, den Ausländer, so gastlich in ihrer Mitte aufgenommen hatten, und sagte ihnen, wie wohl er sich in Deutschland fühle.

»Ich bin ja auch einer deutschen Mutter Sohn. Wir wollen gute Nachbarschaft halten und darauf unsere Gläser leeren!«

So schloß er seine Rede, in Gedanken noch hinzufügend: »Und eine deutsche Frau werde ich auch an meine Seite stellen, ich weiß mir schon eine, eine reine, stolze und feine.«

Sie tranken ihm alle zu, dem sympathischen jungen Holländer, der es so schnell verstanden hatte, sich aller Herzen zu gewinnen. Und als Hendrik dann seinen Platz neben Daniela wieder einnahm, sagte er, mit seinem Glas an das ihre rührend und sie mit blitzenden Augen ansehend:

»Nu laat ik je niet meer los, ik laat je niet meer los.« (Nun lasse ich dich nicht mehr los, ich lasse dich nicht mehr los.)

»Was haben Sie jetzt gesagt, Herr Doktor? Sie sprechen holländisch, und ich verstand nur etwas von nicht mehr loslassen«, fragte Daniela unbefangen.

Er lachte, halb übermütig, halb verlegen, weil er sich hatte gehenlassen.

»Ich meinte nur, daß ich die Deutschen nicht mehr loslasse, nicht wahr, Rüdiger?«

Dieser hatte Hendriks Worte sehr wohl verstanden, aber er antwortete diplomatisch:

»Ik weet niet.« (Ich weiß nicht.)

Als Rüdiger sich von Malve verabschiedete, sagte er mit unterdrückter Erregung: »Ich habe vergeblich auf eine Gelegenheit gehofft, Ihnen etwas Besonderes sagen zu dürfen. So bleibt mir nichts anderes übrig, als mich brieflich an Ihren Vormund zu wenden. Ich hoffe, eine günstige Antwort zu erhalten, bitte, lassen Sie mich nicht lange warten.«

Sie sah ihn erglühend an, aber ehe sie antworten konnte, stand ihr Vormund mit ihrem Mantel vor ihr.

»Komm, Malve, Tante Herta wartet schon.«

So reichte sie Rüdiger nur stumm die Hand, und er merkte, daß diese kleine Hand leise in der seinen bebte.

»Auf Wiedersehen, mein gnädiges Fräulein!« rief Rüdiger, mit einer Verbeugung zurücktretend.

»Auf Wiedersehen, Herr Doktor«, erwiderte sie leise.

Aber ihr Blick, dieser scheue, verwirrte Blick, ließ die Hoffnung, von ihr geliebt zu werden, stark aufflammen in seinem Herzen.

*

Am nächsten Morgen sandte Doktor Lersingen durch einen Boten ein Schreiben an Herrn Marlitz, in dem er in aller Form um Malves Hand anhielt und bat, seine Werbung mündlich wiederholen zu dürfen.

Franz Marlitz wurde blaß, als er das Schreiben gelesen hatte. Er stützte den Kopf in die Hand, um zu überlegen, wie er die Werbung verhindern konnte, denn seine ganze Zukunft hing davon ab, daß Malve nicht heiratete.

Endlich setzte er sich an seinen Schreibtisch und schrieb einen Brief an Doktor Lersingen, den er zusammengefaltet unter einen großen Bogen Löschpapier schob, der auf der Schreibtischplatte lag. Dann erhob er sich mit einem entschlossenen Gesicht und klingelte dem Diener, um Fräulein Bertram zu sich zu bitten. Wenige Minuten später trat Malve bei ihrem Vormund ein.

»Du wünschst mich zu sprechen, Onkel Franz?«

»Ja, Malve, bitte, nimm Platz. Um es kurz zu machen: Es gelüstet mal wieder einen Mitgiftjäger nach der Hand der reichen Erbin. Ich habe es schon lange kommen sehen. Dieser Doktor Habenichts hat sich ja von vornherein sehr aufdringlich benommen. Und ich hoffe, du bist klug genug, seine Absichten zu durchschauen und ihn gebührend abzuweisen.«

Malve legte die Stirn in Falten. Es war nicht das erstemal, daß ein Mann um ihre Hand anhielt, und jedesmal hatte der Vormund den Bewerber als einen Mitgiftjäger hingestellt. Er schien es ganz selbstverständlich zu finden, daß an ihr nichts begehrenswert war als ihr Reichtum. Das hatte sie schon immer gekränkt, aber bisher hatte ihr Herz nie für einen ihrer Bewerber gesprochen, und sie hatte sich bereitwillig zu einem Nein entschlossen.

Heute klopfte ihr Herz aber rebellisch. Sie ahnte, daß Rüdiger Lersingen mit dem Doktor Habenichts gemeint war, denn seine Worte von gestern abend hatten sie vorbereitet. Und nun richtete sie sich hoch auf und fragte ihren Vormund:

»Von wem sprichst du, Onkel?«

»Nun, von diesem Doktor Lersingen, der sich in Hagenau eingenistet hat und sich nun nach einer reichen Partie umsieht. Denn wenn sein wissenschaftliches Werk zu Ende geführt ist, wird er ja unter keinem anderen Vorwand länger die Gastfreundschaft seines Freundes in Anspruch nehmen können.«

Malve blitzte ihn mit zornigen Augen an.

»Wie kannst du so geringschätzig von Doktor Lersingen sprechen, Onkel Franz?«

In seinen Augen glomm ein häßliches Licht.

»Er hat mir zu einer anderen Ansicht noch keine Veranlassung gegeben. Aber warum erregst du dich darüber? Wir sind doch unter uns. Um aber wieder auf des Pudels Kern zu kommen: Es ist doch in deinem Sinn, wenn ich diesen Herrn Doktor in deinem Namen abweise?«

Malve zuckte zusammen.

»Nein, das ist nicht in meinem Sinn. Bitte, gib mir den Brief«, sagte sie mit verhaltener Erregung.

Stumm reichte er ihr den Brief Lersingens.

Sie überflog den Inhalt desselben, und ihr Blick blieb dann eine Weile auf folgenden Worten ruhen:

»Fräulein Bertram wird wissen, fühlen, daß sie meines Lebens Inhalt geworden ist, daß ich sie liebe von ganzem Herzen, obwohl es mir noch nicht vergönnt war, ihr auch nur ein Wort von meinen Gefühlen zu sprechen.«

Ein heißes Glücksgefühl durchflutete sie. Ja, sie hatte es geahnt, gefühlt, daß sie ihm teuer geworden war. Er liebte sie, wie sie ihn liebte. Daran glaubte sie fest und zuversichtlich. Und sich zu ihrer ganzen schlanken Höhe aufrichtend, sagte sie fest und ruhig:

»Ich bitte dich, Onkel Franz, teile Herrn Doktor Lersingen mit, daß ich seine Bewerbung annehme, und daß es mich stolz und glücklich macht, seine Frau zu werden.«

Franz Marlitz zuckte leise zusammen, behielt sich aber sonst in der Gewalt.

»Mein liebes Kind, du weißt wohl nicht, was du tun willst?« sagte er mit dem bekümmert sorglichen Ton, über den er verfügte, wenn es ihm zweckmäßig erschien.

»Doch, ich weiß es ganz genau, ich liebe Doktor Lersingen, und er liebt mich.«

Ein etwas gezwungenes, ungläubiges Lächeln erschien auf seinem Gesicht. In seinen Augen zuckten unruhige Lichter.

»Daß du ihn liebst, bezweifle ich nicht nach deinen Worten, und du tust mir deshalb leid. Denn daß Doktor Lersingen dich nicht aus Liebe, sondern in schnöder Berechnung begehrt, ist mir gewiß.«

»Dann verkennst du ihn vollständig. Er ist ein edler, vornehm denkender Mensch, der sich nicht um mich bewerben würde, wenn er mich nicht liebte.«

»Mein liebes Kind, ihr Frauen seid schwach, wenn ihr liebt, und leicht zu betören. Um dich vor einer Enttäuschung, vor einer unglücklichen Ehe zu bewahren, bin ich da. Und ich verlange von einem Mann, der sich um deine Hand bewirbt, andere Garantien als ein töricht verliebtes Mädchen. Du mußt mir schon gestatten, daß ich ihn erst auf eine Probe stelle.«

Es zuckte in Malves Gesicht.

»Es bedarf keiner Probe.«

Er kniff die Augen zusammen.

»Du fürchtest wohl, daß er sie nicht besteht?«

Malve richtete sich mit einem Ruck empor.

»Du beleidigst mich in ihm. Ich glaube an seine uneigennützige Liebe wie an mich selbst.«

Ein unangenehmes Lächeln umspielte seinen Mund.

»Alle Verliebten sind blind.«

»Ich bin nicht verliebt, aber mein ganzes Herz und mein ganzes Vertrauen gehören Doktor Lersingen. Ich sehe in ihm allein den Mann, der mich glücklich machen kann. Und ich glaube an seine Lauterkeit, seine Ehrenhaftigkeit und vornehme Gesinnung. Und ob du mir jetzt deine Einwilligung gibst oder nicht – ich werde seine Frau. Hinderst du mich jetzt daran als mein Vormund, so brauche ich ja nur noch wenige Monate bis zu meiner Volljährigkeit zu warten.«

Franz Marlitz wechselte die Farbe. Seine Gesichtszüge spannten sich. Aber dann zwang er wieder ein heuchlerisches Lächeln um seinen Mund.

»Diese ungestüme Jugend! Warum denn so erregt, Malve? Ich will dich doch nicht an deinem Glück hindern, sondern will nur vorsichtig prüfen, ob es wirklich ein Glück für dich ist, wenn du dieses Mannes Frau wirst. Wenn er mein Mißtrauen nicht verdient, will ich es ihm reumütig abbitten. Ich will nichts, als daß du ihn um einige Tage Bedenkzeit bittest, nur der Form halber, und zwar durch mich. Ich werde dann so ganz nebensächlich einfließen lassen, daß du durchaus nicht, wie man hier sagt, eine reiche Erbin bist, sondern nur ein ganz bescheidenes Vermögen besitzt, dessen Zinsen gerade nur für deine Bedürfnisse reichen. Wenn das seine Wünsche und Absichten nicht beeinflußt, soll er sich nach drei Tagen in Lindenhof einfinden und dir die Frage selbst noch einmal vorlegen. Dann wirst du ihm die Antwort geben.«

Malve schüttelte den Kopf.

»Diese Probe, wie du es nennst, ist unnötig. Er würde sie glänzend bestehen, aber es widerstrebt mir, ihn zu täuschen.«

»Trotzdem halte ich es für meine Pflicht, den Mann, der seine Hand nach dir ausstreckt, auf Herz und Nieren zu prüfen.«

»So laß mich wenigstens diesem Brief einige Worte beifügen, aus denen er entnehmen kann, daß ich ihm vertraue.«

Er überlegte einen Moment, dann nickte er.

»Gut, gut, du sollst es tun. Warte einen Augenblick, wir werden die Antwort gleich fertigmachen. Nimm einstweilen hier Platz.«

Er schob ihr einen Sessel so zurecht, daß sie von diesem Platz aus seinen Schreibtisch nicht übersehen konnte. Dann schrieb er an Rüdiger Lersingen:

Sehr geehrter Herr Doktor! Ihr geehrtes Schreiben habe ich erhalten und Fräulein Bertram Ihre Frage vorgelegt. Sie bittet Sie um eine Bedenkzeit von drei Tagen. Ich halte es für unerläßlich, daß sie sich diesen Schritt reiflich überlegt. Auch Ihnen möchte ich nochmals eine reifliche Überlegung anraten und teile Ihnen pflichtgemäß mit, daß mein Mündel fälschlich in dem Ruf steht, eine reiche Erbin zu sein. Sie besitzt nur ein bescheidenes Vermögen, dessen Zinsen knapp ihre eigenen notwendigen Bedürfnisse bestreiten. Wenn Sie trotz einer nochmaligen reiflichen Überlegung auf Ihrer Werbung beharren, dann kommen Sie in drei Tagen nach Lindenhof, und legen Sie Ihre Frage meinem Mündel vor. Sie werden dann endgültigen Bescheid erhalten.

Hochachtungsvoll Franz Marlitz.

Er reichte Malve den Brief.

»So, bitte lies, und dann schreibe einige Worte, wie du es tun willst. Aber sie dürfen dich noch zu nichts verpflichten.«

Malve las. Der Brief war ihr natürlich nicht nach dem Herzen, aber sie konnte es nicht hindern, daß ihn der Vormund abschickte. Ohne ein Wort der Zustimmung reichte sie ihn dem Onkel wieder zu, der am Schreibtisch sitzen geblieben war.

Sie merkte nicht, daß er den Brief unter das

Löschpapier auf seinem Schreibtisch schob und mit dem zuerst geschriebenen Brief vertauschte.

Er schrieb nun noch die Adresse Lersingens auf das Kuvert und erhob sich. Vor Malves Augen steckte er den heimlich vertauschten Brief in das Kuvert, ohne es zu verschließen. Dann sagte er, ihr einen Briefbogen zurechtlegend:

»So, bitte, nun schreibe du.«

Malve nahm am Schreibtisch Platz, überlegte einen Augenblick und schrieb dann schnell:

Bitte, zürnen Sie mir nicht, ich konnte nicht anders.
Ihre Malve Bertram.

Sie reichte ihrem Vormund das Blatt. Er las es mit einem seltsam gespannten Ausdruck. Aber seine Züge glätteten sich. Diese Worte konnte er seinem Schreiben beruhigt beifügen. Sie verdarben ihm nichts – im Gegenteil.

Er nickte Malve zu.

»So ist es recht, Malve, das verpflichtet zu nichts.«

Und vor ihren Augen schob er auch dieses Briefblatt in das Kuvert zu seinem Brief. Er verschloß es sorgfältig und ließ dann durch seinen Diener den Boten hereinrufen, der Rüdigers Brief gebracht und dem Marlitz gesagt hatte, er möge sich in der Küche eine Erfrischung geben lassen und auf Antwort warten.

In Malves Gegenwart übergab er ihm den Brief an Herrn Doktor Lersingen, ohne daß sie ahnen konnte, daß dieser Brief eine ganz andere Antwort enthielt, als sie eben gelesen hatte.

Als sich der Bote entfernt hatte, sagte Marlitz zu Malve:

»Du kannst nun wieder zu Tante Herta gehen, ich habe zu arbeiten. Und ich wünsche dir, daß Doktor Lersingen die Probe besteht.«

Malves Augen leuchteten auf.

»Er wird sie glänzend bestehen«, sagte sie zuversichtlich, »und du wirst dich bei ihm entschuldigen müssen.«

»Das will ich gern tun, mein liebes Kind. Vergiß nicht, daß ich an deines Vaters Stelle handelte.«

Malves Stirn legte sich in Falten.

»Mein Vater hätte anders gehandelt«, sagte sie leise und verließ schnell das Zimmer.

Franz Marlitz sah ihr mit einem unbeschreiblichen Blick nach.

»Du wirst dich darein finden müssen, daß er die Probe nicht besteht«, sagte er zu sich selbst.

Und dann setzte er sich wieder an den Schreibtisch. Er zog den ausgewechselten Brief aus seinem Versteck und zerriß ihn in kleine Fetzen, die er in den Papierkorb warf.

Dann begann er zu rechnen. Nur er allein wußte, daß Malve Bertram schon längst keine reiche Erbin mehr war. Schon seit Jahren hatte er sich an ihrem Vermögen vergriffen. Als Malve vor drei Jahren in sein Haus kam, stand er, ohne daß es jemand ahnte, vor dem Ruin. Mit Malves Geld hatte er sich über Wasser gehalten. Malve selbst verstand nichts von Geldangelegenheiten, sie unterschrieb, ohne zu lesen, was ihr der Vormund vorlegte. Wenn sie Geld brauchte für ihre Toiletten oder sonstige Ausgaben, erhielt sie es von ihm, und das genügte ihr. Später hatte Franz Marlitz durch Spekulationen versucht, das wieder einzubringen, was er veruntreut hatte. Aber er hatte mit seinen Spekulationen kein Glück gehabt; statt zu gewinnen, verlor er mehr und mehr.

Und so geriet er von Jahr zu Jahr immer tiefer in Bedrängnis, und immer gewagter wurden seine Spekulationen. Er verlor die Ruhe, und was er auch unternahm, war von Mißerfolg heimgesucht. Gleichzeitig mit den Fehlschlägen stieg die Angst vor der Entdeckung. Malves Großjährigkeit rückte näher und näher heran. Was sollte werden, wenn er ihr dann Rechenschaft ablegen sollte?

Aber wie ein sinnloser Spieler hoffte er noch immer, vor Malves einundzwanzigstem Geburtstag einen Coup machen zu können, der ihn aus allen Nöten riß. Jetzt war es aber die höchste Zeit!

Dabei mußte er freilich alles, was ihm von Malves Vermögen übriggeblieben war, auf eine Karte setzen. Lindenhof mußte bis zum Wert des letzten Halmes beliehen werden, damit er Geld in die Hände bekam. Und dann gab es einen letzten Kampf, der ihm den Sieg bringen mußte oder – den Tod.

6

Malve hatte Tante Herta aufgesucht, die mit einer Näharbeit im Wohnzimmer am Fenster saß. Die noch immer stattliche Frau, deren geistiger Horizont ziemlich begrenzt war, gehörte zu den Frauen, die von ihren Männern nicht gewürdigt werden, an ihren Sorgen teilzunehmen, und die damit auch ganz zufrieden sind. So ahnte sie nichts von dem Unheil, das sich über ihr zusammenzog.

Als Malve eintrat, sah sie von ihrer Arbeit auf.

»Was wollte denn Onkel Franz von dir, Malve?«

»Wir hatten etwas zu besprechen, Tante Herta.«

»Etwas Wichtiges?«

Ein leichtes Rot huschte über Malves Gesicht.

»Doktor Lersingen hat bei Onkel Franz um meine Hand angehalten.«

Das interessierte Frau Herta natürlich sehr.

»Wirklich? Nun, das habe ich schon längst kommen sehen. Er hat ja für niemand mehr Augen gehabt als für dich. Ein sehr interessanter, ansehnlicher Mann, man kann ihm gut sein. Und dir wird er ja auch nicht gleichgültig sein – oder gefällt dir Doktor van der Straaten besser? Der ist ja auch ein prächtiger Mensch.«

Malve setzte sich ihr gegenüber.

»Mein Herz gehört Doktor Lersingen, Tante Herta.«

»Nun, dann ist ja alles in bester Ordnung, und wir können Verlobung feiern.«

»Bald – so hoffe ich.«

»Das sagst du so unsicher? Hast du ihm denn nicht dein Jawort gegeben?«

»Nein, ich durfte noch nicht. Onkel Franz zweifelt daran, daß er mich aus Liebe zu seiner Frau begehrt. Er fürchtet, daß er sich nur um des Geldes willen um mich bewirbt.«

Frau Herta machte eine abwehrende Bewegung.

»Da hätte er bloß mal seine Augen sehen sollen, wenn er dich ansieht! Onkel Franz ist immer zu ängstlich und zu mißtrauisch, wenn sich ein Freier um dich bewirbt. Gerade so war es, als unsere Töchter sich verloben sollten. Überall witterte er Mitgiftjäger. Mein Gott, bei uns war doch nicht viel zu holen! Bei dir ist es freilich etwas anderes, du bist sehr reich. Aber wenn Onkel warten will, bis einer kommt, dem das nicht angenehm ist, dann kannst du eine alte Jungfer werden! Doktor Lersingen braucht doch nicht gleich ein verächtlicher Mitgiftjäger zu sein, wenn er darauf sieht, daß seine zukünftige Frau etwas mit in die Ehe bringt. Er ist ja selbst nicht vermögend, und so kann es ihm nur recht sein, daß er eine reiche Frau bekommt. Das ist doch ganz vernünftig von ihm. Lieb hat er dich deshalb doch.«

Es war seltsam, die Worte ihres Vormundes über Lersingen waren ganz wirkungslos an Malve abgeprallt, aber das, was ihre Tante sagte, bedrückte sie doch ein wenig.

»So meinst du auch, Tante, daß Doktor Lersingen sich nicht um mich beworben hätte, wenn ich nicht reich wäre?« fragte sie leise.

Ihre Tante lächelte. »Nun, das will ich nicht sagen, aber sicher wäre es leichtsinnig von ihm, wenn er in seinen Verhältnissen eine ganz arme Frau heimführen wollte. Für ihn allein reicht es wohl zur Not, aber wie soll er davon heute eine Familie gründen?«

Malve atmete tief und schwer. Ihr war mit einem Mal, als sei in ihr leuchtendes Glück ein Schatten gefallen. Sie sah versonnen vor sich hin. Und dann erzählte sie der Tante von der Probe, die Onkel Franz ihrem Bewerber auferlegt, und von dem Inhalt des Briefes.

Frau Herta lachte ein wenig spöttisch und schüttelte den Kopf. »Diese Männer mit ihrer Wichtigkeit und ihren Zweifeln und Bedenken! Aber sei nicht traurig, Malve, Onkel meint es natürlich gut, und die drei Tage werden schnell vorüber sein.«

Malve strich sich über die Stirn.

»Ich wollte, ich wäre ein ganz armes Mädchen!«

Erschrocken legte die Tante ihre Hand auf Malves Mund.

»Nicht doch, Malve, versündige dich nicht! Solche Wünsche, die man unbedacht ausspricht, erfüllt das Schicksal zuweilen, obwohl sie nicht ernst gemeint sind. Sei froh, daß du reich bist und dein Glück halten kannst! Wenn dich Doktor Lersingen noch so sehr liebte, als vermögensloser Mann könnte er jetzt ein ganz armes Mädchen nicht heimführen.«

Malve atmete auf, und ihre Augen blickten wieder klarer.

»Du hast recht, Tante Herta, ich bin sehr töricht. Und ich sollte mich um nichts weiter kümmern als darum, daß er mich liebt. Daß er das tut, weiß ich.«

»Hat er es dir schon gesagt, Malve, habt ihr euch schon ausgesprochen? Wohl gestern in Hagenau?« forschte Frau Herta mit der frohen Neugier der Frau, die gern ein junges Glück neben sich aufsprießen sieht.

»Nein, gesprochen haben wir nicht davon, aber so etwas fühlt man doch. Und es war mir gar nicht recht, daß Onkel Franz mich nicht gleich ohne Wenn und Aber ja sagen ließ. Das hat mir die schönste Freude verdorben.«

»Nun, laß nur gut sein, Malve, die kommt wieder, in drei Tagen«, neckte die alte Dame gutmütig.

In diesem Augenblick kam eines der Hausmädchen und meldete, daß die Kainzer Gundel die gnädige Frau zu sprechen wünsche.

Frau Marlitz nickte. »Laß sie eintreten.«

Das Mädchen verschwand, und gleich darauf trat eine alte, sauber gekleidete Frau ein, die Frau des Gärtners vom Lindenhof.

Unsicher und verlegen mit den Händen an dem Rand ihrer Schürze entlanggleitend, sah sie auf die beiden Damen.

»Nun, Gundel, wo drückt denn der Schuh?« fragte Frau Herta gemütlich.

Die alte Frau sah verlegen auf Malve.

»Wenn das junge gnä' Fräulein nit dabeisein möcht' – ich hätt' halt was auf dem Herzen«, sagte sie, sich möglichst hochdeutsch ausdrückend.

Malve erhob sich sogleich. »Ich gehe einstweilen auf die Veranda, Tante Herta. Sie rufen mich, Gundel, wenn Sie mit Tante fertig sind«, sagte sie freundlich.

Die alte Frau knickste. »Ich tu schön danken, gnä' Fräulein, und bitt' schön, nehmens Ihna nit für unguat, aber ich muß mit der Frau Tant' allein reden.«

Malve nickte ihr freundlich zu und ging hinaus.

»Nun kommen Sie nur näher, Gundel, und reden Sie. Was gibt es?« fragte Frau Herta in ihrer ruhigen Art.

Die Hände der alten Frau glitten noch unruhiger an der Schürzenkante entlang. »Ach, gnä' Frau, ich hab' ein schweres Herz, und wenn Sie mir nit helfen können, dann ist's gefehlt. Es geht um die Vronerl.«

»Um Ihre Tochter, Gundel?«

»Freilich – um die Vronerl. Sie haben ihr doch

die schöne Stell' verschafft, drüben beim neuen Herrn in Hagenau. Am Sonntag ist sie daheim gewesen. Aber da is' halt der Seppel, gnä' Frau, der dem Kainzer als Gärtnergehilf' beigeben is' – und – wie halt die jungen Leut' sind – der Seppel is' ein ehrlicher Bub, und er hat die Vronerl lieb – und sie ihn halt auch. So isses halt kommen – und sie möchten nun gern Hochzeit halten, damit das Kind einen rechten Vater hat. Aber Maria und Josef, von was sollen die beiden heiraten? Da können nur Sie helfen, gnä' Frau, und der gnä' Herr.«

Frau Herta war nicht gerade überrascht. Solche Liebesgeschichten kamen oft vor unter den Leuten. Sie unterließ daher eine Moralpredigt und sagte seufzend:

»Wie soll ich denn da helfen, Gundel?«

Die atmete auf.

»Ich wüßt' schon, gnä' Frau. Da sind halt über unserer Gärtnerwohnung noch ein paar leere Stüberln, wo der Kainzer allweil Samen und Gerät aufbewahren tut. Wenn dös zusammen in ein Stüberl gepackt wird, dann würden zwei frei. Und oben auf dem Speicher im Gutshaus – nix für unguat, i red' halt in meiner Mutterangst –, da steht so viel altes Mobliment herum, weil i halt beim Hausputz geholfen hab. Wenn da mein Vronerl und der Seppel sich was aussuchen dürften – der Kainzer und der Seppel richten es an den Sonntagen schon her. Ein bisserl Wäsche geb' i ab, und vielleicht, wenn die gnä' Frau a bisserl altes Leinen hat. Die jungen Leut' wollen's ja redlich abarbeiten, gnä' Frau, und mit allem zufrieden sein; es ist doch halt nit mehr zu ändern, und wenn gnä' Frau mir helfen wollen –«

Gundel kam nicht weiter, denn die Tür wurde

geöffnet, und Franz Marlitz trat ein. Erstaunt sah er auf das alte Weiblein. »Nun, Gundel, was gibt es?«

Die alte Frau duckte sich scheu und erschrocken zusammen. Herr Marlitz war nicht beliebt bei seinen Leuten. Frau Herta berichtete, um was es sich handelte. Ein harter Zug in seinem Gesicht nahm Gundel schon alle Hoffnung.

»So ein Leichtsinn! Da sollte der Kainzer mit einem Donnerwetter dazwischenfahren!« schalt er.

»O mei, dös hat der Kainzer schon besorgt, gnä' Herr«, jammerte Gundel. »Aber i kann halt mein Fleisch und Blut net verdammen. Mir sein allzumal Sünder. Seien s' nur nit harb, gnä' Herr, nur Sie und die gnä' Frau können helfen, daß mei Vronerl wieder ehrlich wird. Und die Vronerl, der Seppel, der Kainzer und i, wir wollen's schon guat machen durch doppelte Arbeit und durch treue Dienste.«

Franz Marlitz sah eine Weile nachdenklich vor sich hin. Er wußte, durch solche kleinen Gefälligkeiten schuf man sich unter den Leuten treue Anhänger.

»Also die Vroni will heiraten?« fragte er.

Gundel nickte eifrig, während wieder ein wenig Hoffnung in ihr Herz zog.

»Und der Seppel will auch?«

»Er is' ein ehrlicher Bub, ja, gnä' Herr, er will alles guat machen und sein Madel nit im Elend sitzen lassen. Aber ein Dach übern Kopf müssen's haben – und ein bisserl Hausrat.«

Wieder sah Franz Marlitz vor sich hin und überlegte, wie er für sich Kapital daraus schlagen könnte. Und plötzlich fuhr es blitzähnlich durch seinen Kopf: die Vroni stand im Hagenauer Gutshaus als Hausmädchen in Diensten.

»Ich will es mir überlegen, Gundel, Sie können mir die Vroni morgen vormittag – morgen ist ja Sonntag – herüberschicken. Bis dahin will ich mir überlegen, wie ich helfen kann.«

Gundel stürzten vor Freude die Tränen aus den Augen. Sie bedankte sich und versprach, die Vroni zu schicken.

Als Gundel hinaus war, zankte Marlitz hinter ihr her:

»Leichtfertiges Volk, man sollte solchen Leichtsinn nicht noch unterstützen.«

»Wir können es nicht ändern, Franz, das junge Volk läuft eben zusammen, und man hält sich durch solche kleinen Wohltaten, die uns ja nichts kosten, gute Leute. Daß du der Vroni den Kopf ein wenig waschen wirst, wird nichts schaden. Dazu hast du sie doch sicher herbestellt.«

»Natürlich, nur deshalb habe ich sie herbestellt«, sagte Franz Marlitz geistesabwesend.

7

Hendrik van der Straaten saß mit seinem Freund nach Tisch auf der Terrasse. Er hatte soeben ein Telegramm erhalten, und nachdem er es gelesen hatte, ließ er es sinken und sah Lersingen mit zusammengezogenen Brauen an.

»Hast du eine unangenehme Nachricht erhalten?« fragte Rüdiger.

Dieser nickte.

»Leider – mein Plantagendirektor auf Sumatra ist plötzlich gestorben. Das kommt mir sehr ungelegen.

Wo soll ich jetzt so schnell einen Ersatz herbekommen? Auf diesen Posten gehört eine sehr zuverlässige, energische Persönlichkeit. Wenn auch die anderen Beamten eine Weile ihre Sache machen werden – auf die Dauer geht es nicht. Eigentlich müßte ich sofort abreisen und selbst nach dem Rechten sehen, aber ich kann jetzt nicht fort, du weißt, was mich hält.«

Rüdiger nickte.

»Ja, Hendrik, ich weiß es und kann es dir nachfühlen, daß du bleiben mußt. Schließlich wirst du ja einen Ersatzmann finden.«

»Er muß gefunden werden – bald.«

Rüdiger strich sich über die Stirn.

»Wenn Malve Bertram nicht wäre, Hendrik, dann würde es mich reizen, diesen Posten anzunehmen. Du weißt, ich hatte sogar Lust, mich selber auf Sumatra anzukaufen.«

»Ich weiß – und dir würde ich diesen Posten natürlich sofort anvertrauen. Du wärst der geeignete Mann. Aber dich hält Malve Bertram, wie mich Daniela von Hagenau hält.«

Rüdiger nickte lächelnd.

»Ja, ja, alter Freund, über kurz oder lang wird uns die Trennungsstunde schlagen.«

Hendrik blickte ihn fragend an.

»Die Trennungsstunde? Wie meinst du das, Rüdiger?«

»Wenn du eine junge Frau heimführst, wirst du den Freund lassen müssen.«

»Aber, Rüdiger, Hagenau ist groß genug, du kannst auch bleiben, wenn ich verheiratet bin – vorausgesetzt, daß Daniela meine Frau werden will.«

Lächelnd schüttelte Rüdiger den Kopf.

»Nein, Hendrik, unsere Arbeit ist beendet, und nun muß ich mir eine eigene Existenz gründen. Du weißt, ich habe um Malve Bertrams Hand angehalten und hoffe, noch heute Antwort zu erhalten – hoffentlich eine günstige.«

»Das erscheint mir zweifellos. So zurückhaltend Fräulein Bertram auch ist, ihren Augen sieht man an, daß sie dir gut ist.«

Rüdiger atmete tief auf.

»Manchmal bin ich ganz fest überzeugt, daß sie mich liebt, aber dann überfällt mich wieder die Angst, daß ich mich täuschen könnte. Ich halte diese Zweifel einfach nicht mehr aus. Aber wenn sie mich abweist, dann hält mich nichts in Deutschland, dann würde ich auf alle Fälle nach Sumatra gehen. Aber daran mag ich gar nicht denken, es kann nicht sein, daß ich mich getäuscht habe.«

»Ich kann die Qual deiner Zweifel verstehen, Rüdiger, bin ich doch Daniela gegenüber in derselben Lage. Auch ich muß mir bald Gewißheit verschaffen. Aber was auch kommen mag, wir beide bleiben die alten!«

Rüdiger reichte ihm mit festem, warmem Druck die Hand.

»Das ist selbstverständlich, Hendrik. Außer Malve Bertram habe ich doch keinen Menschen auf der Welt, den ich ins Herz geschlossen habe, als dich!«

Sein Blick schweifte dabei von der Terrasse über den weiten Wiesenplan, der sich vor den Parkbäumen dehnte. Er erspähte den Boten, den er nach Lindenhof gesandt hatte, und mit einer flüchtigen Entschuldigung gegen den Freund eilte er die Stufen hinab und dem Diener entgegen. Als ihn dieser erblickte, zog er sorgfältig einen Brief aus der Tasche und überreichte ihn nun Rüdiger.

»Die Antwort, Herr Doktor.«

Rüdiger faßte danach. »Wer gab sie Ihnen?«

»Herr Marlitz selbst.«

»War er allein?«

»Nein, das junge gnädige Fräulein war bei ihm im Zimmer.«

Rüdiger drückte dem Mann einen Geldschein in die Hand und stieg die Treppe zur Terrasse langsam weiter empor. Neben dem Freund ließ er sich in einen Sessel nieder, erbrach den Umschlag und zog die beiden Briefbogen heraus. Zuerst entfaltete er den mit Malves wenigen Worten. Er starrte darauf nieder.

Bitte zürnen Sie mir nicht – ich konnte nicht anders.

Ihre Malve Bertram.

Sein Herzschlag drohte auszusetzen, er fühlte nur das eine, daß es aus sei mit seinem Glück, noch ehe er es besessen hatte. Mit zitternder Hand entfaltete er nun auch den zweiten Bogen und las, was Franz Marlitz an ihn geschrieben hatte – noch ehe er mit Malve ein Wort über Rüdigers Werbung gesprochen. Dieser Brief lautete:

Sehr geehrter Herr Doktor!

Ihr geehrtes Schreiben, in dem Sie um die Erlaubnis bitten, sich um die Hand meiner Nichte zu bewerben, habe ich ihr übergeben. Sie bedauert sehr, Ihnen sagen zu müssen, daß sie Ihre Werbung, trotz aller Hochachtung, die sie für Sie hegt, nicht anneh-

men kann, da sie ohne Liebe ihre Hand nicht verschenkt. Sie läßt Sie durch mich bitten, ihr zu ersparen, diese peinliche Angelegenheit mit ihr zu berühren. Meine Nichte hat diesen Brief gelesen und für gut befunden, und in ihrer Gegenwart werde ich denselben Ihrem Boten ausliefern.

Hochachtungsvoll Franz Marlitz.

Rüdiger biß die Zähne wie im Krampf zusammen, als er jetzt die beiden Bogen wieder in das Kuvert schob und dieses zu sich steckte.

Und dann saß er einige Augenblicke mit geschlossenen Augen und bleichem Gesicht. Hendrik betrachtete ihn besorgt.

»Rüdiger, was ist dir?«

Dieser schrak aus seiner Erstarrung auf und erhob sich mit einem gewaltsamen Ruck.

»Verzeih mir, aber ich muß jetzt allein sein, es – es ist eine Absage, sie liebt mich nicht.«

Damit stürmte er wie auf der Flucht vor sich selbst davon, ohne auf Weg und Steg zu achten. Nur fort in die Einsamkeit, wo er mit sich und seinem Schmerz allein war.

Er hatte so fest an Malves Liebe geglaubt! Noch gestern abend ihr Abschiedsblick, das leise Zittern ihrer Hand in der seinen hatten ihn so mit Glückseligkeit erfüllt. Warum hatte sie ihn so angesehen, wenn sie ihn nicht liebte?

Er war kein Mensch, der leicht über eine solche Enttäuschung hinwegkommen konnte. Bei ihm ging alles tief, und deshalb nahm er alles schwer. Er hatte so wenig, was er lieben konnte, und dieses Wenige umschloß er mit seinem ganzen Herzen. Und Malve war sein Lebensziel geworden in diesem wunderseligen Sommer. Aber sie liebte ihn nicht!

Seine Augen schweiften brennend hinüber nach den Bergen, hinter denen Lindenhof lag. Da hob sich der Eingang zur Grintelschlucht wie ein schmaler, dunkler Strich von dem Bergmassiv ab. Dort hatte er sie zum ersten Mal gesehen, mit ihrem blassen, süßen Gesicht hatte sie vor ihm gesessen, und ihr Bild hatte sich gleich in jener Stunde in sein Herz gegraben, für immer. Ja, für immer, nie würde er sie vergessen, nie eine andere Frau lieben, wie er sie geliebt, wie er sie liebte – trotz allem.

Er zog ihren Brief noch einmal hervor.

»Bitte zürnen Sie mir nicht – ich konnte nicht anders.«

Diese Worte riefen wie ein Zauber ihr Bild vor seine Seele. Ihm war, als blickten ihn ihre Augen flehend an. Die Worte klangen so zag, so rührend hilflos, so ängstlich fast. Nein, sie hatte ihm nicht gern weh getan, das fühlte er. Mitleid empfand sie für ihn, und dieses Mitleid hatte ihr wohl die Feder in die Hand gezwungen zu diesen wenigen Worten. Aber dieses Mitleid taugte ihm nicht, es machte ihn nur schwach, und er brauchte jetzt Kraft. Zürnen konnte er ihr nicht. O nein. Aber er mußte versuchen, sie zu vergessen.

Wiedersehen durfte er sie nicht, das stand fest bei ihm.

Erst nach Stunden kehrte er heim. Hendrik trat ihm besorgt entgegen.

»Gott sei Dank, daß du wieder da bist, Rüdiger, ich habe mich um dich gesorgt«, sagte er, des Freundes Hand fassend. Rüdiger sah ihn mit brennendem Blick an.

»Verzeih, aber ich mußte allein sein. Und nun habe ich eine Bitte an dich, Hendrik: Schick mich nach Sumatra; ich will alles tun, was in meinen Kräften steht, um dir ein tüchtiger Plantagendirektor zu werden. Ich brauche Arbeit, ich muß fort, am liebsten heute noch.«

Hendrik atmete tief und schwer.

»Rüdiger, hast du wirklich alle Hoffnung aufgegeben?«

Rüdigers Gesicht zuckte.

»Sie liebt mich nicht, daran laß dir genug sein. Und ich kann sie nicht wiedersehen, darum muß ich fort.«

Hendrik legte seinen Arm um Rüdigers Schultern.

»Es ist selbstverständlich, daß ich deinen Willen ehre, so haben wir es doch immer gehalten. Und wenn du fort willst und mußt, so halte ich dich nicht. Es ist mir nur so unverständlich, daß Malve dich nicht lieben soll; ich hätte für das Gegenteil meine Hand ins Feuer gelegt. Aber wer kennt sich in Frauen aus, sie sind rätselhaft. Und wenn du wirklich nach Sumatra gehen willst und wir uns doch trennen müssen, niemand als dir vertraue ich lieber und beruhigter diesen Posten an. Kann ich dir damit helfen, über diese Enttäuschung hinwegzukommen, soll es mich freuen. Du kannst dann vielleicht auch deinen Plan, dich in der Nähe meiner Besitzungen anzukaufen, ausführen. Mein Direktor schrieb mir vor seinem plötzlichen Ende, südlich von Madala und Ramanina sei die Besitzung eines Mynheer Stolten in nächster Zeit zu verkaufen, der gesundheitshalber nach Holland zurückkehren will. Ich weiß, es ist nur eine kleine Besitzung, die für dich erschwinglich sein würde. Vielleicht ist das etwas für dich. Du würdest mein und Mevrouw Saalfners Nachbar. An die Besitzerin von Ramanina erinnerst du dich doch noch?«

Rüdiger nickte.

»Gewiß, Hendrik, sie ist eine der interessantesten Frauen, die ich kennenlernte, und ihre königliche, weißhaarige Erscheinung steht noch lebhaft vor meinen Augen.«

Sie setzten sich zusammen und berieten, was zu tun sei. Hendrik stellte Rüdiger eine Vollmacht aus und gab ihm die nötigen Anweisungen. Und dann sagte er aufseufzend:

»Sobald ich mit Daniela im klaren bin, erfährst du es, Rüdiger. Und wird sie meine Frau, dann führt uns unsere Hochzeitsreise nach Sumatra, und wir sehen uns auf Madala wieder. Aber mir ist vorläufig aller Mut vergangen, die Frage an das Schicksal zu tun. Wenn Malve Bertram dich nicht liebt, was bleibt mir da für Gewähr, daß Daniela mich liebt? Aber trotzdem kann ich die Hoffnung nicht aufgeben, und fort aus ihrer Nähe kann ich auch nicht, ich muß dich allein ziehen lassen, begreifst du das?«

»Ich verstehe es, und ganz offen, Hendrik, es ist besser für mich, daß ich fürs erste allein bin!«

Noch am selben Abend packte Rüdiger seine Sachen. Er wollte mit dem Nachtzug nach München fahren und von dort aus seine Vorbereitungen zur Weiterreise treffen. Es war, als brenne ihm der Boden unter den Füßen.

»Willst du dich nicht von Daniela und ihrer Mutter verabschieden?« fragte sein Freund kurz vor dem Abschied.

Rüdiger schüttelte den Kopf.

»Nein, bitte entschuldige mich bei den Damen, gib ihnen irgendeinen Grund für meine eilige Abreise an, und sage ihnen auch vorläufig nicht, daß ich nach Sumatra gehe; Malve würd es von ihnen erfahren, und ich will mich auslöschen aus ihrem Leben, aus ihren Gedanken.«

»Kein Wort des Abschieds soll ich von dir sagen?«

Rüdiger schloß einen Moment die Augen; dann sagte er hart und fest:

»Empfiehl mich den Herrschaften auf Lindenhof und entschuldige mich, daß ich keinen Abschiedsbesuch machte. Eilige Geschäfte hätten mich abgerufen. Bitte, gib dir den Anschein, als wüßtest du selbst nicht, was mich fortgetrieben hat. Ich mag nicht die Ursache sein, daß euer Verkehr getrübt wird. Malve ist mit Daniela befreundet, und ihr werdet nach wie vor in Verkehr bleiben. Es wird sie unbefangener machen, wenn sie glaubt, daß du von nichts weißt.«

Hendrik begleitete den Freund im Auto zur Station, wo sie herzlich voneinander Abschied nahmen.

Wenige Minuten später entführte Rüdiger der Zug. Er winkte dem Freund noch einmal zu, dann warf er sich in die Kissen zurück und schloß die Augen. Nun war er wieder allein, wie er es den größten Teil seines Lebens gewesen war.

Und keine Ahnung kam ihm, daß ein frivoles Spiel mit ihm und Malve Bertram getrieben worden war.

8

Malve war von einer unerklärlichen Unruhe erfüllt, seit ihr Vormund den Brief an Rüdiger fortgeschickt hatte. Sie kam nicht darüber hinweg, daß sie nicht ohne Zögern stolz und freudig ihr Ja an Rüdiger hatte senden dürfen.

Je mehr sie darüber nachdachte, desto peinlicher wurde ihr die ganze Angelegenheit, und sie sehnte die Stunde herbei, wo sie Rüdiger darüber aufklären konnte, wie sehr ihr das alles gegen den Willen gegangen sei. Keinen Augenblick zweifelte sie daran, daß er die Probe glänzend bestehen würde.

Aber trotzdem wollte das unruhige, peinvolle Gefühl sie nicht verlassen. Am liebsten wäre sie hinüber nach Hagenau gegangen, um Dani aufzusuchen und ihr alles anzuvertrauen, was ihr das Herz bedrückte. Aber wenn sie dann zufällig Rüdiger Lersingen begegnete, wie sollte sie sich ihm gegenüber verhalten?

Bei diesem Gedanken schon schoß ihr helles Rot ins Gesicht. Und so quälte sie sich den ganzen Tag über mit bangen Zweifeln.

Am nächsten Morgen saß Malve mit Tante Herta auf der Veranda, als sie Vroni kommen sah, die zu Marlitz bestellt war. Das hübsche, derbfrische Dirndel sah verlegen nach den beiden Damen hinüber und knickste, ehe sie im Haus verschwand.

»Was will die Vroni bei Onkel Franz?« fragte Malve.

»Die Vroni will heiraten, den Gärtnergehilfen Seppel, und Onkel soll ihnen dazu helfen.«

»Oh, ich werde auch etwas für die jungen Leute tun«, sagte Malve gutherzig.

»Nun, da wirst du große Freude machen, aber mit Maßen, Malve, sonst verwöhnst du mir die Leute.«

Malve lächelte. »Ich weiß schon, Tante Herta!«

Unterdes war Vroni in das Arbeitszimmer des Hausherrn gerufen worden.

»Grüß Gott, gnädiger Herr! Mutter hat mich fortgeschickt, i soll schön bitten, dös der gnädige Herr den Seppel und mich heiraten läßt«, sagte das hübsche Dirndel, verlegen an der Schwelle stehen bleibend.

»Grüß Gott, Vroni! Also heiraten wollen Sie? Und ich soll für den neuen Hausstand die Wohnung geben und den Hausrat dazu?« fragte Marlitz nicht eben freundlich.

Vroni bekam einen roten Kopf.

»Wenn i den gnädigen Herrn schön bitten darf; i würd' tausendmal ›Vergelt's Gott‹ sagen und zum Dank alles tun, was i tun könnt.«

»Na, na, das sind Redereien, auf die man nichts geben kann.«

»Ach nein, so is dös nit gemeint, gnädiger Herr. Es druckt mir das Herz ab, die Sorg' und die Angst, und wenn einem da Hilfe kommt, dann vergißt man das nie.«

Franz Marlitz sah das Dirndel mit scharfen Augen an.

»Hm! Und wenn ich nun gleich eine Probe machen wollte, Vroni, ob es ernst ist mit der Dankbarkeit?«

»Das darf der gnädige Herr tun, i bitt' schön.«

Franz Marlitz überlegte noch eine Weile.

Dann sagte er:

»Nun gut, Vroni, ich werde Ihnen und dem Seppel den Hausstand richten und alles in die Reihe bringen. Ihr könnt heute noch beim Pfarrer in Gundlingen das Aufgebot bestellen, wenn Sie mir einen kleinen Dienst erweisen wollen.«

Vronis Augen glänzten auf.

»Ach, gnädiger Herr, sagen s' nur gleich, was i tun soll! So viel dankbar will ich sein!«

»Hm! Also erst sollen Sie mir einige Fragen beantworten. Sie sind doch drüben in Hagenau angestellt, und da ist jetzt ein Herr zu Besuch, der Herr Doktor Lersingen.«

Vroni nickte.

»Dös is schon so, gnädiger Herr. Der Herr Doktor Lersingen is aber gestern abend abgereist.«

Es zuckte in den Augen von Franz Marlitz auf.

»So, Herr Doktor Lersingen ist abgereist? Wohl nur auf einige Tage?«

»Nein, für immer; er hat halt seine ganzen großen Koffer mit fortgenommen, und er hat zum Heinrich, dem Diener, gesagt, daß er nimmer wiederkommen wird nach Hagenau. Und mit einem großen Schiff wird er reisen, hat er gesagt.«

Das seltsame Leuchten in Franz Marlitz' Augen verstärkte sich. Eine Weile überlegte er. Diese Reise des Doktor Lersingen kam ihm sehr gelegen. Er ahnte, daß sein Brief ihn in die Flucht geschlagen hatte. Lersingen wollte Malve als abgewiesener Freier nicht mehr begegnen.

Damit war eigentlich das, was er von Vroni wollte, unnötig geworden. Aber mit einem harten Blick seiner Augen dachte er zynisch: »Doppelt hält besser.«

Und sich wieder an Vroni wendend, sagte er:

»Sagen Sie mal, Vroni, der Herr Doktor Lersingen hat wohl viele Liebschaften gehabt?«

Vroni schüttelte erstaunt den Kopf.

»Ach nein, da hab' i nix gemerkt.«

Mit seinen stechenden Augen sah er sie fest an.

»Sie müssen das aber gemerkt haben. Ich weiß, daß er erst vorgestern sich mit einer von Doktor Hallers Patientinnen aus dem Sanatorium im Park von Hagenau getroffen und mit ihr schöngetan hat.«

Vroni war noch immer begriffsstutzig.

»I hab gewiß nie nix gemerkt.«

Er trat dicht an sie heran.

»Sie müssen es gemerkt haben, Sie müssen gesehen haben, was ich sah! Und das müssen Sie dem gnädigen Fräulein sagen, daß Sie es selbst gesehen haben, vorgestern beim Fest in Hagenau. Sonst kann ich nicht dazu helfen, daß Sie heiraten können. Diesen Dienst müssen Sie mir erweisen. Ich selbst will es dem gnädigen Fräulein nicht sagen, und wenn sie es nicht erfährt, dann wird es ein großes Unglück geben. Das sollen Sie verhindern, Vroni, verstehen Sie das?«

Vroni verstand nichts, als daß sie das gnädige Fräulein, das immer so gut mit ihr gewesen war, anlügen sollte. Aber es sollte damit ein Unglück verhütet werden, und der gnädige Herr würde schon wissen, wozu es gut war. Und wenn sie damit für sich und den Seppel einen Hausstand gründen konnte, dafür hätte die Vroni noch viel mehr gelogen. Denn ihr Kind sollte einen ehrlichen Namen bekommen.

Die Hände fest auf das Herz pressend, sagte sie tapfer:

»I tu's, i sag's dem gnädigen Fräulein; wenn es der gnädige Herr will, wird es schon recht sein.«

»Gut, Vroni, dann lasse ich das gnädige Fräulein rufen, und wenn Sie ihr das gesagt haben, dann können Sie mit dem Seppel zum Pfarrer gehen.«

»Dann tu' i auch tausendmal ›Vergelt's Gott!‹ sagen, gnädiger Herr.«

Franz Marlitz prägte Vroni nun noch einmal genau ein, was sie Malve sagen sollte. Dann klingelte er und ließ Malve zu sich bitten.

Als sie gleich darauf eintrat, ging ihr der Vormund entgegen und faßte ihre Hand.

»Mein armes Kind«, sagte er mit seiner öligen Sanftmut, »jetzt mußt du tapfer sein. Ich habe soeben von der Vroni etwas gehört, was dich sehr schmerzen wird. Du hast dich leider in Doktor Lersingen, wie ich voraus wußte, getäuscht.«

Sie sah ihn, jäh erblassend, mit großen, bangen Augen an.

»Was ist geschehen, Onkel Franz?«

Er führte sie zu einem Sessel.

»Nimm Platz, Malve. Vroni soll dir selbst sagen, was sie mir soeben berichtet hat. Sprechen Sie, Vroni, sagen Sie alles. «

Vroni bekam zwar einen roten Kopf, aber sie log tapfer drauflos:

»I weiß nit, warum dös so wichtig sein tut, aber i will's halt noch mal sagen. Der Herr Doktor Lersingen ist gestern abend abgereist; für immer is er fort, und mit einem großen Schiff tut er reisen. Ja, und i hab gemeint, da wird sich das schöne Fräulein aus dem Sanatorium, das der Herr Doktor Lersingen vorgestern beim Fest im Hagenauer Park so abbusselt und im Arm gehalten hat, die Augen aus dem Kopf weinen, denn er kimmt nimmer wieder. Ja, dös is' alles – was – was i weiß.« Und Vroni atmete jetzt tief auf, als sei sie froh, daß es vom Herzen herunter war.

Malve saß wie gelähmt und starrte Vroni mit blassem Gesicht an. Eine Weile vermochte sie kein Wort zu reden, aber dann rang es sich von ihren Lippen:

»Herr Doktor Lersingen ist abgereist?«

Vroni nickte. Ein wenig beklommen sah sie in Malves bleiches Gesicht.

»Gestern abend hat ihn unser gnädiger Herr im Auto nach Gundlingen zur Station gebracht; und all seine Koffer hat er mitgenommen, weil er halt nie wiederkommen tut. Und zuerst is' er nach München, und von da fährt er weiter, zuletzt mit einem großen Schiff, hat der Heinrich gesagt.«

Malve biß die Zähne fest zusammen. Ihre Augen blickten starr, und ihre Lippen zuckten.

»Und – das mit dem Fräulein aus dem Sanatorium, das haben Sie gesehen, Vroni?«

Vroni schluckte tapfer.

»Wohl, er hat sie gebusselt und an sich druckt.«

Jetzt griff Franz Marlitz ein.

»Es ist gut, Vroni, Sie können nun gehen, sonst kommen Sie mit dem Seppel zu spät zum Pfarrer. Wegen dem Hausstand spreche ich nachher mit den Eltern.«

Vroni knickste und atmete wie erlöst auf.

»Vergelt's Gott, gnädiger Herr, tausendmal: ›Vergelt's Gott!‹«

Damit ging sie schnell hinaus.

Franz Marlitz sah auf Malve herab.

»Mein armes Kind, du siehst nun, wie recht ich hatte. Während dieser Mann um dich, die reiche Erbin, anhielt, flirtete er mit einer anderen. Und kaum erhielt er meine Nachricht, da ergriff er die Flucht. Deutlicher konnte er nicht dokumentieren, daß er ein berechnender Mitgiftjäger ist.«

Malve war unter seinen Blicken rot und blaß geworden. Jetzt erhob sie sich mit einem Ruck.

»Entschuldige mich, ich muß allein sein«, stieß sie hervor und verließ schnell das Zimmer.

Ihr Vormund sah ihr mit glimmenden Blicken nach und atmete tief auf.

»Diese Gefahr wäre beseitigt; und Zeit gewonnen, alles gewonnen«, sagte er vor sich hin.

*

Als Malve ihren Vormund verlassen hatte, war sie mit müden Schritten in ihr Zimmer gewankt, sank dort auf den Diwan und barg das Gesicht in den Händen. Kein Laut des Jammers kam über ihre Lippen, keine Träne brachte ihr Erlösung, ihr war, als sei alles in ihr erstorben. Was in ihrem Herzen geweckt worden war seit jener Stunde, da sie Rüdiger Lersingen in der Grintelschlucht das erstemal vor sich gesehen hatte, war unter Vronis Worten vernichtet worden. Das Ideal, das sie in ihm gesehen, war zertrümmert. Gestern hatte er um sie angehalten, und nachdem ihm der Vormund mitgeteilt, daß sie nicht die reiche Erbin war, für die er sie gehalten, floh er, um nicht eine arme Frau heimführen zu müssen.

Eine brennende Scham stieg in ihr auf, daß sie ihr Herz einem Mann geschenkt hatte, der sie nicht liebte und sie nur ihres reichen Erbes wegen begehrte.

Wie vernichtet lag sie lange so, eine Beute

schmerzvoller Scham. Sie schrak erst auf, als an ihre Tür geklopft wurde und das Mädchen bat, sie möge zu Tisch kommen.

Sie erhob sich und ließ sich mit Kopfschmerzen entschuldigen. Frau Herta wollte sofort nach ihrer Nichte sehen, aber ihr Gatte hielt sie zurück.

»Laß Malve allein – sie hat eine bittere Enttäuschung erlebt, und die muß sie erst verwinden.«

»Was ist denn geschehen, Franz?«

»Es ist eingetroffen, was ich voraussah. Doktor Lersingen hatte es nur auf das reiche Erbe abgesehen. Nachdem er meinen Brief erhalten hatte, ist er schleunigst abgereist, ohne die Bedenkzeit abzuwarten.«

Frau Marlitz sah betroffen auf.

»Ich weiß nicht, Franz, ob es richtig war, daß du da Vorsehung gespielt hast. Daß er als vermögensloser Mann eine arme Frau nicht heimführen kann, ist doch bei diesen Zeiten kein Wunder. Deshalb kann er Malve doch liebgehabt haben, und er hätte sie vielleicht glücklich gemacht.«

»Glaubst du das auch dann noch, wenn ich dir sage, daß er vorgestern während des Festes in Hagenau mit einer von Doktor Hallers jungen Patientinnen – nun, sagen wir schonend – stark geflirtet hat? Vroni hat gesehen, wie er sie im Park küßte.«

»Das arme Kind, da muß ich doch zu ihr gehen«, sagte Frau Herta besorgt.

»Nein, nein, bleib jetzt hier. So etwas muß man mit sich selbst abmachen. Wenigstens jetzt störe sie noch nicht. Du kannst ja später einmal nach ihr sehen.«

So blieb Malve allein bis gegen fünf Uhr. Da litt es Frau Herta nicht länger. Sie ging hinaus und klopfte an

Malves Tür. Sie öffnete nach kurzem Zögern und stand mit blassem Gesicht vor der Tante.

»Meine arme Malve, was habe ich hören müssen! Ich wollte es nicht glauben, daß Doktor Lersingen wirklich abgereist ist, aber Onkel hat heute nachmittag Doktor van der Straaten getroffen. Der hat es ihm bestätigt. Herr Doktor Lersingen ließe sich den Herrschaften auf Lindenhof empfehlen, er habe plötzlich in Geschäften abreisen müssen. Das ist alles, was er für uns hinterlassen hat.«

Malve sah mit starren Augen vor sich hin.

»Es ist immerhin sehr viel, daß er sich uns wenigstens noch empfehlen läßt«, sagte sie hart und bitter.

»Natürlich ist es nur ein Vorwand, daß er so rasch in Geschäften abreisen mußte, er hätte doch –«

Malve ließ ihre Tante nicht ausreden.

»Ich bitte dich, Tante Herta, laß uns nie mehr von Doktor Lersingen sprechen, nenne seinen Namen nicht mehr, ich will und muß damit fertig werden. Und nun laß mich bitte allein, Tante!«

*

Malve war stolz genug, ihren Schmerz zu verbergen, nur nicht stolz genug, ihn nicht mehr zu empfinden. Sie nahm ihr altes Leben wieder auf, und wer sie nicht kannte, hätte kaum eine Veränderung an ihr wahrgenommen. Nur ernster und gereifter schien sie geworden zu sein. Das liebe, weiche Lächeln, das sonst ihr Gesicht so reizvoll belebt hatte, war verschwunden, und in ihren Augen lag ein anderer, fremder Ausdruck.

Sie schien innerlich gewachsen zu sein in diesen Tagen, und ein herber Stolz lag über ihrem Wesen. Viel war in ihr zerstört worden durch die Enttäuschung, die ihr junges Herz erfahren hatte.

Tagelang verließ sie Lindenhof nicht; sie fürchtete sich, Daniela oder Doktor van der Straaten zu begegnen. Als Malve immer noch ausblieb, machte sich ihre Freundin eines Tages auf den Weg nach Lindenhof. Zufällig traf sie Malve allein zu Hause an. Franz Marlitz war mit seiner Frau am frühen Morgen nach München gefahren, wo er bei seinem Bankier zu tun hatte. Er plante eine letzte, gewagte Spekulation. Die Angst vor dem Herannahen von Malves Mündigkeitstermin, an dem er über den Verbleib ihres Vermögens Rechenschaft ablegen mußte, trieb ihn zu diesem Schritt. Er mußte alles auf eine Karte setzen, um sich entweder zu retten – oder alles zu verlieren. Es war ein Vabanquespiel, das er jetzt unternahm.

Malve hatte keine Ahnung, zu welchem Zweck der Vormund nach München gefahren war. Tante Herta hatte sie bereden wollen mitzukommen, aber sie hatte abgelehnt. Es war etwas wie eine heimliche Angst in ihr, daß Doktor Lersingen noch in München sein und ihr begegnen könne.

So saß sie allein auf der Veranda, als Daniela kam. Mit müden Schritten ging sie ihr entgegen.

»Aber, Malve, du läßt dich ja gar nicht mehr in Hagenau sehen! Ich wollte längst zu dir herüberkommen, konnte aber die Zeit dazu nicht aufbringen. Ich habe alle Hände voll zu tun mit meinem Obstversand.«

»Das glaube ich dir, Dani, und du mußt mich

entschuldigen, daß ich nicht zu dir kam. Ich fühlte mich nicht recht wohl.«

Daniela sah die Freundin forschend an, und sich zu ihr setzend, faßte sie ihre Hände.

»Malve, weißt du, daß Doktor Lersingen abgereist ist?«

Malve wurde noch blasser als zuvor.

»Ja – ich weiß es.«

»Hat er euch einen Abschiedsbesuch gemacht?«

Ein stolz abweisender Zug trat in Malves Gesicht.

»Nein, er ließ sich uns nur durch Doktor van der Straaten empfehlen.«

Daniela atmete tief auf.

»Ich weiß nicht, Malve, diese plötzliche Abreise erscheint mir unerklärlich. Doktor van der Straaten sagte mir, sein Freund hätte in Geschäften plötzlich abreisen müssen. Als ich nach dem Reiseziel fragte, meinte er, das sei unbekannt, wahrscheinlich würde sein Freund eine neue Forschungsreise antreten. Aber er erschien mir dabei unfrei und bedrückt. Der Abschied ist ihm sichtlich nahegegangen. Das alles erscheint mir so rätselhaft.«

Malves Lippen zuckten, aber sie sagte scheinbar ruhig:

»Warum erscheint es dir rätselhaft?«

Daniela streichelte ihre Hände.

»Weil ich geglaubt habe, liebste Malve, daß ihr füreinander bestimmt wart, du und Doktor Lersingen. Ich habe fest geglaubt, daß ihr euch liebt. Noch neulich auf dem Fest in Hagenau hatte er nur Augen für dich, und wenn er mit mir sprach, brachte er stets das Thema auf dich. Ich konnte nicht genug von dir erzählen. Und auch du schienst ihn gern zu haben – und nun soll das alles aus sein?«

Malve lachte hart auf.

»Du phantasierst, Dani, und hast Dinge gesehen, die nicht existieren. Du siehst ja, Doktor Lersingen ist abgereist – für immer – und ich – ich –«

Sie konnte nicht weitersprechen, wie ein Krampf schüttelte sie der Schmerz.

Daniela sprang erschrocken auf und legte den Arm um sie.

»Und du, Malve – und du?«

Da richtete Malve sich stolz auf.

»Und ich wünsche ihm glückliche Reise«, sagte sie hart und schroff.

Unruhig forschend sah Daniela die Freundin an.

»Malve – du bist so seltsam verändert, was ist mit dir?«

Mit zitternder Hand strich Malve über ihr Haar.

»Nichts – nichts, ich bitte dich, wenn du mich ein wenig lieb hast – und ich weiß, du hast mich lieb –, so frag mich nicht und forsche nicht, was mich verändert hat. Hilf mir, alles zu vergessen, was in dem letzten halben Jahr gewesen ist.«

»Aber willst du mir nicht wenigstens sagen, was dich quält, Malve? Wir haben doch immer alles getreulich miteinander getragen.«

Malve erhob sich und trat an die Verandabrüstung heran. Nach einer Weile hatte sie ihre Fassung zurückgewonnen und wandte sich mit erzwungenem Lächeln nach der Freundin um.

»Ach, es war alles nur eine Torheit von mir! Und ein wenig nervös bin ich; bitte, achte nicht darauf, das ist jetzt die größte Wohltat, die du mir erweisen kannst. Und nun lasse ich Tee bringen.«

Als sie wieder allein waren, plauderte Malve scheinbar ganz unbefangen mit der Freundin. Aber Daniela merkte nur zu gut, wie der Freundin ums Herz war. Als sie dann nach einem halben Stündchen aufbrach, fragte sie herzlich:

»Wann kommst du zu uns, Malve? Mama hat Sehnsucht nach dir.«

Malve sagte sich, daß sie das Leben der letzten Tage auf die Dauer nicht durchführen konnte. Keinesfalls durfte sie Dani durch längere Zurückhaltung kränken.

»Wenn es dir recht ist, komme ich morgen vormittag, Dani.«

»Das freut mich, Malve. Du sollst doch meine Pfirsichernte noch sehen, ehe sie nach München geht. Prachtexemplare sind dabei.«

»Es ist dir zu gönnen, Dani; denn wenn ihr auch im Witwenhäuschen geborgen seid, so gibt es doch immer Ausgaben.«

Dani seufzte ein wenig, lachte dann aber herzlich.

»Ach du, all das schöne Geld wird schnell draufgehen. Aber daß ich es habe, macht mich so froh. Denke nicht, daß ich eine Krämerseele bin, aber wenn ich Mama ein paar kleine Extrawünsche erfüllen kann, dann tausche ich mit keinem König.«

Malve küßte die Freundin herzlich.

»Man muß dich bewundern, Dani, du bist so selbstlos und so tapfer. Also – ich komme morgen vormittag. Grüß bitte deine liebe Mutter herzlich.«

»Ich danke dir, Malve. Auf Wiedersehen!«

So trennten sich die beiden Freundinnen mit einem warmen Händedruck.

9

Es war einige Tage später.

Daniela hatte die letzten Körbe mit Pfirsichen und Kaiserbirnen nach der Station schaffen lassen, saß nun auf der Bank vor dem Witwenhäuschen und ließ sich behaglich von der Sonne bescheinen.

Drinnen im Haus hielt die Mutter ihre Mittagsruhe, und in der Küche spülte die alte Burgel das Geschirr von der Mittagstafel. Mit inniger Zufriedenheit wurde sich Daniela der friedlichen Stunde bewußt. Ihre Augen ruhten entzückt auf dem herrlichen Landschaftsbild.

Wenn etwas ihre lebensfrohe Heiterkeit hätte stören können, wäre es nur die Sorge um Malve gewesen. Die Veränderung, die mit der Freundin vor sich gegangen war, tat ihr weh.

In Danielas still versonnene Gedanken hinein klangen Schritte, die sich vom Park herüber dem Witwenhäuschen nahten. Sie schrak empor und sah auf. Es war Hendrik van der Straaten, der sich näherte. Ein leichtes Rot huschte über ihr Gesicht, aber sonst war ihr nicht anzumerken, wie stark und laut ihr Herz bei seinem Anblick klopfte.

Gleich darauf stand er am Zaun.

»Grüß Gott, mein gnädiges Fräulein!«

»Grüß Gott, Herr Doktor!«

»Welch ein seltener Anblick, Sie untätig zu sehen«, staunte er.

Sie lachte.

»Ich ruhe auf meinen Lorbeeren aus, Herr Doktor.«

Er sah auf die Pfirsichspaliere, an denen jetzt die

reifen Früchte fehlten, die bisher seine Augen ergötzt hatten.

»Die Pfirsichernte ist beendigt?«

»Ja, alles ist fort – nur für Sie habe ich noch ein Körbchen voll zurückbehalten, die schönsten.«

Seine Augen leuchteten in die ihren.

»Ich bin so egoistisch, mich darüber zu freuen. Und da Egoismus der Grundzug des menschlichen Charakters ist, bitte ich Sie, mir auch noch eine andere Freude zu machen.«

»Gern, wenn es in meiner Macht steht.«

»Ich bitte Sie, mich auf einem Spaziergang durch den Park zu begleiten, wenn Sie nicht zu müde sind. Ich fühle mich so sehr vereinsamt, da mein Freund nicht mehr in Hagenau ist. Und da trieb es mich zu Ihnen.«

Daniela erhob sich lächelnd und reckte ihre jugendliche Gestalt zur vollen Höhe empor.

»Müde bin ich nicht, und obwohl es sehr unpädagogisch ist, solch sträflichen Egoismus zu unterstützen, werde ich so lange mit Ihnen gehen, wie Mama ihre Siesta hält.«

Seine Augen umfaßten strahlend ihre schöne Erscheinung.

»Hoffentlich hält Ihre Frau Mutter eine recht lange Siesta.«

»Etwa ein halbes Stündchen, Herr Doktor.«

Er sah sie mit einem schalkhaften Lächeln an.

»Oh, Sie sollten Ihre Frau Mutter anhalten, sich länger Ruhe zu gönnen, es würde ihr wohltun.«

Sie lachte herzlich.

»Nur damit ich Ihnen die Langeweile noch länger vertreiben soll? Es ist wohl sehr schlimm für Sie, daß Doktor Lersingen abgereist ist?«

»Er fehlt mir natürlich überall«, sagte er, neben ihr hergehend. »Wir zwei waren so fest miteinander verwachsen.«

»Um so mehr wundert es mich, daß Sie sich getrennt haben.«

»Es mußte sein.«

»Ich gestehe, daß mich die plötzliche Abreise Ihres Freundes seltsam berührt. Es hat mir sehr leid getan, daß ich ihm nicht wenigstens Lebewohl sagen konnte. Auch auf Lindenhof hat er keinen Abschiedsbesuch gemacht, und ich glaube, meine Freundin hat ihm das sehr verdacht.«

Hendrik sah sie mit einem seltsamen Blick an.

»Glauben Sie?«

»Ja, ich glaube es bestimmt.«

»Vielleicht irren Sie sich. Fräulein Bertram konnte kaum annehmen, daß mein Freund noch einmal nach Lindenhof kommen würde, denn seine schnelle Abreise ist doch – im Vertrauen zu Ihnen gesagt – durch Ihre Freundin selbst veranlaßt worden.«

Betroffen blickte Daniela zu ihm auf.

»Durch Malve?«

»Ja.«

»Wie soll ich das verstehen?«

»Ich kann Ihnen Genaueres darüber auch nicht sagen und weiß nur, daß Rüdiger so schnell abreiste, um Fräulein Bertram nicht noch einmal begegnen zu müssen. Wahrscheinlich kann sie Ihnen mehr darüber verraten als ich.«

Daniela schüttelte den Kopf.

»Nein – aber vielmehr habe ich das Empfinden, als wollte sie mir nichts darüber sagen. Sie bat mich jedenfalls zu schweigen, als ich mit ihr über Doktor Lersingens Abreise sprach.«

»Nun, wir beide können an dieser Sache leider nichts ändern, mein gnädiges Fräulein, und deshalb wollen wir auch nicht mehr darüber sprechen. Sehen Sie, dort färbt sich das Laub schon rötlich – der erste Vorbote des Herbstes.«

Daniela atmete tief auf.

»Ja, der Sommer geht zu Ende. Und nun werden Sie wohl auch bald Hagenau verlassen, Herr Doktor?«

Es lag eine verhaltene Unruhe in Danielas Frage. Er sah auf sie herab.

»Ich weiß es noch nicht, wie lange ich bleibe. Möglich ist es, daß auch ich eines Tages so unvermutet abreisen muß wie mein Freund Lersingen.«

Sie zuckte leise zusammen und wurde ein wenig bleich. Aber sie fragte scheinbar ruhig:

»Gehen Sie nach Holland zurück?«

»Vorübergehend, aber ich werde dann nach Sumatra reisen müssen.«

Ihre Augen blickten trübe. Das sah er, und es erfüllte ihn mit heimlicher Freude.

Eine Weile schritten sie stumm nebeneinander her, und Hendrik beobachtete den stillen Kampf in Danielas Gesicht. Ganz plötzlich wandte sie sich ihm dann zu.

»Herr Doktor, für den Fall, daß Sie einmal auch so plötzlich und ohne Abschied reisen, möchte ich etwas mit Ihnen besprechen, das mir schon lange auf der Seele lastet.«

Fragend sah er sie an.

»Was bedrückt Sie, mein gnädiges Fräulein?«

Sie lächelte und seufzte auf.

»Es ist so etwas wie ein böses Gewissen.«

»Das ist unmöglich.«

»Leider nicht. Und nur Sie können mir diese Last vom Herzen nehmen.«

Er schüttelte den Kopf.

»Sie, die immer Heitere, und ein böses Gewissen?«

»Also, ehe ich beichte, versprechen Sie mir bitte, daß Sie meine Mutter, solange sie lebt, nicht von ihrem Witwensitz weisen werden.«

»Aber das kann ich doch gar nicht.«

Bittend sah sie ihn an.

»Sie sollen es mir versprechen.«

Was hätte Hendrik nicht alles unter diesem Blick versprochen?

»Nun – ich verspreche es Ihnen.«

Sie nickte aufatmend.

»Gottlob, nun wird das andere viel leichter gehen. Also, wir haben nämlich gar kein Recht an den Witwensitz, Herr Doktor, denn die Urkunde verpflichtet nur die Nachkommen unseres Ahnherrn Malte von Hagenau, der den Witwensitz bauen ließ – also alle Herren von Hagenau. Für Sie ist die Urkunde nicht bindend. So, das wollte ich Ihnen schon immer gern sagen, aber die Angst um meine Mutter hat mir immer wieder den Mund geschlossen. Wäre sie nicht, dann hätte ich nie angenommen, was nur ein Scheinrecht ist. Aber was sollte aus meiner Mutter werden? Ich selbst kann mir wohl durch die Welt helfen, denn ich bin jung und gesund und kann arbeiten. Meine arme Mutter würde es aber nicht überleben, von hier fortzumüssen. Wäre ich nicht von Ihrer Großmut überzeugt, dann hätte ich nie den Mut gefunden, mein Gewissen zu erleichtern. Wenn meine Mutter mir eines Tages genommen wird, dann räume ich den Witwensitz, ohne daß Sie zu prozessieren brauchen, und bis dahin will ich ihn so gut verwalten, daß Sie Ihre Freude daran haben werden.«

Mit unterdrückter Bewegung hatte er sie angehört. Nun sagte er mit halblauter Stimme: »So – also dann würden Sie den Witwensitz räumen und einfach auf und davon gehen?«

Sie nickte tapfer.

»Ja.«

»Und draußen in der Welt den harten Lebenskampf aufnehmen?«

»Ja, weil es sein muß.«

Er blieb plötzlich vor ihr stehen und vertrat ihr den Weg. Mit brennenden Augen sah er sie an.

»Und mich wollen Sie dann hier allein zurücklassen, Daniela?«

Sie errötete jäh und sah mit großen Augen zu ihm auf.

»Herr Doktor, was wollen Sie damit sagen?«

Er faßte ihre Hände.

»Dani, muß ich das wirklich erst aussprechen? Wissen Sie nicht, was Sie mir geworden sind? Haben Sie es nicht gefühlt, daß ich mich in Sehnsucht nach Ihnen verzehre? Glauben Sie, ich hätte meinen Freund Rüdiger allein reisen lassen, wenn Sie mich nicht mit festen Banden gehalten hätten? Ich liebe Sie, Dani, seit dem Moment, als ich Sie drüben vor dem Witwenhäuschen bei Ihren Spalieren stehen sah. Seitdem habe ich nur den einen Wunsch gehabt, Sie mir zu erringen als meine treue Lebensgefährtin. Dani – wollen Sie meine Frau werden? Ich weiß, Sie werden es nur, wenn Sie mich lieben, wie ich von Ihnen geliebt sein möchte.«

Sie stand mit niedergeschlagenen Augen, während er sprach, und ein Beben rann über ihre Glieder. Aber nun schlug sie die Augen zu ihm auf und sagte ganz verträumt, ganz zag und leise, aber mit tiefer Innigkeit:

»Es kann doch gar nicht sein, daß es ein so großes Glück für mich gibt!«

Da riß er sie in seine Arme.

»Dani – Dani – liebst du mich?«

Lachend und weinend sah sie zu ihm auf.

»Würde ich so stillhalten, wenn ich dich nicht liebte, Hendrik?«

Er preßte seine Lippen auf die ihren, wieder und wieder.

Sie atmete tief auf.

»Zuweilen war eine Furcht in mir, du könntest nur dein Spiel mit mir treiben. Dazu war ich mir zu gut«, sagte sie dann leise.

»Meine stolze Dani, wie liebe ich dich um dieses Stolzes willen!«

Den Arm um sie schlingend, ging er weiter mit ihr in den Park hinein. Sie hatten einander noch viel zu sagen von ihrer jungen Liebe und vergaßen dabei alles um sich her. Erst als Burgels Stimme laut Danielas Namen rief, schraken sie zusammen.

»Da ruft die Burgel, Hendrik. Mama ist wach, und ich muß jetzt zu ihr gehen.«

Er lachte.

»Ich komme mit.«

»Und wenn es Schelte gibt wegen des langen Ausbleibens?« neckte sie.

»Dann lasse ich mich schelten. Von jetzt ab tragen wir alles gemeinsam, Leid und Freud!«

Hand in Hand gingen sie zu dem Witwenhäuschen zurück. Die alte Burgel stand am Zaun.

»Ich komme schon, Burgel!« rief ihr Daniela zu.

»O mei liebes Herrgottel – i hab mir halt die Seel' aus dem Leibe gerufen nach Ihna, Fräulein Dani, die gnä' Frau Mutter hat schon lange ausgeschlafen und wartet auf Ihna. Der Kaffee ist auch schon fertig.«

Hendrik blitzte die alte Dienerin mit übermütigen Augen an.

»Ich will mittrinken, Burgel.«

»O mei – wir haben halt nur Malzkaffee, Herr Doktor, dös is nix vor Ihna.«

»Doch, gerade auf Malzkaffee habe ich jetzt Appetit.«

»Ja, Burgel, stell nur für den Herrn Doktor eine Tasse mit auf. Es geschieht ihm schon recht, daß er Malzkaffee trinken muß«, sagte Dani lachend.

Und dann gingen die beiden jungen Menschen ins Haus und traten in das kleine, behagliche Wohnzimmer.

Hier saß Frau von Hagenau bereits am Kaffeetisch. Sie erhob sich sogleich, als sie Doktor van der Straaten erblickte.

»Mama, ich bringe dir einen Gast mit. Herr Doktor van der Straaten will Malzkaffee mit uns trinken«, sagte Daniela ein wenig verlegen.

Aber Hendrik trat auf die alte Dame zu.

»Liebe, verehrte gnädige Frau – nicht deshalb komme ich zu Ihnen. Verzeihen Sie mir, wenn ich so formlos bei Ihnen eindringe und Ihnen mit einem Herzenswunsch lästig falle. Ich liebe Ihre Tochter – und Dani hat mir eben ihr Jawort gegeben. Nun bitte ich Sie um Ihren mütterlichen Segen zu unserem Bund.«

Frau von Hagenau war fassungslos und sah ihn in tiefster Erregung an.

»Herr Doktor – Sie wollen Dani zu Ihrer Frau machen?«

»Ja, verehrte gnädige Frau. Bitte, geben Sie uns Ihre Einwilligung. Wir haben uns sehr lieb.«

Daniela umarmte lachend und weinend ihre Mutter.

»Hast dich ein wenig erschreckt, Mama? Ich glaube, nicht mehr als ich selbst. So aus heiterem Himmel hat er mich an sein Herz genommen. Gelt, du bist ihm auch gut und sagst von Herzen ja und amen?«

Frau von Hagenau streichelte mit bebender Hand über das Haupt ihrer Tochter und faßte Hendriks Hand.

»Mein lieber Herr Doktor, ein wenig fassungslos bin ich wohl – aber sehr glücklich, denn in Ihrem Schutz ist meine Dani wohlgeborgen. Nun kann ich ruhig sterben.«

Hendrik küßte ihr die Hand.

»Nicht sterben, liebe gnädige Frau. Sie sollen aufleben in unserem Glück. Wir wollen Sie beide hegen und pflegen.«

Die alte Dame atmete lächelnd auf.

»Es ist lieb von Ihnen, daß Sie mir das sagen. Jedenfalls bin ich froh und glücklich, weil es meine Dani ist. Gott segne euch, meine Kinder.«

Hendrik zog Dani in seine Arme.

»Ich will sie halten wie mein bestes Kleinod«, sagte er innig.

Und Dani schmiegte sich glückselig an ihn und sah ihre Mutter mit strahlenden Augen an.

10

Es war am nächsten Vormittag, als Malve Bertram durch die Grintelschlucht nach Hagenau hinüberging. Nie machte sie diesen Weg, ohne mit starkem Herzklopfen die Stelle zu passieren, an der sie zum ersten Mal mit Rüdiger Lersingen zusammengetroffen war. Auch heute blieb sie dort einen Moment stehen und lehnte sich mit geschlossenen Augen an die Felswand, die steil emporstieg.

Rüdiger Lersingens Bild tauchte vor ihren geistigen Augen auf, und ein wehes Stöhnen kam über ihre Lippen, aber gewaltsam riß sie sich los und schritt weiter. Als sie den Hagenauer Park erreichte, sah sie Daniela mit strahlendem Gesicht auf sich zukommen.

»Gerade wollte ich zu dir nach Lindenhof, Malve!«

»Ist deine Ernte beendet? Du siehst so vergnügt aus.«

»Vergnügt ist nicht der richtige Ausdruck. Glücklich bin ich – über alle Maßen! Aber deinen traurigen Augen gegenüber will es mir schwer über die Lippen.«

Forschend sah Malve die Freundin an.

»Kehre dich nicht an meine Augen, Dani, wenn sie wirklich traurig blicken, werden sie froher werden, wenn du mir sagst, daß du glücklich bist.«

Daniela legte den Arm um ihre Schultern.

»Malve, ich habe mich gestern mit Hendrik van der Straaten verlobt.«

Überrascht zog Malve die Freundin in ihre Arme.

»Dani! Das ist allerdings eine große Freudenbotschaft. Ich freue mich über dein Glück! Möge es dir nie getrübt werden«, sagte sie herzlich und küßte Daniela.

Diese atmete tief auf.

»Ich danke dir, Malve, und wenn mir nun noch etwas dazu fehlt, dann ist es nur die Gewißheit, daß auch dir ein großes Glück beschieden sein möge.«

»Alle Menschen können nicht glücklich sein, Dani. Genieße froh und laß dir keine Stunde trüben. Ich werde mich daran freuen, denn du, meine Dani, hast ein reiches Glück verdient. Aber nun sag mir, wie kam das so schnell?«

Sie gingen innig umschlungen weiter, und Dani erzählte von ihrer Verlobung.

Als sie geendet hatte, fragte Malve:

»Und wirst du nun in Zukunft mit deinem Gatten auf Hagenau bleiben?«

»Nicht immer, Malve. Einige Sommermonate wollen wir jedes Jahr hier verleben. Im Herbst und Winter werden wir vorherrschend in Amsterdam sein und im Frühjahr auf Hendriks Besitzung auf Sumatra. Er will, daß ich ihn überallhin begleiten soll, und darein füge ich mich nur zu gern.«

Malve lächelte.

»Das kann ich mir denken. Du wirst also eine kleine Kosmopolitin werden und überall in der Welt zu Hause sein. Aber für mich ist das sehr bitter, denn ich werde dann ganz einsam sein. Aber weißt du, dann will ich auch auf und davon gehen. Mich hält hier nichts als du. Ich werde ja demnächst mündig und dadurch von meinen Verwandten unabhängig. Ich muß das einmal mit dir besprechen; in Lindenhof komme ich mir vor wie gefangen, obwohl ich sonst tun und lassen kann, was ich will. Mit Tante Herta verbinden mich ja nur oberflächliche Interessen. Im Innern sind wir uns ganz fremd.«

Dani nickte.

»Ich verstehe dich, Malve, und unter uns, im Haus deines Vormunds möchte ich auch nicht leben. Er ist mir immer unheimlich gewesen. Und du hast ganz recht, daß du dein junges Leben nicht in Lindenhof vertrauern willst. Bis zu meiner Hochzeit bleibst du aber doch auf alle Fälle?«

»Wann soll eure Hochzeit stattfinden?«

»Im Dezember, Malve. Hendrik will nicht länger warten. Also vor unserer Hochzeit lasse ich dich nicht fort, denn du mußt unbedingt dabeisein.«

»Das versteht sich von selbst, Dani, so lange bleibe ich bestimmt.«

Sie traten aus dem Park heraus auf die freie Halde, und da erblickten sie Hendrik van der Straaten, der von einem Ausritt zurückkam. Mit einem strahlenden Blick begrüßte er Daniela, und vor Malve verneigte er sich, nachdem er abgesessen war.

»Sie gestatten, daß ich Ihnen Glück wünsche, Herr Doktor, zu Ihrer Verlobung! Ich, als Danis Freundin, die sie genau kennt, kann wohl sagen, daß Sie das große Los gezogen haben«, sagte Malve.

»Das weiß ich, mein gnädiges Fräulein. Ich bin mir sehr wohl bewußt, daß mir das Schicksal ein großes Glück beschert hat. Wo wollen die Damen hingehen?«

»Wir promenieren ganz ziellos, Hendrik. Wir trafen uns zufällig.«

»Dann bin ich wohl als Störenfried erschienen?«

Lächelnd schüttelte Malve den Kopf.

»Nein, Herr Doktor, mir scheint vielmehr, daß

ich hier der Störenfried bin, und ich werde gleich nach Lindenhof zurückkehren.«

Hendrik sah Malve forschend an. Er hatte sie nach Rüdigers Abreise noch nicht wiedergesehen, und auch ihm schien sie verändert. Etwas in dem Ausdruck ihrer Augen ließ es nicht zu, daß er ihr grollte um Rüdigers willen. Leichtfertig hatte sie diesen sicher nicht abgewiesen, welchen Grund sie auch dazu gehabt haben mochte.

»Das leiden wir nicht, daß Sie Ihren Besuch so schnell abbrechen, mein gnädiges Fräulein. Nicht wahr, Dani?«

»Keinesfalls«, sagte Dani, den Arm der Freundin festhaltend. »Aber wir werden Hendrik erlauben, daß er sich uns anschließt.«

»Dafür will ich sehr dankbar sein, zumal ich gern etwas mit den Damen besprechen möchte.«

»Also wir erteilen dir Audienz, Hendrik. Was hast du auf dem Herzen?«

»Ich habe soeben auf der Post Briefe abgeholt, und bei einer flüchtigen Durchsicht sah ich dabei ein Schreiben von Mynheer Jacob Boolman. Er ist der Neffe von Mevrouw Maria Saalfner, der Herrin von Ramanina. Meine Besitzung Madala grenzt an Ramanina. Jacob Boolman befindet sich mit seiner Gattin gegenwärtig in Holland. Die Herrschaften müssen einen Klimawechsel vornehmen, ihrer Gesundheit wegen. Mynheer Boolman teilt mir nun mit, daß er die Absicht hat, mit seiner Frau auf längere Zeit nach Hagenau zu kommen.«

»Ist dir das lieb, Hendrik?« fragte Daniela.

Er lachte.

»Es sind nicht gerade Menschen, die ich zärtlich liebe. Mynheer Boolman ist ziemlich geräuschvoll und nimmt sehr wenig Rücksicht auf seine Umgebung, soweit es, wohlgemerkt, seine Gattin erlaubt. Aber er ist mir noch immer lieber als diese selbst. Über Mevrouw Boolman könnte man ein Buch schreiben, aber es ist besser, man schweigt über sie.«

Daniela lachte herzlich.

»Das ist eine vielversprechende Charakteristik. Mit großer Freude scheinst du diesem Besuch nicht entgegenzusehen.«

»Trotzdem muß ich sie gastfreundlich aufnehmen und werde es auch tun. Erstens um Mevrouw Maria Saalfners willen, deren Gastfreundschaft ich auf Ramanina oft genossen habe und die mit meinen Eltern herzlich befreundet war, und zweitens, weil Boolmans einen Schwiegersohn haben, mit dem ich sehr sympathisiere. Alfred Meersburg ist ein Deutscher und mit der einzigen Tochter Boolmans seit Jahren verheiratet. Auch er lebt mit seiner Gattin dauernd auf Ramanina, das, wie Madala, große Plantagen umfaßt. Das Ehepaar Meersburg hat zwei Kinder, die mehrere Jahre bei Verwandten in Holland verlebt haben, aus Gesundheitsrücksichten. Nun wollen die Großeltern die Kinder auf der Rückreise mit nach Sumatra zurücknehmen zu den Eltern.«

»Und alle diese Menschen leben auf Ramanina?« fragte Daniela interessiert.

»Ja, und im Grunde auf Mevrouw Saalfners Kosten, die übrigens eine prächtige alte Dame ist, mir die sympathischste Persönlichkeit der ganzen Familie, außer Alfred Meersburg. Sie ist übrigens auch eine geborene Deutsche, und zwar Rheinländerin.«

»Wie Malve!« rief Daniela.

Hendrik sah Malve fragend an.

»Sie sind am Rhein geboren, mein gnädiges Fräulein?«

Malve nickte lächelnd.

»Meine Familie ist seit einigen Jahrhunderten am Rhein ansässig. Aber seit dem Tod meiner Eltern habe ich die Heimat verloren.«

»Um nun nochmals auf Mevrouw Saalfner zurückzukommen – sie nennen sie alle nur Tante Maria –, will ich noch hinzufügen, daß diese ihren oder vielmehr ihres verstorbenen Mannes Neffen, Jacob Boolman, wohl zum Erben von Ramanina einsetzen wird. Und nun habe ich zur Charakteristik meiner Gäste und ihrer Angehörigen alles zum besten gegeben, damit du weißt, liebe Dani, was für Gesellschaft dir bevorsteht. Ich hoffe, du erträgst sie mit dem nötigen Humor, auch wenn sie dir, wie ich fürchte, nicht sehr zusagen sollte.«

Dani lachte.

»Keine Sorge, Hendrik, man kann sich nicht nur mit angenehmen Menschen befassen, und dir zuliebe würde ich mich auch mit den unangenehmsten Zeitgenossen abfinden.«

Er zog ihre Hand an die Lippen und lachte.

»In dieser Beziehung wird Mevrouw Boolman allerdings jede Konkurrenz siegreich aus dem Feld schlagen. Aber eine Gesellschaft, die man nicht vermeiden kann, muß man mit Geduld ertragen.«

»Darin werde ich dir mit leuchtendem Beispiel vorangehen, Hendrik.«

»Das ist lieb von dir. Ich hoffe, mein gnädiges Fräulein, daß auch Sie zuweilen uns ein wenig unterstützen, damit Dani nicht unter der Last allein zusammenbricht«, wandte sich Hendrik scherzend an Malve.

Diese nickte lächelnd.

»Man muß auf dem Land mit jeder Abwechslung zufrieden sein, Herr Doktor, und für Dani und mich wird Ihr Besuch immerhin einige Anregungen bringen. Ich stelle mich gern als Hilfstruppe zur Verfügung.«

Damit verabschiedete sich Malve von dem Brautpaar, das glückstrahlend in den sonnigen Tag hineinschritt.

*

Mynheer und Mevrouw Boolman wurden heute in Hagenau erwartet. Hendrik hatte Danielas Mutter gebeten, während der Anwesenheit seiner Gäste die Honneurs zu machen, und sie hatte es gern übernommen.

Kurz vor Tisch trafen die beiden Gäste ein. Mynheer Boolman war ein sehr starker, etwas asthmatischer Herr, und seine hagere Gattin bildete einen komischen Gegensatz zu ihm, sofern einem in Mevrouw Boolmans Gegenwart das Lachen nicht verging. Ihr langgezogenes Gesicht, das scheinbar ganz ausdruckslos war, vergaß man nicht wieder, wenn man es einmal gesehen hatte. Ihre farblosen Augen lagen wie tot in den Höhlen und wirkten seltsam blicklos.

Sie war mit einer absichtlichen puritanischen Einfachheit gekleidet, aber man mußte zugeben, daß diese Art die einzige war, die ihre eckige, hagere Gestalt vertragen konnte, ohne gar zu unangenehm aufzufallen.

Mynheer Boolman wirkte neben seiner Gattin trotz seiner Massigkeit wie eine Null, und ein Witzbold hatte behauptet, er und seine Frau machten zusammen eine Zehn, sie sei die Eins und er die Null.

Und das traf den Nagel auf den Kopf, nur daß Mynheer Boolman eine sehr anmaßende und geräuschvolle Null war, sobald er anderen Menschen als seiner Gattin gegenüberstand.

Daniela stand diesem Ehepaar, trotz ihrer Tapferkeit, etwas fassungslos gegenüber. Hendrik stellte sie seinen Gästen gleich als seine Braut vor, worauf Mevrouw Boolman mit einer scharfen, harten Stimme sagte:

»Was? Sie haben sich verlobt, Herr Doktor? Und mit einer Deutschen? Haben Sie sich das auch reiflich überlegt? Sie hätten in Holland die glänzendsten Partien machen können.«

Hendrik hatte sich fest vorgenommen, seine gute Laune gegen alle derartigen Angriffe dieser Dame, die er schon aus Erfahrung kannte, siegreich zu behaupten. Und so sagte er nur lachend:

»Ich bin sehr glücklich und zufrieden, Mevrouw Boolman.«

»Nun, das sieht man auf den ersten Blick, eine bessere Wahl konnten Sie nicht treffen. Wenn man ein so schönes Mädchen haben kann, da greift man zu, wenn man jung ist!« stieß Mynheer Boolman ein wenig schnaufend und ebensowenig taktvoll wie seine Gattin hervor. Und er lachte, daß sein ganzer robuster Körper schütterte.

Seine Gattin wandte langsam ihr Haupt und sah ihn starr mit ihren seltsamen Augen an.

»Jacob!«

Sie sagte nichts als dieses Wort, das sie nicht einmal sonderlich betonte. Aber Jacob Boolman sank gewissermaßen unter der Wucht dieses Wortes in seinem hellgelben Überzieher zusammen. Er gluckste und prustete noch ein wenig aus lauter Verlegenheit, und dann machte er ein würdevolles Gesicht.

»Also unsern herzlichsten Glückwunsch zur Verlobung, meine verehrten Herrschaften«, sagte er.

Nun reichte auch seine Gattin Hendrik ihre lange, schmale Knochenhand.

»Gott schenke Ihnen Glück, Herr Doktor«, sagte sie salbungsvoll, als kondoliere sie.

Dann wandte sie sich zu Daniela von Hagenau und reichte auch ihr die Hand.

»Ihnen braucht man nicht Glück zu wünschen, Fräulein von Hagenau, Sie machen eine glänzende Partie. Darum werden Sie viel beneidet werden.«

Daniela vermochte nur durch ein Neigen ihres Hauptes zu danken. Ihre Verlegenheit wurde durchaus nicht behoben durch ein vertrauliches Zublinzeln Mynheer Boolmans, das ungefähr besagen wollte: »Mach dir nichts daraus, so etwas muß man abschütteln.«

Die Gäste wurden nun durch die Haushälterin, Fräulein Berger, in ihre Zimmer geführt, und als sie oben verschwunden waren, sah Hendrik seine Braut und ihre Mutter schalkhaft an.

»Nun, habe ich zuviel versprochen?«

Kläglich schüttelte Daniela den Kopf.

»Nein, meine kühnsten Erwartungen sind übertroffen worden.«

Zärtlich zog er sie an sich und sah sie neckend an.

»Dani, du wolltest mir doch ein Freudenfest aus

diesem Besuch machen? Ich sollte ihn mit Humor ertragen. Ist er dir schon ausgegangen?«

Da hatte Daniela ihre Fassung wiedergefunden. Sie warf sich an seine Brust und lachte.

»Hendrik, hier hilft wirklich nichts als guter Humor. Er ist der Schwimmgürtel auf den Wogen des Lebens, und man muß sich von ihm tragen lassen!«

»Gott sei Dank, daß du wieder lachst! Ganz verzagt hast du vorhin ausgesehen bei Mevrouw Boolmans taktvollem Glückwunsch!«

Daniela lachte wieder.

»Weißt du, Hendrik, mir erging es fast wie Mynheer Boolman, der unter dem strafenden Blick seiner Gattin in dem hellgelben Überzieher zusammensank. Es sah furchtbar komisch aus, aber ich muß sagen, daß ich diesem Blick gegenüber auch alle Tapferkeit nötig hatte, um nicht in einem Mauseloch zu verschwinden. Es liegt etwas Lähmendes darin, obwohl die Augen dieser Frau so ausdruckslos erscheinen.«

Hendrik sah seine Braut sinnend an.

»Rüdiger sagte mir, als er Mevrouw Boolman auf Sumatra kennengelernt hatte, sie habe Schlangenaugen und lähme damit ihre Opfer. Ich habe sie aber eigentlich immer nur ausdruckslos und kalt gefunden.«

»Aber ich muß mich der Ansicht Doktor Lersingens anschließen und möchte diese Frau nicht zur Feindin haben.« Lächelnd zog Hendrik seine Braut an sich.

»Aber, Dani, sie ist eine ganz harmlose Frau, nur ein wenig scharf im Ton und sehr geizig. Ihrem Gatten gegenüber zeigt sie freilich eine große Energie, und damit hält sie auch ihre ganze Familie in strengster Zucht. Sogar die ihr geistig weit überlegene Herrin von Ramanina kann sich von ihrem Einfluß nicht frei machen. Aber im ganzen ist diese Energie ein Segen für ganz Ramanina. Vor Mevrouw Boolman haben alle Angestellten einen heillosen Respekt. Ihr Gatte, so geräuschvoll er auch zankt und wettert, hat keinen Respekt bei den Leuten. Er kann reden vom Morgen bis zum Abend, was er auch meistens tut, ohne etwas zu erreichen. Seine Gattin braucht die Leute nur anzusehen, dann parieren sie aufs Wort. Ich glaube, sie ist nur so energisch geworden, weil es ihr Gatte so gar nicht ist. Sonst erscheint sie mir aber wirklich ganz harmlos.«

»Jedenfalls habe ich schon angenehmere Menschen kennengelernt«, sagte Dani lächelnd.

Hendrik nickte energisch.

»Ich auch, Dani! Und Sie, liebste Mama, Sie sagen ja gar nichts über meine Gäste?«

Frau von Hagenau lächelte fein.

»Eben weil sie Ihre Gäste sind, Hendrik. Das muß uns genügen, um sie erträglich zu finden.«

Er küßte ihr artig die Hand.

»Ich danke Ihnen, liebe Mama.«

11

Mevrouw Boolman strich erst einmal prüfend mit dem Finger über alle Möbel, als sie mit ihrem Gatten in den behaglich eingerichteten Gastzimmern von Hagenau allein war. Obwohl sie nicht das leiseste Zeichen von Staub entdeckte, blickte sie sich mißbilligend um, als müsse sie gegen alles, was sie sah, protestieren. Dann wandte sie sich an ihren Gatten.

»Da hat sich Doktor van der Straaten von einem hübschen Lärvchen einfangen lassen. Und ich hätte ihn so gern mit meiner Nichte Maritke verheiratet. Die besten Partien hätte er machen können.«

»Maritke ist aber doch arm wie eine Kirchenmaus und außerdem nicht einmal hübsch.«

»Bitte sehr, sie ist mir sehr ähnlich.«

»Eben darum – ich meine – trotzdem – oder vielmehr–«

Sie hob langsam die Hand.

»Genug, du machst es nur schlimmer. Jedenfalls ist es mir sehr ärgerlich, daß Doktor van der Straaten verlobt ist. Ich wollte Maritke nachkommen lassen, damit er sie kennenlernte. Das hat nun keinen Zweck mehr.

Jacob Boolman verzichtete auf eine Antwort und machte sich zur Mittagstafel zurecht. Dann bot er seiner Gattin den Arm und führte sie hinunter in das Speisezimmer.

Hier wurden sie von Hendrik, Daniela und ihrer Mutter erwartet. Man begab sich zu Tisch, und Hendrik und die beiden Damen taten das mögliche, um die anspruchsvollen Gäste zufriedenzustellen, was Mevrouw Boolman wie selbstverständlich hinnahm. Es hinderte sie nicht, einige Anzüglichkeiten fallen zu lassen, die Daniela indessen mit gutem Humor hinnahm, während es Frau von Hagenaus gesellschaftlicher Routine sogar gelang, eine Unterhaltung mit Mevrouw Boolman über die Dienstboten auf Sumatra in Gang zu bringen. Das Urteil der Dame über diese war indessen vernichtend.

»Ich habe sehr viel Ärger mit den Leuten und bin froh, daß ich einige niederländische Dienstboten im Haus habe, die wenigstens etwas leisten. Auch will ich jetzt eine deutsche Erzieherin für meine Enkel engagieren, die mit uns nach Sumatra gehen sollen. Ich hätte lieber eine Holländerin engagiert, aber mein Schwiegersohn ist Deutscher und wünscht, daß seine Kinder seine Muttersprache beherrschen lernen. Ich finde das zwar nicht nötig, Deutschland hat doch aufgehört, im Ausland Geltung zu haben, aber unsere Tante Maria, die gleichfalls eine geborene Deutsche ist, wünscht es ebenfalls.«

»Und da sie die Herrin von Ramanina ist, wird darauf Rücksicht genommen. Ich finde es auch sehr gut, daß die Kinder die deutsche Sprache erlernen«, wagte ihr Gatte einzuwerfen.

»Es ist, wie schon gesagt, überflüssig, und ich halte es für eine unsinnige Ausgabe, eine deutsche Erzieherin mit nach Sumatra zu nehmen. Es hätten sich dort niederländische Lehrer genug gefunden, die viel billiger zu haben waren. Allein die Reise kostet eine Menge Geld.«

»Das zahlt doch Tante Maria«, warf ihr Gatte ein.

Sie wandte ihm strafend das Gesicht zu.

»Aber es geht von unserem Erbe ab, mein lieber Jacob.«

»Wie lange gedenken Sie in Deutschland zu bleiben?« fragte Daniela ablenkend.

Mevrouw Boolman sah sie mit ihrem seltsamen Blick an, so daß Daniela alle Tapferkeit nötig hatte, um diesen Blick auszuhalten.

»Ich denke, daß wir im Dezember wieder nach Sumatra gehen, es eilt uns nicht so sehr!«

Hendrik und Daniela wechselten verstohlen einen verlegenen Blick.

»Dann dürfen wir doch hoffen, daß Sie zu unserer Hochzeit noch in Hagenau sind?« fragte Hendrik, allerdings mit der leisen Hoffnung, einen abschlägigen Bescheid zu erhalten. Aber Mevrouw Boolman sagte mit dem schattenhaften Abglanz eines liebenswürdigen Lächelns:

»Aber selbstverständlich, lieber Herr Doktor, wir werden Sie doch nicht allein Hochzeit halten lassen hier im fremden Land!«

Hendrik und Daniela hatten viel Mühe, bei dieser trostreichen Versicherung nicht die Fassung zu verlieren. Aber Hendrik brachte es doch über sich zu sagen:

»Ich freue mich, Sie so lange als meine Gäste betrachten zu dürfen. Nach unserer Hochzeit verlassen auch wir Hagenau, um erst einmal auf einige Monate nach Amsterdam zu gehen.«

Mevrouw Boolman nickte.

»Das ist auch notwendig, damit Ihre Braut erst einmal die holländische Sprache lernt.«

»Ich bin schon fleißig dabei, Mevrouw Boolman«, meinte Daniela.

»Aber Ihre Aussprache läßt sicher noch viel zu wünschen übrig«, versicherte diese mit schöner Offenheit.

»Dafür sprechen Sie ein sehr gutes Deutsch, Mevrouw Boolman«, erwiderte Daniela artig.

»Leider wünscht unsere Tante Maria, daß wir auf Ramanina in ihrer Muttersprache mit ihr sprechen, sie tut das unserem Schwiegersohn zuliebe.«

»Mevrouw Saalfner ist eine wundervolle Frau«, warf Hendrik begeistert ein. »Und ich freue mich, daß meine junge Frau sie kennenlernen wird, wenn wir im Frühjahr nach Sumatra kommen.«

»Wie, Sie wollen Ihre Frau mitbringen?«

»Gewiß, Mevrouw Boolman, es soll sozusagen unsere Hochzeitsreise werden.«

»Nun, Sie sind ja reich genug, sich eine so kostspielige Hochzeitsreise zu leisten.«

»Ich muß im Frühjahr ohnedies wieder einmal auf Madala nach dem Rechten sehen.«

»Sie natürlich, aber Ihre Frau ist doch dabei überflüssig.«

Nun mußte Hendrik lachen.

»Hochzeitsreisen pflegt man stets zu zweien zu machen, und außerdem mag ich nicht mehr ohne meine Frau reisen.«

»Das wird mit der Zeit wohl anders werden«, meinte Mevrouw Boolman trocken.

»Ich glaube nicht. Übrigens, wann hatten Sie die letzten Nachrichten von Ramanina?« fragte Hendrik ablenkend, weil er merkte, daß Daniela Mühe hatte, ihre Fassung zu bewahren.

»Oh, wir schreiben einander nur, wenn etwas Wichtiges vorliegt. Unsere Kinder haben jetzt, da wir nicht daheim sind, doppelt zu tun. Wir haben noch keine Nachricht erhalten, seit wir in Europa sind.«

»So wissen Sie nicht, daß mein Plantagendirektor Manders gestorben ist?« sagte Hendrik.

»Wie? Direktor Manders soll gestorben sein?« fragte Mynheer Boolman.

»Leider, ganz plötzlich, obwohl er erst voriges Jahr längere Zeit zur Erholung in Holland war.«

»Und was wird nun aus Madala? Alfred wird ja soviel wie möglich nach dem Rechten sehen, aber viel Zeit bleibt ihm jetzt nicht.«

»Ich habe bereits einen Ersatzmann nach Madala geschickt, Mevrouw Boolman.«

»So, so, das ist gut. Wird er auch so tüchtig sein wie sein Vorgänger?«

»Davon bin ich überzeugt.«

»Ist er verheiratet?« examinierte Mevrouw Boolman weiter.

»Nein!« antwortete Hendrik kurz.

Sie nickte befriedigt.

»Das ist gut, dann werden wir ihm eine Frau verschaffen. Hätte Direktor Manders meinen Rat befolgt und geheiratet, dann lebte er noch.«

»Meine Frau kann nämlich keine unverheirateten Leute leiden. Alle will sie in das Joch der Ehe spannen«, erklärte Boolman.

»Jacob, dein Kotelett wird kalt. Im übrigen ist man nicht zu seinem Vergnügen auf der Welt, sondern um seine Pflichten zu erfüllen. Und die Pflicht eines jeden Mannes ist, eine Familie zu gründen«, sagte seine Gattin.

Die Unterhaltung kam eine Weile ins Stocken. Jacob Boolman wandte seine Aufmerksamkeit dem dritten Kotelett zu, Hendrik und Daniela mühten sich, ihre Fassung zu bewahren, und Frau von Hagenau suchte nach einem unverfänglichen Thema. Aber Mevrouw Boolman selbst schlug es an.

»Da fällt mir Doktor Lersingen wieder ein, Ihr deutscher Freund. Tante Maria hat unbegreiflicherweise eine besondere Vorliebe für ihn, aber wohl nur, weil er ein Deutscher ist. Wo lebt er denn jetzt?«

Hendriks Stirn rötete sich ein wenig, weil ihn Daniela bei dieser Frage anblickte. Er hatte Rüdiger versprochen, auch Daniela nicht zu sagen, daß er nach Sumatra gegangen sei. Dieses Versprechen mußte er halten. Und das fiel dem ehrlichen Hendrik schwer.

Er antwortete deshalb diplomatisch:

»Er wird vermutlich eine neue Forschungsreise unternehmen.«

Mißbilligend schüttelte Mevrouw Boolman das Haupt.

»Hat er denn gar nichts Nützlicheres zu tun?«

Hendrik konnte nur mit Mühe ein Lächeln unterdrücken. Er malte sich aus, wie Mevrouw Boolman sich der Tatsache gegenüber verhalten würde, daß Rüdiger Lersingen nun ihr nächster Nachbar werden würde.

»Doch, er hat auch noch andere Dinge zu tun, das wird sich finden.«

Mevrouw Boolman zuckte die Achseln.

»Lieber Herr Doktor, das war doch nur eine Spielerei, Ihre sogenannte Forschungsreise nach Neuguinea. Was ist denn dabei herausgekommen? Etwas Nützliches doch sicher nicht.«

Nun mußte Hendrik lachen, und auch Daniela konnte sich nicht mehr beherrschen.

»Nein, Mevrouw Boolman, viel ist bisher nicht dabei herausgekommen, nur ein dickes wissenschaftliches Manuskript, das bereits seine Reise nach Leipzig in einen großen Verlag angetreten hat. Wenn es als Buch erscheint, werde ich mir erlauben, Ihnen ein Exemplar zu überreichen. Sie können es in deutscher oder holländischer Sprache haben«, sagte Hendrik. Dabei gab er Frau von Hagenau einen Wink, die Tafel aufzuheben.

Als Boolmans sich zu einer Siesta zurückgezogen

hatten und auch Frau von Hagenau ihr Mittagsschläfchen hielt, schloß Hendrik seine Braut in die Arme und sagte begütigend:

»Meine arme Dani, ich habe Höllenqualen ausgestanden. Offen gesagt, entweder hat sich Mevrouw Boolman sehr zu ihrem Nachteil verändert, oder ihre Art ist mir früher nicht so auf die Nerven gegangen, weil sie dich nicht traf. Ich könnte verzweifeln, wenn ich mir ausdenke, daß diese Dame bis Dezember mein Gast sein soll!«

Daniela lachte.

»Laß nur, Hendrik, Mevrouw Boolman ist für uns das Fegefeuer, durch das wir gehen müssen, ehe wir in den Himmel gelangen können.«

Er küßte sie.

»Daran will ich immer denken, Dani, dann wird es mir leichter werden«, sagte er, sie aus den Armen lassend.

»Und jetzt verordne ich uns beiden einen Erholungsspaziergang für die Dauer der Siesta deiner Gäste, damit wir dann wieder mit frischen Kräften Mevrouw Boolmans Liebenswürdigkeiten standhalten können.«

Hendrik war damit einverstanden. Die beiden jungen Menschen gingen hinaus in den herbstlich gefärbten Park. Und sie vergaßen Mevrouw Boolman nebst ihrem nicht viel angenehmeren Gatten und freuten sich ihrer jungen Liebe und ihres leuchtenden Glücks.

*

Einige Tage später hatte Hendrik die Lindenhofer zur Mittagstafel eingeladen, denn Mynheer und

Mevrouw Boolman erklärten mit schöner Einigkeit, daß sie nicht geglaubt hätten, daß es in Hagenau so langweilig sei. Man sähe hier so wenig Menschen. Inzwischen hatte Hendrik seine Verlobungsanzeigen ausgeschickt, und nun kamen aus der Nachbarschaft einige Besuche, um zu gratulieren.

Jeder dieser Besucher wurde von Mevrouw Boolman aufs Korn genommen, und an jedem hatte sie etwas auszusetzen. Da sie sich etwas darauf zugute tat, ein »ehrlicher« Mensch zu sein, so hielt sie auch gegen die Betreffenden selbst nicht hinter dem Berge, und so kam es, daß Emma Boolman allgemein für eine widerwärtige Person erklärt wurde. Nun fehlten nur noch die Lindenhofer, und Daniela sagte lachend zu Hendrik:

»Weißt du, was Schadenfreude ist, Hendrik?«

»Ich glaube nicht, Dani.«

»Aber ich glaube, ich weiß es jetzt. Wenn ich mir ausmale, daß heute mittag Herr Marlitz Mevrouw Boolman zur Tischdame bekommt, dann steigt ein Gefühl in mir auf, das nur Schadenfreude sein kann.«

Hendrik legte den Arm um Daniela. Sie waren nach dem Frühstück ihren Gästen auf ein Stündchen entwischt und streiften im Bergwald umher.

»Also für Herrn Marlitz hast du auch nicht viel Sympathie übrig?«

»Gar keine!«

»Es ist hübsch, wie einig wir in allen Dingen sind, ich mag ihn auch nicht.«

Und als sie dann bei Tisch saßen, überließen sie freudig Herrn Marlitz der Gesellschaft von Mevrouw Boolman. Auch er bekam einige »ehrliche« Liebenswürdigkeiten von Mevrouw Boolman aufgetischt. Aber sie machten auf Franz Marlitz wenig Eindruck, er war mit seinen Gedanken bei ganz anderen Dingen, so daß ihre Liebenswürdigkeiten an ihm abprallten.

Sonderbarerweise legte Mevrouw Boolman eine ganz auffallende Vorliebe für Malve an den Tag. Dieses stille, sanfte und zurückhaltende Geschöpf blieb von ihren Angriffen verschont. Ihre Art entwaffnete sie vollständig. War es nun die sanfte Bescheidenheit oder die artige Bereitwilligkeit dieser widerwärtigen Frau gegenüber, kurzum, an Malve Bertram fand Mevrouw Boolman absolut nichts auszusetzen. Sie fand Gefallen an ihr und hielt sie Daniela als leuchtendes Beispiel vor. Vielleicht trug dazu auch der Umstand bei, daß sie gehört hatte, Malve sei eine reiche Erbin, denn vor einer Macht beugte sich Mevrouw Boolman, vor dem Geld. Und dann hatte auch Malve ein so vornehmes Wesen, daß sich selbst Emma Boolman davon ein wenig beeinflußt fühlte. Auch Mynheer war etwas weniger geräuschvoll in Malves Gegenwart.

Er gab sich sichtlich Mühe, ihr zu gefallen.

Nach Tisch sagte Daniela, als sie einige Minuten mit Malve allein war:

»Ich staune dich an wie ein Weltwunder. Du bist der erste Mensch, dem Mevrouw Boolman nicht gleich bei der ersten Begegnung etwas Unangenehmes gesagt hat, seit sie in Hagenau ist.«

Malve lächelte.

»Ist sie so schlimm?«

»Noch schlimmer«, erwiderte Daniela lachend. »Hendrik und ich haben uns schon eine gewisse Routine angeeignet, mit der wir ihre Liebenswürdigkeiten abschütteln wie der Pudel das Wasser. Kannst du mir nicht verraten, womit du sie besänftigt hast?«

Malve zuckte die Achseln.

»Vielleicht dadurch, daß ich mir gleichmütig anhöre, was sie mir zu sagen hat.«

Daniela seufzte lachend auf.

»Gleichmütigkeit kann ich ihr gegenüber freilich kaum aufbringen. Ich kann dir sagen, Malve, so viele Taktlosigkeiten, wie ich von dieser Mevrouw Boolman schon habe schlucken müssen, habe ich in meinem ganzen Leben noch nicht zu hören bekommen. Ich würde vielleicht mit gleicher Münze dienen, wenn Mevrouw Boolman nicht Hendriks Gast wäre.«

»Arme Dani, es ist bitter, daß du dich in deinem jungen Glück den ganzen Tag mit solchen Menschen herumplagen mußt. Wenn ich dir einen Dienst damit erweisen kann, dann will ich sie gern ein wenig abzulenken versuchen.«

»Das kann ich nicht annehmen, Malve, auf die Dauer wird sie auch dich nicht verschonen.«

Ein müdes Lächeln umspielte Malves Lippen.

»Wenn ich dir ein wenig Ruhe verschaffen kann, bin ich doch noch zu etwas gut auf der Welt. Also überlaß mir ruhig Mevrouw Boolman, wenn ich in Hagenau bin. Und wenn es dir recht ist, komme ich öfter herüber.«

»Das wäre ein großer Freundschaftsdienst. Offen gesagt, unsere Gäste gönnen uns kaum eine Stunde des Alleinseins.«

»Warum hast du mich denn nicht schon längst gerufen, Dani? Das wird man doch für seine Freunde tun dürfen.«

»Du bist lieb und gut wie immer, Malve, aber du weißt nicht, was du auf dich nimmst.«

»Meine liebe Dani, ich bin es gewöhnt, mit unsympathischen Menschen umzugehen. Das weißt du. Glaubst du, daß es leicht ist, mit meinem Vormund auszukommen? In der letzten Zeit ist er unerträglich geworden. Ich habe das Gefühl, daß er mich haßt, wenn ich auch nicht weiß, warum.«

»Aber, Malve, das ist ja schrecklich!«

»Wenigstens unheimlich. Und es wird von Tag zu Tag schlimmer. Ich habe ein Gefühl der Furcht vor ihm und bin so töricht, mich in meinem Zimmer einzuschließen. Es ist sicher nur Einbildung, aber manchmal habe ich des Nachts das Gefühl, daß er sich an meine Tür herangeschlichen hat und sie zu öffnen versucht. Vorgestern nacht hatte ich wieder dieses törichte Empfinden. Ich sprang aus dem Bett und drehte das Licht an, atemlos hinauslauschend. Und meine Phantasie spielte mir den Streich, mir davonschleichende Schritte vorzutäuschen. Sicher war es nur Einbildung, denn eine Weile später trat ich an das Fenster und sah in seinem Zimmer Licht. Du siehst, ganz nervös macht mich sein unheimliches Wesen. Auch gestern nacht brannte noch Licht in seinem Zimmer. Ich fragte ihn heute früh, ob ihn das lange Aufbleiben des Nachts nicht übermüdete, er müsse doch früh auf die Felder hinaus. Da hat er mich angesehen, als wollte er mich am liebsten umbringen.«

»Aber Malve!« rief Daniela entsetzt.

Malve atmete tief auf.

»Nicht wahr, das ist töricht? Aber ich kann den Ausdruck seines Blickes nicht anders bezeichnen. Ich weiß nicht, was ich ihm getan habe und was in ihm vorgeht. Manchmal denke ich, er ist krank, nicht körperlich, sondern seelisch. Ich habe auch mit Tante Herta darüber gesprochen, aber sie nimmt es nicht weiter ernst. Ich wollte dir mit alledem auch nur sagen, daß Mevrouw Boolmans Wesen nicht bedrückender auf mich wirken kann als das meines Vormunds. Wenn ich ihm nur erst gesagt hätte, daß ich nach meiner Großjährigkeit nicht mehr in Lindenhof bleiben werde. Es steht fest bei mir, daß ich dann fortgehe.«

»Das kann ich dir natürlich sehr gut nachfühlen, meine arme Malve. Du führst in Lindenhof kein beneidenswertes Leben.«

»Nein, wirklich nicht, und ich begreife jetzt selbst nicht mehr, daß ich es so lange ausgehalten habe. Freilich, so wie in der letzten Zeit war mein Vormund früher nie, wenn er auch nie zu liebenswürdig zu mir gewesen ist.«

»Könnte ich dir nur helfen. Aber sieh, Malve, da kommt Mevrouw Boolman.«

»Überlasse sie ruhig mir, Dani. Geh du zu Hendrik, ich halte sie euch eine Weile fern.«

Dani drückte Malve die Hand und huschte davon. Mevrouw Boolman kam auf Malve zu, und diese rückte ihr artig einen Sessel zurecht.

»Hier in der Sonne ist es schön warm, Mevrouw Boolman, man kann sehr gut noch ein Weilchen auf der Terrasse sitzen. Ich hoffe, Sie gestatten mir, Ihnen ein wenig Gesellschaft zu leisten«, sagte sie mit ihrer weichen, sanften Stimme.

Mevrouw Boolman erlebte es selten, daß jemand freiwillig ihre Gesellschaft suchte. Sie sah Malve forschend an und blickte dann mißbilligend hinter Dani her, deren Flucht sie bemerkt hatte.

»Es ist selten, daß ein junges Mädchen die Unterhaltung einer alten Dame sucht, Fräulein Bertram, und es erstaunt mich sehr, daß Sie es tun.«

»Oh, Sie haben sicher viel erlebt auf Ihren Reisen und während Ihres Aufenthaltes auf Sumatra. Doktor van der Straaten erzählte uns mancherlei, und dabei bekommt man Sehnsucht, dieses Wunderland kennenzulernen.«

»Daran kann Sie doch niemand hindern. Ich denke, Sie sind eine reiche Erbin. Sie sollten uns einmal auf Sumatra besuchen, Fräulein Bertram.«

Das war für Emma Boolman eine unerhörte Liebenswürdigkeit. Malve nahm es auch so auf.

»Vielleicht kommt es dazu«, sagte sie lächelnd, »wenn meine Freundin Dani einmal mit ihrem Gatten dort weilt.«

»Nun gut, dann müssen Sie auch zu uns nach Ramanina kommen. Sie werden staunen, in welch paradiesischer Umgebung wir leben!«

»Sie leben schon lange dort?«

»Seit fünfzehn Jahren. Meines Mannes Tante war so einsam auf Ramanina, nachdem sie Gatten und Tochter verloren hatte. Das tat mir so leid, und wir siedelten über. Tante Maria lebt seit ziemlich vierzig Jahren auf Ramanina, sie ist schon über siebzig Jahre alt, aber noch ungemein rüstig. Natürlich hat sie früher von Zeit zu Zeit Erholungsreisen nach Europa gemacht, aber nun seit zehn Jahren nicht mehr. Sie kann jetzt nicht mehr reiten, weil sie ein steifes Knie hat, und verträgt auch das Fahren nicht mehr. Aber sonst ist ihre Gesundheit unverwüstlich.«

Die letzten Worte wurden von einem sehr tiefen und schmerzlichen Seufzer begleitet. Mevrouw

Boolman war augenscheinlich gar nicht erfreut über die unverwüstliche Gesundheit dieser Tante Maria. Von Jahr zu Jahr wartete sie heimlich auf das Ableben der alten Dame, das sie zur unumschränkten Herrin von Ramanina machen sollte. Denn wenn auch nominell Jacob Boolman Maria Saalfners Erbe werden würde, neben seiner Frau würde er nicht viel zu sagen haben. Und dieses Erbe bestand nicht nur in einem riesigen Plantagenbesitz, sondern auch in einem ansehnlichen Barvermögen und einem kostbaren Schmuck.

»Man hört es selten, daß Europäer sich so lange in den Tropen wohl fühlen«, sagte Malve.

»Ja, ja, aber wie gesagt, Ramanina hat herrliche Höhenluft. Man muß natürlich eine gute Konstitution besitzen. Meine Tochter hat freilich ihre Kinder nach Holland schicken müssen für die zartesten Jahre. Aber nun sind sie so gesund und kräftig, daß wir sie im Dezember mit nach Sumatra hinübernehmen können.«

»So lange bleiben Sie in Europa?«

»Ja, wir werden hier in Hagenau bleiben. Wir werden Doktor van der Straaten nicht allein Hochzeit halten lassen. Warum hat er übrigens nicht Sie zu seiner Frau erwählt? Daran hätte er viel besser getan. Sie sind mir viel sympathischer als Fräulein von Hagenau.«

Malve lächelte schelmisch.

»Die Hauptsache ist doch wohl, daß Dani ihrem Verlobten besser gefällt. Und sie ist ein sehr wertvoller und vornehmer Mensch und überall beliebt. Doktor van der Straaten hat mit Dani das große Los gezogen, glauben Sie mir das.«

Emma Boolman schüttelte den Kopf.

»Sie ist doch arm wie eine Kirchenmaus, wo soll da das große Los herkommen?«

»Auf Reichtum braucht ihr Verlobter zum Glück nicht zu sehen. Und sonst konnte er keine bessere Wahl treffen.«

»Da gehen unsere Meinungen doch auseinander. Sie ist ein sehr vorlautes Geschöpf, und Sie gefallen mir viel besser.«

»Das ist sehr schmeichelhaft für mich, und ich weiß nicht, womit ich mir Ihr Wohlwollen verdient habe.«

»Das weiß ich auch nicht, aber Sie gefallen mir nun einmal.«

Die Wege der Vorsehung sind wunderbar. Es konnte nur die Vorsehung sein, die in Emma Boolmans verknöchertem Herzen gerade eine Vorliebe für Malve Bertram aufkeimen ließ. Nichts warnte die sonst so vorsichtige Frau vor Malve Bertram, und doch war gerade diese vom Schicksal dazu bestimmt, an dieser Frau so manches Unrecht zu rächen. Auch Malve ahnte nicht, wie seltsam ihr Geschick in das Emma Boolmans eingreifen sollte.

Sie kam nun häufig nach Hagenau hinüber und widmete sich mit Aufopferung der Holländerin, so daß sich Hendrik und Daniela ungestört ihres jungen Glücks freuen konnten.

So verging der Oktober, und Anfang November fiel der erste Schnee. Malves einundzwanzigster Geburtstag rückte immer näher, und noch immer hatte sie nicht mit ihrem Vormund darüber gesprochen, daß sie nach Danielas Hochzeit Lindenhof verlassen wollte. Sie wußte, daß ihr Vormund ihr an ihrem Mündigkeitstermin Abrechnung über ihre Vermögenslage ablegen mußte, nahm sich jedoch vor, ihn zu bitten, ihr Vermögen auch in Zukunft zu verwalten. Er sollte ihr nur immer die nötigen Gelder anweisen, deren sie zu ihrer Lebensführung bedurfte.

Keine Ahnung kam ihr, daß ihr Vormund wie ein Unsinniger mit ihrem Vermögen spekuliert hatte und daß er gerade in diesen Tagen in quälender Unruhe um den Ausgang seines letzten verzweifelten Coups bangte.

Es war wenige Tage vor Malves Geburtstag, als sie, von einem Besuch in Hagenau zurückkehrend, ihre Tante in Tränen fand.

»Was ist geschehen, Tante Herta?« fragte sie teilnehmend. Die alte Dame faßte sich nur mühsam.

»Wenn ich das nur selbst wüßte, Malve. Vor etwa einer Stunde hat Onkel Franz ein Telegramm erhalten, das irgendeine beunruhigende Nachricht gebracht haben muß, denn er ging in größter Aufregung sofort nach seinem Arbeitszimmer, wo er sich einschloß. Er gibt mir auf all meine Fragen keine Antwort, ich höre ihn nur ruhelos im Zimmer auf und ab gehen und zuweilen laut aufstöhnen.«

Malve suchte die alte Dame zu beruhigen.

»Vielleicht hat er geschäftlichen Ärger, Tante Herta. Ich beobachte schon seit Wochen sein unstetes Wesen. Ich möchte dir fast raten, einmal den Arzt zu konsultieren. Onkel Franz scheint hochgradig nervös zu sein.«

»Er will nichts von einem Arzt wissen und braust auf, wenn ich ihm damit komme.«

Malve war kopfschüttelnd ans Fenster getreten und schaute hinaus. Ein leichtes Schneegestöber hatte eingesetzt, es schien, als hänge der Himmel tief in den Bergen. Malve seufzte. Ihr Herz lag ihr so seltsam schwer in der Brust, als drohe ihr irgendein Unheil.

Franz Marlitz verließ sein Arbeitszimmer an diesem Tag nicht mehr. Die beiden Damen nahmen das Abendessen in bedrückter Stimmung allein ein. Schließlich trennten sie sich, um zur Ruhe zu gehen.

Frau Herta ging noch einmal an die Tür des Arbeitszimmers und fragte ihren Gatten, den sie noch immer ruhelos auf und ab gehen hörte, ob er nicht zu Abend essen oder zur Ruhe gehen wolle. Sie bekam aber auch jetzt keine Antwort. Voller Sorge suchte sie ihr Lager auf.

Malve fand in dieser Nacht keinen Schlaf. Sie mußte immer und immer wieder an Rüdiger Lersingen denken. Ihr Herz konnte nicht von ihm lassen, obwohl sie ihn verurteilen mußte. Und das quälte sie namenlos.

Während sie schlaflos dalag und wieder, wie so oft, einen vergeblichen Kampf mit ihrer Liebe führte, schrak sie plötzlich zusammen. Ein dumpfer Laut war an ihr Ohr gedrungen – wie ein Schuß hatte es geklungen. Sie setzte sich im Bett empor und lauschte mit klopfendem Herzen in die schweigende Nacht hinaus. Und nun wurde es im Haus lebendig. Sie war nicht die einzige gewesen, die den Schuß vernommen hatte.

Schnell sprang sie von ihrem Lager, schlüpfte in die Pelzpantöffelchen und warf einen warmen Morgenrock über. Sie öffnete die Tür und sah einige Dienstboten die Treppe hinabeilen. Das elektrische Licht war angedreht, und im selben Augenblick hörte sie die angstvolle Stimme ihrer Tante rufen:

»Franz! Franz! Um Gottes willen, mach doch auf!«

Nun flog Malve die Treppe hinab und sah ihre Tante mit der Dienerschaft vor der Tür zum Arbeitszimmer ihres Onkels stehen und erregt an die Tür pochen.

»Was ist denn geschehen, Tante Herta?« fragte Malve erschrocken.

Die alte Dame wandte ihr Gesicht nach ihr um.

»Hast du es nicht gehört, Malve? Ein Schuß – es muß in Onkels Zimmer gewesen sein – mein Gott – Franz – mach doch auf – mach doch um Gottes willen auf!«

Malve wandte sich an das Hauspersonal, das fassungslos herumstand.

»Kann nicht einer von euch von draußen in das Zimmer des gnädigen Herrn einsteigen? Das Fenster ist doch nicht so hoch. Schlagt eine Scheibe ein und öffnet das Fenster. Schnell, schnell!« drängte Malve.

Nach einigen qualvollen Minuten hörte man drinnen im Zimmer das Klirren einer Fensterscheibe und dann die schweren Schritte eines Knechtes. Er schloß von innen die Tür auf und stand mit erstarrtem Gesicht auf der Schwelle.

»Gnä' Frau – da ist ein Unglück geschehen«, sagte er beklommen.

Frau Herta drängte an ihm vorüber in das Zimmer und schrie laut auf. Malve sah, als sie ihr folgte, daß sie sich über den am Schreibtisch sitzenden Mann warf und dann neben ihm in die Knie brach. Franz Marlitz saß mit durchschossener Schläfe im Sessel am Schreibtisch.

Trotz ihres Schreckens verlor Malve nicht ihre

Besonnenheit und veranlaßte, daß sofort ein Bote nach Gundlingen in das Sanatorium fahre und Doktor Haller herbeihole.

Dann wandte sie sich dem Toten zu, vor dem Tante Herta noch immer fassungslos kniete. Sie sah, daß keine Rettung mehr möglich war.

Erschauernd sah sie auf die Schußwaffe, die neben dem Toten auf dem Fußboden lag. Ein kleiner, schwarz umrandeter Fleck an der Schläfe bezeichnete die Stelle, wo der Schuß eingedrungen war.

Was hatte ihren Vormund in den Tod getrieben?

Sie beugte sich zu der alten Dame hinab.

»Tante Herta, komm zu dir«, sagte sie teilnahmsvoll.

Aber während sie sich um die Tante mühte, sah sie neben Büchern und mit Zahlen bedeckten Blättern einen Zettel liegen. Darauf stand in großen, steilen Buchstaben von des Vormunds Hand:

Ich bin ruiniert. Malves ganzes Vermögen ist verloren, ich habe spekuliert. Lindenhof ist verpfändet und gehört uns nicht mehr. Meine Frau soll zu ihren Kindern gehen. Verzeiht mir, wenn Ihr könnt – ich bezahle meine Schuld mit dem Leben.

Malve starrte auf die Worte herab, ohne ihren Sinn vorläufig zu begreifen. Sie mußte noch einmal lesen – und noch einmal. Und da kroch es ihr kalt über den Rücken, wie ein Grausen. Mit einem Mal wurde es hell in ihrer Seele, mit einem Mal verstand sie, weshalb ihr Vormund in den letzten Monaten so verstört gewesen war. Er hatte spekuliert, hatte ihr Vermögen veruntreut, und sie war mit einem

Schlag, was sie einmal gewünscht hatte zu sein: ein armes Mädchen! Sie rüttelte ihre Tante an den Schultern.

»Tante Herta, hast du das gelesen?« fragte sie heiser vor Erregung.

Die alte Dame hob ihr verstörtes Gesicht.

»Was?«

»Hier, Tante Herta, lies!«

Die alte Dame las die wenigen Worte und starrte dann Malve mit verstörten Augen an.

»Barmherziger Gott! Deshalb also – deshalb?«

Und sie brach wieder haltlos zusammen.

Malve strich sich über die Stirn und schauerte zusammen, wie von Frost geschüttelt. Entsetzt starrte sie in das blasse Totengesicht, das so still aussah wie das eines Schlafenden. Sie wußte nun, warum er die letzten Nächte keine Ruhe gefunden hatte. Sein böses Gewissen hatte ihn rastlos gemacht.

Aber was nun?

Wirr jagten ihre Gedanken; sie wußte nicht, was jetzt um sie herum geschah, sah nur ratlos auf die Tante herab, die sich mühsam aufrichtete. Die beiden Frauen standen den Ereignissen völlig unvorbereitet und fassungslos gegenüber.

Sie hatten sich noch nicht von ihrem Entsetzen erholt, als Doktor Haller eintraf. Er konnte nur den Tod von Franz Marlitz konstatieren und den beiden Damen die ersten nötigen Anordnungen abnehmen; daß sie seinem Trost nicht zugänglich waren, fühlte er, und er wußte auch, daß Franz Marlitz' Tod nicht die größte Katastrophe war, die über Lindenhof hereingebrochen war.

Er gab zwei Telegramme auf an die beiden Töchter des Verstorbenen, um sie zum Trost der Mutter herbeizurufen. Weiter konnte er vorläufig nichts tun.

12

Eine schwere, drückende Zeit kam für Malve Bertram. Es war wirklich so, wie Franz Marlitz auf dem Zettel geschrieben hatte: Malves ganzes Vermögen war verloren und auch Lindenhof mit allem lebenden und toten Inventar einer Bank verpfändet worden. Selbst diese Pfandsumme war bei dem letzten Coup mitriskiert worden, bei dem Marlitz einen so hohen Gewinn zu erzielen hoffte, daß er sich hätte arrangieren können. Statt dessen hatte eine Grubenkatastrophe alle seine Hoffnungen vernichtet. Die gekauften Aktien waren nur noch wertloses Papier. Das Telegramm, das Marlitz bekam, hatte ihm die Katastrophe gemeldet.

So war Malve bettelarm geworden. Nichts war ihr geblieben als ein wertloses Bündel Papiere, ihre Kleider und ihre wenigen Schmucksachen.

Daniela war auf die erste Nachricht vom Tod Franz Marlitz' herübergekommen nach Lindenhof und vernahm nun, welcher Schicksalsschlag Malve getroffen hatte. Sie konnte ihr so gut nachfühlen, wie schwer sie litt.

Schon am nächsten Morgen kam sie in Begleitung ihres Verlobten wieder.

Hendrik stellte sich Malve zur Verfügung und bat sie, ihm Danis wegen zu gestatten, ihr zu helfen. Sie dankte ihm mit einem schwachen Lächeln.

»Es ist so lieb von Ihnen, Herr Doktor, aber Sie müssen verstehen, daß ich unmöglich von Ihnen Hilfe annehmen kann.«

»Aber was soll mit dir werden, Malve?« fragte Daniela außer sich. »Lindenhof ist doch verloren. Deine Tante geht mit ihren Kindern gleich nach der Beisetzung fort. Fremde Menschen werden hier einziehen. Willst du nicht wenigstens mit mir in das Witwenhäuschen kommen? Mama erwartet dich bestimmt. Du sollst ihr die scheidende Tochter ersetzen und bei ihr bleiben. Darf ich ihr sagen, daß du einwilligst?«

Malve stürzten die Tränen aus den Augen.

»Es ist so lieb und gut von euch – ich danke dir, Dani. Für die erste Zeit nehme ich dein Anerbieten gern an, bis ich erst einmal imstande bin, meine Lage klar zu übersehen. Zum Glück besitze ich einigen Schmuck. Leider nicht so viel, daß ich ein nennenswertes Kapital daraus erlösen kann; es ist wenigstens ein Notgroschen. Meine Kusine riet mir, eine Stellung als Gesellschafterin oder dergleichen zu suchen. Ob ich eine solche finden werde, ist fraglich.«

Daniela zog Malve an sich.

»Meine arme Malve, wie leide ich mit dir.«

Malve streichelte ihr über das Haar.

»Gute, liebe Dani, wir haben ja immer alles zusammen getragen als treue Freundinnen. Ich weiß, daß du mit mir fühlst. Und ich komme herzlich gern zu dir, bis ich weiß, was mit mir geschieht. Ich bleibe nur noch in Lindenhof bis zur Beisetzung, weil ich meine Tante nicht kränken möchte. Sie trägt ja keine Schuld. Meine Sachen lasse ich, wenn du erlaubst, schon zu euch hinüberschaffen. Ich werde sie heute noch packen.«

Hendrik hatte schweigend zugehört.

Nun fragte er Malve:

»Ist denn gar nichts für Sie aus diesem Zusammenbruch zu retten, mein gnädiges Fräulein?«

Malve schüttelte resigniert den Kopf.

»Nichts, Herr Doktor, als die wertlosen Aktien. Wenn die Sache nicht absolut hoffnungslos gewesen wäre, hätte mein Vormund nicht Hand an sich gelegt.«

»Er hat vielleicht nur den Kopf verloren, zumal die Angelegenheit drängte wegen Ihres Mündigkeitstermins. Jedenfalls will ich die Sache für Sie im Auge behalten.«

Malve reichte ihm die Hand. »Ich danke Ihnen herzlich für Ihre Güte und Freundlichkeit.«

Hendrik war gar nicht zufrieden, daß er nicht mehr für Malve tun durfte. Er dachte an Rüdiger Lersingen. Wie würde dieser sich um das geliebte Mädchen bangen, wenn er von Malves Los erfuhr! Schon Rüdigers wegen durfte er Malve nicht ihrem Schicksal überlassen. Darüber wollte er sich noch mit Dani beraten.

Das Brautpaar verabschiedete sich von Malve und ging durch die Grintelschlucht nach Hagenau zurück. Hendrik gab sich Mühe, Dani zu beruhigen, er versicherte ihr, daß er schon irgendeinen Ausweg finden würde, um ihre Freundin vor Not zu schützen.

»Wir müssen uns das überlegen, Dani. Vorläufig ist Fräulein Bertram im Witwenhäuschen gut aufgehoben, alles andere wird sich finden«, sagte er.

Dani streichelte seine Hand.

»Du Guter, Lieber«, sagte sie leise.

*

Malve hatte vom Fenster aus dem Brautpaar nachgesehen. Nun seufzte sie tief auf und verließ das Zimmer, um ihre Sachen zu packen. Als sie in die Halle hinaustrat, stand Vroni vor ihr und sah sie verlegen an.

»I bitt' schön, gnä' Fräulein – ich möcht' Ihna was sagen«, stieß sie verlegen hervor, Malve mit unruhigen Augen ansehend.

Diese sah Vroni freundlich an.

»So reden Sie, Vronerl, was haben Sie auf dem Herzen?«

Unruhig sah Vroni sich um.

»Dös müßt' i dem gnä' Fräulein ganz allein sagen – und hier läuft immer irgendwer umeinander.«

»Dann kommen Sie mit auf mein Zimmer, Vronerl, da stört uns niemand.«

Vroni folgte Malve, immer verlegen an ihrem Schürzenrand spielend. Und als sie in Malves Zimmer allein waren, atmete sie tief auf und sagte:

»I hab' mich all die Zeit rumplagt, gnä' Fräulein, es ist damals ein Unrecht gewesen, dös is mir schon lang klar worden. Aber i hab' halt nit anders können, der gnä' Herr hat's verlangt und hat mir halt alles eingelernt, wie i dös sagen soll – sonst hätt' i den Seppel nit heiraten derfen. Aber Lug' is' es gewesen.«

Malve sah die junge Frau, die nun stockte, forschend an.

»Nun reden Sie nur weiter, Vronerl, was ist denn eine Lüge gewesen?«

Vroni tat einen Schnaufer.

»Dös mit dem Herrn Doktor Lersingen. Nit wahr is' es gewesen, dös mit dem Fräulein aus dem Sanatorium – hab' nit gesehen, daß er sie busselt hat, hab' ihn überhaupt nit mit einer anderen zusammen gesehen. Der gnä' Herr hat nur gesagt, er hat's gesehen, und i müßt' Ihna dös sagen, weil dies sonst Ihr Unglück werden möcht'. Und i hab' es nit sagen derfen, daß der Herr mir dös eingelernt hat und hab' all die Zeit über die Lug' Herzdrucken gehabt. Solang der Herr am Leben gewesen is', hab' i halt nit gewagt, Ihna die Wahrheit zu sagen – aber nun muß es herunter vom Herzen. Sie sind so viel gut zu mir gewesen, und i hab' immer in Ihr blasses Gesicht schauen müssen und mir denkt, am End' hätt' i doch nit lugen derfen. I bitt' schön um Vergebung.«

Malve war sehr blaß geworden. Ihre Lippen zuckten, und ihre Augen erschienen fast schwarz.

»Sie haben also nicht gesehen, daß Doktor Lersingen eine Dame geküßt hat?«

»Dös hab' i nit gesehen – der gnä' Herr hat es mir nur eingeredet.«

Malve atmete tief auf.

»Es ist gut, Vroni. Sie haben ja nun Ihr Herz erleichtert.«

»Ich bitt' schön, seien S' mir nit harb darum, i hab's nit ändern können.«

Malve winkte ab.

»Nein, nein, ich bin Ihnen nicht böse, Vronerl, gehen Sie nur.«

Vroni verschwand von Lindenhof mit erleichtertem Herzen.

Malve trat an das Fenster und starrte hinaus. Also Lüge war es gewesen, daß Rüdiger Lersingen eine andere geküßt hatte? Denn wenn es Wahrheit gewesen wäre, daß der Vormund es gesehen hatte, dann hätte er es ihr bestimmt selbst gesagt. Er hatte Vroni zu einer Lüge beredet. Warum? Diese Lüge war doch nicht nötig gewesen, da Doktor Lersingen ohnedies fluchtartig abgereist war. Aber der Vormund hatte wohl befürchtet, daß er die Probe doch hätte bestehen können. Für diesen Fall sollte sie wohl durch die Lüge gezwungen werden, ihn abzuweisen.

Malve strich sich über die Augen.

Es war ja doch alles gleich! Und jetzt war es gut so – jetzt, da sie wirklich arm war und Rüdiger Lersingen sicher nur eine Last sein würde, wenn sie sich damals mit ihm verlobt hätte. Dann wäre es noch viel schlimmer gewesen.

Aufatmend begann sie ihre Sachen zu packen. Aber dabei hatte sie doch ein Empfinden, als sei ihr durch Vronis Geständnis das Herz etwas leichter geworden. Wenn Rüdiger Lersingen sie auch aufgegeben hatte, so war es doch wenigstens nicht einer anderen wegen geschehen. Das war ihr immer das bitterste gewesen. Ihre Arbeit unterbrach sie nur, um mit Tante Herta und deren Kindern ihre Mahlzeiten einzunehmen.

Frau Herta fühlte sich bei aller eigenen Bedrängnis auch Malve gegenüber sehr bedrückt. Sie hatte ihr weinend gesagt:

»Ich bin schuldlos, Malve, und ich bedauere dich von Herzen, aber helfen kann ich dir leider nicht, denn ich bin selbst auf die Gnade meiner Schwiegersöhne angewiesen, was mich schwer genug ankommt. Sie sind ohnedies nicht mit Glücksgütern gesegnet. Ich wollte, ich wäre tot und brauchte niemand zur Last zu fallen.«

Und sie hatte harte Worte über den Verstorbenen gesprochen, der sie in einer so bedrängten Lage zurückgelassen hatte.

Malve hatte nie sehr herzlich mit Tante Herta gestanden, aber jetzt fühlte sie mit ihr mehr Mitleid als mit sich selbst.

Am nächsten Tag, nachdem der Verstorbene auf dem kleinen Kirchhof in Gundlingen beigesetzt worden war, fuhr Malve gleich vom Kirchhof aus mit Daniela, ihrer Mutter und Hendrik nach Hagenau. Ihre Sachen waren schon im Witwenhäuschen untergebracht.

*

Es war einige Tage vor dem Hochzeitsfest auf Hagenau, als Frau Boolman ganz unerwartet mit einem bedeutungsvollen Vorschlag an Malve herantrat.

»Ich habe einen Weg gefunden, wie man Ihnen helfen kann«, meinte sie in ihrer lakonischen Art, ohne sich um das allgemeine Erstaunen zu kümmern, das ihre Worte bei den übrigen Anwesenden hervorrief.

»Und welcher Weg wäre das?« fragte Malve leise.

»Nun, Sie wissen doch, daß wir eine deutsche Erzieherin suchen, die uns nach Sumatra begleiten soll. Ich habe mir überlegt, daß Sie sehr gut für diesen Posten passen würden. Was meinen Sie dazu?«

Daniela und ihr Verlobter fuhren auf, als wollten sie Malve abhalten, dieses Anerbieten anzunehmen. Aber sie achtete nicht darauf, sondern fragte nur im Ton freudiger Überraschung:

»Würden Sie mir wirklich diesen Posten anvertrauen, Mevrouw Boolman?«

»Sonst würde ich es nicht sagen. Sie tun mir leid,

denn es ist nicht angenehm, wenn man um sein ganzes Vermögen gebracht wird. Und Sie sprachen davon, irgendeine Stellung annehmen zu wollen. Sie gefallen mir, sind artig und bescheiden, und ich erspare mir die Mühe, nach einer geeigneten Kraft suchen zu müssen.«

»Das ist eine großartige Idee, liebe Emma«, meinte Mynheer Boolman zustimmend.

Seine Gattin aber sah ihn nur stumm an, und er duckte sich wie immer unter diesem Blick.

»Werde ich aber auch wirklich Ihren Ansprüchen genügen, Mevrouw Boolman?« fragte Malve zaghaft.

Diese nickte.

»Ich habe mich selbstverständlich über Ihre Person informiert. Die Hauptsache ist, daß Sie ein reines Deutsch sprechen. Ich denke, Sie eignen sich mit Ihrer ruhigen, bescheidenen und doch sicheren Art ganz vorzüglich für diesen Posten.«

»Ich wäre sehr glücklich, wenn ich ihn ausfüllen könnte.«

»Nun gut, die Sache ist also abgemacht.«

Da sprang Hendrik auf, der mit heimlicher Erregung dieser Verhandlung gefolgt war.

»Ich bitte, Mevrouw Boolman, daß Sie Fräulein Bertram einige Tage Bedenkzeit geben. Sie müssen sich das reiflich überlegen, Fräulein Bertram, ich weiß nicht, ob es das richtige für Sie ist«, sagte er eindringlich.

Sein Einspruch erfolgte nicht nur deswegen, weil er Malve vor der Abhängigkeit von einer Frau wie Mevrouw Boolman bewahren wollte, sondern er dachte auch daran, daß Malve und Rüdiger Lersingen unbedingt wieder zusammentreffen würden, wenn Malve nach Ramanina ging. Er wußte nicht, ob er das nicht vielmehr um jeden Preis verhindern müsse.

Malve wandte sich Hendrik zu.

»Es bedarf keiner Bedenkzeit, Herr Doktor. Wenn Mevrouw Boolman mich engagieren will, so ist das ein großes Glück für mich, denn es wird mir nicht so leicht fallen, in Deutschland eine passende Stellung zu finden.«

Emma Boolman nickte.

»Sie sind ein vernünftiges Mädchen, und ich meine auch, daß es ein Glück für Sie ist, wenn Sie eine so gute Stellung finden und aus Deutschland herauskommen. Über Einzelheiten sprechen wir noch.«

»Ich danke Ihnen jedenfalls, Mevrouw Boolman, daß Sie mir so viel Vertrauen entgegenbringen.«

»Oh, ich habe meine Augen im Kopf. Auf die verlasse ich mich.«

Damit war für Emma Boolman die Sache erledigt.

Hendrik hatte nichts mehr gesagt, aber Daniela sah ihm an, daß ihm dieser Abschluß nicht zusagte. Auch sie selbst hätte Malve gern zurückgehalten, und sie beruhigte sich nur, weil sie wußte, daß sie im Frühjahr mit Hendrik nach Sumatra gehen würde. Konnte sich Malve auf Ramanina nicht einleben, dann nahm sie die Freundin wieder mit sich zurück.

Als eine Weile später das Brautpaar allein war, sagte Hendrik bedrückt:

»Dani, jetzt muß ich mir einmal bei dir Rat und Hilfe holen. Es betrifft Fräulein Bertrams Entschluß, mit nach Ramanina zu gehen. Ich hatte einen besonderen Grund, einen Einspruch zu versuchen – ganz abgesehen davon, daß diese Stellung keine beneidenswerte für deine Freundin wäre.«

»Das fürchte ich auch, Hendrik, trotz Mevrouw Boolmans besonderer Vorliebe für Malve. Aber was hattest du noch für einen besonderen Grund?«

»Ich muß dir ein Geständnis machen, aber du mußt mir versprechen, daß es unter uns bleibt.«

»Ich verspreche es dir, Hendrik.«

»Also – Rüdiger Lersingen ist als mein Plantagendirektor auf Madala angestellt. Er erbot sich selbst dazu, da ich in Verlegenheit war, nachdem er auf seine Werbung um Fräulein Bertram von ihrem Vormund und ihr eine abschlägige Antwort erhalten hatte. Er sagte mir wenigstens, daß alles aus sei und daß er sofort abreisen wolle. Die abschlägige Antwort hatte ihn sehr erschüttert, denn er liebte Malve Bertram sehr.«

Betroffen sah ihn Daniela an.

»Ach, Hendrik, jetzt wird mir die Sache noch rätselhafter! Du sagst, Lersingen liebte Malve, ich aber weiß, daß Malve ihn liebt.«

»Das muß deinerseits ein Irrtum sein, denn Rüdiger sagte mir damals: ›Es ist eine Absage, sie liebt mich nicht.‹ Mehr brachte ich nicht aus ihm heraus.«

»Und ich behaupte, daß Malve ihn trotzdem liebt, wenn sie es mir gegenüber auch entschieden in Abrede stellt. Ich kenne sie doch und weiß, daß seine plötzliche Abreise sie namenlos geschmerzt und gekränkt hat.«

Hendrik schüttelte den Kopf.

»Das verstehe ich nicht.«

»Ich auch nicht, Hendrik, und da die beiden so

verschlossen sind, werden wir es wohl auch nie verstehen lernen. Nur eins scheint mir klar – da stimmt etwas nicht.«

»Hm! Das scheint mir auch so. Deine Freundin war jedenfalls seltsam verändert nach Rüdigers Abreise. Aber nun rate mir, Dani, was ich tun soll. Rüdiger will sich aus Malves Leben auslöschen, deshalb sollte sie nicht erfahren, wohin er gegangen ist. Geht sie aber nach Ramanina, dann treffen sie sicher zusammen. Soll ich ihr nun gegen Rüdigers Wunsch sagen, wo er ist? In diesem Fall, den er nicht voraussehen konnte, würde er mich von meiner Schweigepflicht entbinden.«

Daniela überlegte eine Weile. Dann richtete sie sich entschlossen auf.

»Nein, Hendrik, wir wollen es ihr nicht sagen, sonst geht sie nicht mit nach Ramanina. Und mir scheint jetzt plötzlich, als habe es der Himmel nicht ohne Absicht so gefügt, daß Malve nach Sumatra geht. Vielleicht finden sich die beiden doch noch zusammen. Wenn sie sich wirklich beide lieben, kann doch nur ein Mißverständnis zwischen ihnen stehen, und dies kann nur beseitigt werden, wenn sie einander wiedersehen.«

»Und du glaubst wirklich, daß sie Rüdiger liebt?«

Daniela atmete tief auf.

»Lieber Hendrik, für so etwas haben wir Frauen einen untrüglichen Sinn. Sie kann mir hundertmal sagen, daß sie ihn nicht liebt, ich glaube es doch nicht.«

Hendrik zog sie in seine Arme.

»Mein Herz, ich soll ihr also nichts von Rüdigers Anwesenheit verraten?«

»Nein, Hendrik, laß den lieben Gott weiter sorgen. Ein Unglück wird es ja keinesfalls geben, wenn sich die beiden unvorbereitet wiedersehen. Im Gegenteil, vielleicht wird es beider Glück.«

»Nun gut, es soll sein, wie du es willst. Findet sich Malve mit Rüdiger nicht zusammen und mag sie nicht auf Ramanina bleiben, so nehmen wir sie mit zurück nach Europa. Sie kann sich bis dahin entscheiden. Vorläufig wird es ihr ganz guttun, wenn sie durch die Reise von ihren traurigen Gedanken abgelenkt wird. Aus den Augen verlieren wir sie ja nicht. Und wie es auch werden mag, an Rüdiger hat sie drüben einen Schutz, davon bin ich fest überzeugt.«

»Ich auch, Hendrik, er ist ein prachtvoller Mensch.«

Er küßte sie warm.

»Sag das nicht so schwärmerisch, Dani, sonst werde ich eifersüchtig«, drohte er.

Lachend sah sie zu ihm auf.

»Das wirst du bleiben lassen, Hendrik, denn du weißt, daß in meinem Herzen kein anderer Mann neben dir aufkommt.«

Er zog sie fest an sich.

»Bald bist du ganz mein, Liebste«, sagte er zärtlich.

13

Die Hochzeitsfeier in Hagenau war vorüber. Frau von Hagenau blieb in Hagenau zurück und hatte es übernommen, Boolmans noch einige Tage Gesellschaft zu leisten. Malve nahm schweren Herzens von Daniela Abschied. Der ganze Jammer ihres zerstörten Lebens kam über sie und schüttelte sie in einem krampfhaften Schluchzen.

Daniela hatte sie liebevoll getröstet.

»Sei ruhig, Malve, der liebe Gott wird schon wissen, wozu er alles so gefügt hat. Sieh, als wir, Mama und ich, das Hagenauer Herrenhaus verließen und im Witwenhäuschen Unterkunft suchten, ohne zu wissen, ob wir uns diese Zuflucht erhalten konnten, da war ich auch eine Weile sehr verzagt. Aber dann sagte ich mir, ein tapferes Herz hat der liebe Gott gern, und den Tapferen hilft er lieber als den Verzagten. Und wie herrlich hat er mir geholfen! Gib acht, so wird es auch dir ergehen. Wer weiß, was für ein Glück dir in der Ferne winkt. Und wir verlieren uns doch nicht, Malve! Im Frühjahr kommen wir nach Madala. Da bleiben wir monatelang und sehen uns, sooft wir wollen. Und Hendrik hat mir gesagt, daß du an Mevrouw Saalfner, der Besitzerin von Ramanina, eine Beschützerin finden wirst. Sie soll eine edle Frau von vornehmer Gesinnung sein und wird es nicht dulden, daß dir in ihrem Haus Übles widerfährt.«

Malve lächelte tapfer.

»Ich habe keine Angst, Dani, es war nur Nervosität, daß ich jetzt zusammenbrach. Es ist in der letzten Zeit ein wenig viel auf mich eingestürmt, aber ich werde es schon verwinden.«

Daniela sah die Freundin mit einem forschenden Blick an.

»Eins möchte ich gern wissen, Malve, sei mir nicht böse, wenn ich heute daran rühre. Es ist nicht Neugier, nicht Taktlosigkeit, sondern innige Teilnahme. Willst du mir nicht sagen, Malve, ob du Rüdiger Lersingen geliebt hast?«

Malve wurde erst glühend rot, dann leichenblaß, und dann sagte sie heiser:

»Das ist die einzige Frage, auf die ich dir die Antwort schuldig bleiben muß, weil mein Stolz mir den Mund verschließt.«

Nun wußte Daniela ganz genau, daß Malve Rüdiger geliebt hatte, noch liebte. Und da wurde ihr leicht und froh ums Herz. Sie küßte Malve herzlich.

»Verzeih mir, ich werde dir vielleicht später einmal sagen, warum ich diese Frage an dich richtete. Vielleicht kommst du auch schon eher von selbst darauf. Und dann wirst du verstehen, daß es nichts war als liebevolle Sorge um dich.«

»Davon bin ich schon jetzt überzeugt, meine liebe Dani, und du mußt mir nicht zürnen. Aber es gibt Dinge, die man nicht aussprechen kann, ohne vor sich selbst zu erröten. Verzeih, daß ich dir keine Antwort gab. Und nun müssen wir scheiden –«

Innig küßten sich die Freundinnen zum Abschied, und dann kam Hendrik, um seine junge Frau abzuholen. In strahlender Glückseligkeit sah sich das junge Paar in die Augen. Auch Hendrik verabschiedete sich herzlich von Malve und rief ihr ein »Auf Wiedersehen!« zu. Als er Daniela davonführte, sagte sie zu ihm: »Hendrik, nun weiß ich es ganz bestimmt, Malve liebt Rüdiger Lersingen.«

»Dann wird hoffentlich noch alles gut, meine liebe kleine Mevrouw van der Straaten. Und nun komm und schau nicht hinter dich, da ist Mevrouw Boolman: Vor uns liegt das Glück.«

*

Kurz vor Weihnachten reiste Malve nach herzlichem Abschied von Frau von Hagenau, die sie vergeblich zu bestimmen versucht hatte, bei ihr zu bleiben, mit Boolmans ab.

In Amsterdam angekommen, wurde Malve von Hendrik und Daniela abgeholt und erhielt von Boolmans Erlaubnis, bis zum nächsten Tag bei ihnen zu bleiben.

Boolmans fuhren zu Verwandten, um ihre Enkelkinder dort abzuholen.

In dem wunderschönen, mit alter, gediegener Pracht ausgestatteten Heim des jungen Paares verlebte Malve den letzten Abend in Europa. Am nächsten Morgen begleitete das junge Ehepaar sie an Bord des Dampfers.

Boolmans lehnten oben an der Reling und winkten ihnen zu. Hinter ihnen tollten die beiden Enkelkinder auf der breiten Deckpromenade umher, ein Knabe und ein Mädchen.

Man begrüßte sich, und Emma Boolman rief die beiden Kinder herbei.

»Jan, Martha, kommt her! Dies ist Juffrouw Bertram, eure deutsche Erzieherin. Ihr dürft Juffrouw Malve zu ihr sagen«, fügte sie auf holländisch hinzu.

Die beiden Kinder sahen verlegen zu Malve auf. Jan war ein strammes, feistes Bürschchen von neun

Jahren und Martha ein kräftig entwickeltes blondes Mädchen von sieben Jahren, gesunde, fröhliche Kinder, voll Übermut und Lebensfrische.

»Wollt ihr mir die Hand geben?« fragte Malve freundlich.

»O, ik kan niet goed verstaan Duitsch«, erwiderte Jan.

Malve lachte.

»O, en ik kan niet goed spreken Holländisch; da müssen wir uns gegenseitig helfen. Ihr müßt die deutsche Sprache besser lernen und ich die holländische. Das wird sehr lustig werden, nicht wahr?« sagte Malve.

Jan fand das auch sehr lustig, und Martje fand wiederum alles gut und lustig, was Jan gefiel. So hatte Malve gleich gewonnenes Spiel, und zwischen Zöglingen und Erzieherin war von dieser Stunde an ein gutes Einvernehmen angebahnt. Ungeduldig warteten sie, bis Juffrouw Malve sich von ihren Freunden verabschiedet hatte. Da bereits das Zeichen gegeben wurde, daß alle Nichtpassagiere den Dampfer verlassen mußten, geschah das sehr schnell. Noch einmal lagen sich die Freundinnen in den Armen.

»Viel Glück auf der Fahrt, liebe, liebe Malve, möge es für dich eine Fahrt ins Glück werden!«

»Ich danke dir, Dani, dir alles Glück in deiner jungen Ehe!«

»Auf Wiedersehen auf Sumatra, Fräulein Bertram!« sagte Hendrik herzlich.

Er und seine Frau verabschiedeten sich nun auch schnell von Boolmans, und Hendrik bestellte Grüße an die Besitzerin von Ramanina und Alfred Meersburg und seine Gattin.

Dann mußten sie sich eilen, den Dampfer zu verlassen.

Malve stürzten die Tränen aus den Augen. Plötzlich kam ein heißes Bangen über sie. Aber da drängten sich die Kinder an sie heran.

»Juffrouw Malve, weshalb weinst du? Wir reisen doch zu Vater und Mutter«, sagte Martje tröstend.

Malve zog das Kind an sich.

»Ja, kleine Martje, du reist zu Vater und Mutter, freu dich.«

»Und du mußt dich auch freuen!«

Malve nahm ihr Herz tapfer in beide Hände.

»Ja, ich freue mich auch, wir fahren ja hinaus in die weite, schöne Welt.«

Sie zog ihr Taschentuch und winkte Daniela und Hendrik noch einmal zu.

Bald darauf setzte sich der riesige Dampfer langsam in Bewegung. Die Schiffskapelle spielte fröhliche Weisen, und Malve sah die Freunde durch einen Tränenschleier mehr und mehr entschwinden.

Jan und Martje zogen sie lachend davon, zur Musik. Sie schluckte tapfer die aufsteigenden Tränen hinunter und zwang sich zu einem munteren Gespräch mit den Kindern, das im lustigen Durcheinander, halb holländisch, halb deutsch, geführt wurde.

Und so fuhr Malve nun einer neuen, unbekannten Zukunft entgegen, ohne zu wissen, daß sie auf Sumatra mit Rüdiger Lersingen zusammentreffen würde. Hätte sie eine Ahnung davon gehabt, sie wäre um keinen Preis mit Boolmans nach Ramanina gegangen.

Es war eine schöne Fahrt für Malve. Sie gewann

die beiden gutgearteten Kinder bald lieb und wußte sie vortrefflich zu nehmen. Bei kleinen Unannehmlichkeiten, die natürlich nicht ausblieben, sagte sie sich, daß sie nun einmal in abhängiger Stellung ihr Brot verdienen und dabei mancherlei in Kauf nehmen müßte.

Ende Januar erreichte der Dampfer den Hafen von Palembang, das Venedig Sumatras. Hier verließen Boolmans mit den Kindern und ihrer Erzieherin das Schiff und wurden von Alfred Meersburg und seiner Gattin Jo empfangen. Er war ein hochgewachsener, sehniger Mensch mit einem scharfgeschnittenen, gebräunten Gesicht und von sympathischem Wesen. Sein Haar war blond und seine Augen graublau. Er trug einen hellen Leinenanzug und den üblichen Tropenhut mit Nackenschutz.

Seine Gattin, Jo Meersburg, war ihrer Mutter absolut unähnlich. Ihre gut und kräftig gebaute Gestalt neigte eher ein wenig zur Fülle. Sie ähnelte mehr ihrem Vater, aber ihre Züge waren klarer. Beide Eltern freuten sich des Wiedersehens mit ihren Kindern, und dann begrüßten sie Malve sehr freundlich. Die Kinder erzählten Wunderdinge von ihrer Erzieherin. Sie sei lustig und gut, und es sei ein Spaß, bei ihr zu lernen.

Man fuhr nun in einem kleinen Dampfboot zunächst durch die vielen Wasserstraßen, die ganz Palembang durchziehen, vorbei an den leicht gebauten Floßhäusern der Eingeborenen, den sogenannten Rakits. Aus diesen luftigen, bunt ausgeschmückten Häuschen sahen neugierig die Gesichter der Frauen und Kinder heraus.

Ein Gewimmel von Booten, kleinen Flußdampfern und Frachtschiffen belebte die Wasserstraßen.

Zeitweilig bildeten sie ein scheinbar unentwirrbares Durcheinander.

Unterhalb des Marktes, wo die Hauptbasare liegen, stieg man aus. Nun entrollte sich ein neues, fremdartiges und farbenfreudiges Bild vor Malves staunenden Augen. Alles wurde hier feilgeboten, was man brauchte. Neben großen Haufen von Gemüse und Früchten des Landes gab es Stände mit den auf Sumatra gebräuchlichen Spankörben, die in allen Farben durcheinandergeflochten waren und sehr reizvoll aussahen. An anderen Stellen lagen Berge von fremdartig gemusterten Stoffen übereinandergetürmt. Hier wurden die buntfarbigen Sarongs, das charakteristische Kleidungsstück der Eingeborenen, feilgeboten. Die eingeborenen Frauen schlingen diese Tücher um den Körper und befestigen sie über der Brust, Schultern und Arme freilassend. Zuweilen tragen sie eine leichte Kabaja darüber, eine lose Jacke, die Schultern und Arme bedeckt. Auch die auf Sumatra lebenden Europäerinnen tragen im Haus gern dieses luftige Kleidungsstück, wenn es sehr heiß ist.

Jo Meersburg wollte Malve eine Liebenswürdigkeit erweisen, weil sie so reizend zu den Kindern war, und kaufte ihr einen Sarong und eine Kabaja.

»Sie werden zuweilen froh darüber sein, Juffrouw Bertram, und sich im Haus sehr bald daran gewöhnen«, sagte sie lächelnd.

Malve nahm das leichte, bunte Gewebe, das sie in ihrer Handtasche bequem bergen konnte, dankend entgegen und studierte an den eingeborenen Frauen, wie es getragen wurde.

An anderen Ständen wurden Schmucksachen, Teppiche und Kokosmatten, Bijouterien, Zauberringe und Amulette verkauft. Dazwischen allerlei Hausgerät und Spielsachen. Im Hotel »Königin Emma« übernachteten die Reisenden.

Am nächsten Morgen ging es dann in einem der kleinen Flußdampfer den Moesi aufwärts, ins Innere des Landes.

Der Fluß rauschte inmitten einer üppigen Tropenvegetation dahin, die sich an beiden Ufern ausbreitete. Immer üppiger und malerischer wurde die Landschaft, je weiter der kleine Dampfer landeinwärts fuhr. Endlich tauchten auch in der Ferne die Berge mit ihrer charakteristischen Formation auf. Schroffe, vegetationslose Felswände zeigten ihr gelbliches Gestein zwischen üppigem Grün und tausendfarbiger Blumenpracht. Die malerischen Eindrücke wechselten ständig, und schließlich wuchs der Urwald mit seinen smaragdfarbenen Gründen zu beiden Seiten des Flusses empor.

Dann tauchten wieder ganze Strecken mit Reisfeldern auf. Die eigenartigen Hütten der Eingeborenen, auf Holzpfählen erbaut, mit den seltsam sattelförmigen, mit Palmenblättern bedeckten Dächern standen dazwischen, und neben den Häusern die hübschen, zierlichen Pavillons gleichenden Rankiangs, die Reisscheunen, nach deren Größe man den Reichtum der Besitzer einschätzen konnte.

Auch Kaffee- und Baumwollplantagen wurden sichtbar.

Malve nahm all diese fremdartigen Wunder wie eine Offenbarung in sich auf. Und überall sah sie hier die Frauen bei der Arbeit, während die Männer meist müßig daneben hockten.

Am Nachmittag erreichte der Dampfer die Ramanina und Madala zunächst gelegene Anlegestelle, bei der sich eine niederländische Station befand. Schlanke Palmen reckten ihre Wipfel hoch empor.

Hier wurden die Reisenden von mehreren Dienern und einigen Ochsenkarren erwartet. Zwei davon waren elegant und bequem mit Polstersitzen ausgestattet, der dritte diente nur zur Gepäckbeförderung. In einem der Karren fuhren Boolmans und Meersburgs, in dem anderen Malve mit den Kindern. Und nun ging es aufwärts durch Kaffee-, Baumwoll- und Reisfelder, durch Palmenhaine und eine tropische Blumenpracht. Je höher man kam, desto schöner wurde der Ausblick auf die herrliche Landschaft. Ganze Strecken ging es am Rande des Urwalds dahin. Malve blickte staunend in all die Wunderpracht. Da schaukelte im Wind grünsilbern das Laub der Bambusstauden, die lorbeerähnlichen Blätterdächer des Waringinbaums wölbten sich über die wie aus unzähligen Säulen zusammengeflochtenen Riesenstämme. Die Luftwurzeln dieses Baumes senkten sich zur Erde, um neue Kräfte aus ihr zu saugen. Ein undurchdringliches Dickicht von Blättern und Blüten wurde durch die schlanken Silberstämme der Kanaris unterbrochen, die von Lianen in glühender Blütenpracht umrankt wurden.

Alte Baumriesen, vom Blitz getroffen oder vom Alter niedergebrochen, lagen zwischen dem schwellenden, jungen Grün und boten in ihrem Zerfall neue Nahrung für die junge Vegetation. Wie zum Schmuck für diese sterbenden Urwaldriesen blühten aus ihnen blaue, weiße, rosige und violette Orchideen. Malves Auge wurde geblendet durch so viel Farbenpracht. Ein Gefühl der Andacht füllte ihre Seele.

Das Lachen und die hundert Fragen der Kinder

waren ihr eine Qual, sie hätte am liebsten in andachtsvollem Schweigen dieser blütenschweren Herrlichkeit gegenübergesessen. Schließlich wurden die Kinder aber müde und schliefen ein, an Malves Schultern geschmiegt.

Und endlich erreichten die Ochsenkarren eine Hochebene, und Ramanina tauchte auf, die Besitzung Mevrouw Maria Saalfners.

Malve wußte nicht, daß sie auch stundenlang über Grund und Boden gefahren war, der zu Madala gehörte, das jetzt unter der Oberaufsicht Rüdiger Lersingens stand.

Sie war sehr müde, als der Ochsenkarren vor dem großen, weitgestreckten Wohnhaus von Ramanina hielt. Aber sie wurde schnell wieder munter, als sie, aus dem Ochsenkarren springend, die paradiesische Umgebung des Hauses erblickte.

Das Haus hatte man im Äußern völlig der tropischen Umgebung angepaßt, während es im Innern teilweise europäisch eingerichtet war.

Das ganze Gebäude bestand nur aus einem auf hohem, festem Fundament in Holz aufgebauten Stockwerk, dessen Fassaden bunt bemalt waren. Rings um das große Gebäude zog sich eine breite Veranda, durch Sonnendächer geschützt. Auf diese Veranda mündeten aus allen Zimmern weit geöffnete Türen. Zu der Eingangspforte führten etwa zehn bis zwölf Stufen empor, und unter dieser Eingangspforte erschien eine ehrfurchtgebietende Erscheinung – Mevrouw Maria Saalfner.

Sie war groß und stattlich, aber vom Alter ein wenig gebeugt und stützte sich auf einen Stock. Ihr weißes Haar umrahmte ein gebräuntes Gesicht, das noch Spuren einstiger Schönheit zeigte. Große braune Augen blickten lebhaft, einen frischen Geist verratend.

Aber dieses edle Frauengesicht verriet, daß Maria Saalfner Leid und Kummer nicht erspart geblieben waren und schwere Lebenskämpfe hinter ihr lagen.

Mynheer Boolman eilte, so schnell es seine Leibesfülle erlaubte, auf die Greisin zu und begrüßte sie in seiner lauten Art sehr wortreich. Er versicherte ihr, daß er sich freue, sie so wohl und munter vor sich zu sehen. Die alte Dame, die ein eigenartiges, weit herabfallendes Gewand trug, das mit einem losen Gürtel um die Hüften zusammengehalten wurde und an beiden Seiten große, aufgesetzte Taschen hatte, in denen sie die Zeitung, ein Buch, ihre Brille und ihre Schlüssel mit sich herumzutragen pflegte, begrüßte den Neffen mit ruhiger Würde.

»Ich freue mich, daß ihr eure Reise gut überstanden habt, Jacob«, sagte sie schlicht.

Jetzt trat auch Emma Boolman an sie heran und umarmte sie.

»Liebe, teure Tante, ich bin glücklich, daß ich wieder bei dir sein kann. Gottlob finde ich dich so gesund und rüstig wieder, wie ich dich verlassen habe. Ich war fortwährend in Angst und Sorge um dich. Nie trenne ich mich wieder von dir«, sagte sie mit einer bei ihr auffallenden Liebenswürdigkeit.

Maria Saalfner ließ sich diese Umarmung gefallen, ohne sie zu erwidern. Es lag eine seltsam wehrlose Ergebung in ihrem Wesen.

»Und wie geht es den Kindern?« fragte Maria Saalfner ruhig.

Jan und Martje wurden von ihrem Vater herbeigeführt. Lächelnd nickte die alte Dame Alfred

Meersburg zu und legte die Hand erst auf Jans, dann auf Martjes Kopf, als wolle sie die Kinder segnen. Ein Lächeln umspielte auch ihren Mund, als Martje an ihrem Hüftgürtel spielte und Jan ungeduldig unter ihrer Hand den Kopf schüttelte.

»Nun, ihr beiden, seht mich einmal an. Wißt ihr, wer ich bin?« sagte sie. Jan lachte, und Martje sah erst den Bruder an und lachte dann auch.

»Du bist die Urgroßtante Maria«, sagte Jan.

»Die liebe Urgroßtante Maria, Jan«, verbesserte Emma Boolman eifrig.

Maria Saalfner schüttelte den Kopf.

»Wie soll ich den Kindern lieb sein, Emma? Sie kennen mich noch nicht und wissen nicht, ob wir in Gutem oder Bösem zusammenstehen werden. Laß wenigstens die Kinder ehrlich bleiben«, sagte sie ruhig. Und zu Jan und Martje gewendet, fuhr sie fort:

»Wir wollen versuchen, gute Freunde zu werden, dann erst sollt ihr mir sagen, ob ich euch lieb bin oder nicht.«

Jan nickte, und Martje nickte auch.

»Bist du lustig, Urgroßtante Maria, dann mögen wir dich leiden«, erklärte Jan.

Sie lächelte ihm zu.

»Sehr lustig bin ich freilich nicht, dazu bin ich zu alt. Als ich jung war, konnte ich sehr vergnügt sein.«

»So wie Juffrouw Malve?«

Bei dieser Frage der kleinen Martje zuckte Maria Saalfner zusammen und verfärbte sich. Ihre Augen starrten brennend ins Leere.

»Wen meint das Kind?« fragte sie betroffen.

»Martje meint die deutsche Erzieherin der Kinder, Juffrouw Malve Bertram«, sagte Alfred Meersburg erklärend.

Die Greisin faßte sich mühsam.

»Malve?« fragte sie leise mit einem seltsam schweren, traurigen Ton vor sich hin. Dann richtete sie sich auf und blickte um sich.

»Wo ist die Erzieherin?« fragte sie.

»Hier; bitte kommen Sie herauf, Juffrouw Bertram«, sagte Jo Meersburg zu Malve, die unten am Fuß der Treppe stehengeblieben war.

Malve kam die Treppe herauf und verneigte sich höflich vor der Herrin von Ramanina, die, fest auf ihren Stock gestützt, der Fremden starr ins Gesicht schaute.

»Die Toten stehen auf«, sagte sie leise vor sich hin und ließ den Blick nicht von Malves Antlitz. Dann reichte sie ihr die Hand.

»Seien Sie mir willkommen, Fräulein Bertram. Woher stammen Sie?« fragte sie in deutscher Sprache.

»Ich bin geborene Rheinländerin, gnädige Frau, habe aber in den letzten Jahren im bayerischen Hochgebirge gelebt.«

»Eine geborene Rheinländerin? Also meine Landsmännin im engsten Sinn. Ich stamme auch vom Rhein –«

Anscheinend wollte Maria Saalfner noch mehr sagen, aber ein Blick in Emma Boolmans lauernde Augen ließ sie abbrechen.

»Wie war doch Ihr Vorname?« fragte sie nach einer kleinen Pause, als entsinne sie sich nicht.

»Ich heiße Malve.«

»Malve? Ein seltener Name, er ist nicht eben sehr gebräuchlich in Deutschland.«

»Hieß deine leider so früh verstorbene Tochter nicht auch Malve?« fragte Jacob Boolman.

Maria Saalfner sah, daß dessen Gattin stutzte.

»Ach richtig, jetzt fällt mir das erst ein, Tante Maria. Um Gottes willen, dieser Name wird doch keine traurigen Erinnerungen in dir wecken? Dann taufen wir Juffrouw Bertram lieber um«, erregte sich Emma Boolman.

»Nein, nein, weshalb sollen wir Fräulein Bertram ihren Namen rauben? Es wird mich nicht aufregen, ihn zu hören oder zu nennen. Es fiel mir nur auf, weil er ziemlich selten ist. Aber nun wollen wir hineingehen. Ihr wollt euch nach der stundenlangen Wagenfahrt sicher gern erfrischen, und dann wollen wir zu Tisch gehen.«

Damit trat Maria Saalfner ins Haus, und die anderen folgten ihr.

Eine große, luftige Halle nahm sie auf, deren Dach von sechzehn hohen Säulen aus reich geschnitztem und bemaltem Holz getragen wurde. Die Fußböden der Halle und der langen Seitengänge, die rechts und links abzweigten, waren mit dikken Kokosmatten belegt. Von der Decke herab hingen in der Mitte und dann in regelmäßigen Zwischenräumen große Hängelampen. Offene Türen führten von den Gängen in die zahlreichen Wohnräume. Einige davon waren mit bunten, gestickten Vorhängen abgeschlossen. Die Türgebälke waren ebenfalls reich geschnitzt und bemalt.

In der Halle standen an den Wänden Sitzbänke, sonst befanden sich keine Möbel darin. Die Wohnräume waren auf europäische Art eingerichtet, jedoch meist mit leichten Möbeln ausgestattet. In die Wände hatte man große, schwere Schränke eingebaut, die statt der Türen meist mit kostbaren Vorhängen geschlossen wurden.

Die Schlafzimmer, alle in Weiß gehalten und mit breiten Paradebetten mit Messinggestellen ausgestattet, zeigten allen Komfort, den man sich in den Tropen erlauben kann.

Malve wurde ein hübsches, großes Zimmer angewiesen. Eine malaiische Dienerin stellte sich ihr zur Verfügung und leistete ihr freundlich allerlei Handreichungen. Sie führte sie auch in eine der Badekammern. Diese sind auf ganz Sumatra sehr einfach ausgestattet. Sie bestehen aus einem kleinen Raum mit zementiertem Fußboden, der an einer Stelle eine Vertiefung und einen Abfluß hat. Ein großer Wasserbehälter, aus dem man mit kleinen Eimern Wasser schöpfen kann, steht zur Seite. Mit diesen Eimern gießt man das Wasser über den Körper. Auf diese einfache und sehr erfrischende Weise kann man ohne Umstände so oft am Tag baden, wie man will. Es ist üblich, dies vor jeder Mahlzeit und vor dem Schlafengehen zu tun.

Malve fühlte sich nach dem Bad sehr erfrischt. Sie legte ein schlichtes weißes Kleid an, ordnete ihr schönes Haar und begab sich dann über den breiten Gang und durch die Halle zum Speiseraum, wo sich alle Familienmitglieder zusammenfanden, auch die Kinder.

Maria Saalfner saß am oberen Ende der Tafel, rechts und links von ihr Jacob und Emma Boolman, neben der letzteren Alfred Meersburg und neben Jacob Boolman seine Tochter Jo. Martje hatte ihren Platz neben der Mutter und Jan neben dem Vater. Für Malve blieb das untere Ende der Tafel. Und es war seltsam, während der ganzen Tafel fühlte Malve den Blick Maria Saalfners auf sich ruhen. Jetzt, da Malve den Hut abgelegt hatte, sah Maria Saalfner erst den satten Goldton von Malves Haar. Und es hatte sie noch mehr erregt, daß Malve auch dieselbe Haarfarbe besaß, die ihrer verstorbenen Tochter eigen gewesen war.

Wohl merkte Malve, daß die Herrin von Ramanina sie kaum aus den Augen ließ, aber sie fühlte zugleich, daß es ein sehr sympathisches Interesse war, das die alte Dame für sie an den Tag legte. Und das gab ihr um so mehr ein Gefühl der Beruhigung, als sie diese Sympathie herzlich erwidern konnte. Sie hätte sich sonst wohl sehr einsam gefühlt zwischen all den fremden Menschen.

Da Jan und Martje bei Tisch wieder voller Übermut waren und gern Allotria getrieben hätten, konnte Malve ihr Erzieherinnentalent beweisen, indem sie die kleinen Wildfänge zur Ruhe brachte, nicht etwa durch strenge, scheltende Worte, sondern durch heitere Geschichten mit der üblichen Nutzanwendung für artige Kinder.

Jan und Martje glänzten für den Rest der Abendtafel durch Bravheit. Nach Tisch zog sich Malve mit den Kindern zurück. Sie besichtigte mit ihnen noch das Schulzimmer, wo der Unterricht stattfinden sollte, soweit er nicht im Freien absolviert wurde.

Als die anderen allein waren, fragte Emma Boolman:

»Juffrouw Malve ist dir hoffentlich nicht unangenehm, Tante Maria?«

Diese zuckte anscheinend völlig uninteressiert die Achseln.

»Die Hauptsache ist, daß sie die Kinder richtig erzieht.«

14

Einige Tage waren seit Malves Ankunft auf Ramanina verstrichen. Sie hatte sich inzwischen schnell eingelebt und wußte im Haus und in der Umgebung schon gut Bescheid.

Abseits von dem großen, schönen Wohnhaus lagen Wirtschaftsgebäude, Ställe und die Dienstbotenwohnungen. Ein sehr großer, paradiesischer Garten umgab das Haus. Herrliche Blumen und Früchte wuchsen hier in üppiger Fülle, auch allerlei Gemüsearten.

Malve war fast den ganzen Tag in Gesellschaft der Kinder, die willig lernten. Wenn es sehr heiß war, schlüpfte sie wie die kleine Martje in den luftigen Sarong und die leichte Kabaja, während sie an den Füßen leichte Strohpantöffelchen ohne Strümpfe trug. Bei den Mahlzeiten war dieser Anzug, den in heißen Tageszeiten auch Emma Boolman und Jo Meersburg trugen, nicht gestattet. Emma Boolman sah übrigens in dem buntfarbenen Sarong und einer himmelblauen Kabaja unbeschreiblich komisch aus. Das genierte sie aber nicht. Nur Mevrouw Saalfner trug nie diese Landestracht der Eingeborenen, auch nicht in ihren Zimmern, sie legte stets ihre eigenartigen weißen Gewänder an.

Daß Malve auch sonst noch zu allerlei Aushilfsarbeiten herangezogen wurde, die ihr als Erzieherin nicht zukamen, war bei Emma Boolman selbstverständlich. Malve weigerte sich nie und tat alles, was man ihr auftrug. Eines Tages sah Maria Saalfner, daß sie einen ziemlich großen und schweren Korb mit Früchten aus dem Garten geholt hatte und ins Haus trug. Da sagte sie zu der neben ihr stehenden

Emma Boolman: »Du darfst Fräulein Bertram nicht Dinge zumuten, zu denen sie nicht verpflichtet ist.«

»Aber ich bitte dich, Tante Maria, sie hat so viel freie Zeit und bat mich direkt um Arbeit.«

»Nun wohl, das ist mir sehr lieb, daß sie viel freie Zeit hat. Ich habe andere Verwendung dafür. Meine Augen werden immer schwächer, und ich verzichte ungern auf meine Lektüre. Fräulein Bertram kann mir aus deutschen Büchern vorlesen, wenn sie durch die Kinder nicht in Anspruch genommen ist.«

»Aber selbstverständlich, liebe Tante! Sie steht ja doch in deinem Lohn und Brot. Hoffentlich ist sie dir angenehm genug, daß du sie in deiner Nähe dulden magst?«

In dieser Frage lag ein heimliches Lauern. Maria Saalfner wußte sehr wohl, was sich hinter diesen Worten verbarg. Deshalb erwiderte sie gleichmütig:

»Sie ist mir weder angenehm noch unangenehm. Aber sie hat eine klare, weiche Stimme. Und wenn sie mir vorliest, ist sie ihrer Bildung entsprechend beschäftigt, wenn die Kinder ihrer nicht bedürfen.«

Nun war Mevrouw Boolman beruhigt. So war es ihr gerade recht. Malve sollte Tante Maria weder angenehm noch unangenehm sein.

Das erstere war das wichtigste. Emma Boolman sorgte schon seit Jahren dafür, daß Tante Maria niemanden in ihrer Umgebung liebgewinnen konnte. Sie war eben eine kluge, vielleicht allzu kluge Frau und sagte sich immer wieder voll Unruhe, daß Tante Maria nie auf den Gedanken kommen dürfe, nach einem anderen Erben für ihren Besitz zu suchen als ihrem Neffen Jacob. Und sie war leider nicht gesetzlich verpflichtet, gerade ihn als Erben einzusetzen. Sie konnte ihr Hab und Gut ebenso leicht jedem anderen Menschen vermachen.

Zwar hatte Emma Boolman schon vor einigen Jahren erreicht, daß Maria Saalfner ein Testament geschrieben hatte. Emma hatte einen gewissen moralischen Zwang auf sie ausgeübt und Tante Maria immer wieder gesagt, Mynheer Saalfner, Tante Marias verstorbener Gatte, werde sich im Grab umdrehen, wenn sein hinterlassener Besitz nicht in seiner Familie bliebe. Jacob Boolman aber war der einzige noch lebende Verwandte von Mynheer Saalfner.

Da Maria Saalfner selbst keine Verwandten mehr hatte und eine streng rechtliche Frau war, sagte sie sich selbst, daß der Neffe ihres Mannes erben mußte, zumal sie wußte, daß es auch im Sinne ihres Mannes war, daß Ramanina, das er selbst aus kleinen, bescheidenen Anfängen emporgebracht hatte, einst seinem Neffen gehören sollte. Um nun den ewigen Redereien Emma Boolmans ein Ende zu machen, hatte sie eines Tages eine letztwillige Verfügung niedergeschrieben, in der sie Jacob Boolman zu ihrem Universalerben einsetzte. Diese letztwillige Verfügung gab sie dem Ehepaar Boolman zum Durchlesen.

»Damit du mir endlich Ruhe gibst, Emma«, meinte sie müde.

Und dann hatte sie die testamentarische Verfügung in ein Kuvert gesteckt, es versiegelt und vor den Augen der beiden in ihren Schreibtisch geschlossen.

»So, hier bleibt es liegen bis zu meinem Ende«, hatte sie dabei gesagt.

Um ganz sicherzugehen, daß das Testament unverändert auf seinem Platz blieb, hatte sich Emma Boolman heimlich einen Nachschlüssel zu Maria Saalfners Schreibtisch machen lassen und kontrollierte von Zeit zu Zeit, ob das Schriftstück nicht verschwunden war. Aber sie sah jedesmal das große, versiegelte Kuvert an seinem Platz liegen.

Maria Saalfner durchschaute Emma Boolman ganz genau. Sie wußte sehr wohl, wie sehnsüchtig diese auf ihren Tod wartete. Jedenfalls hätte sie den Neffen ihres Mannes freudiger zu ihrem Erben eingesetzt, wenn man sie nicht so sehr dazu genötigt hätte.

*

Malve wurde nun von Maria Saalfner gebeten, ihr zuweilen ein Stündchen vorzulesen. Das tat sie in Mevrouw Boolmans Gegenwart in einem wenig liebenswürdigen, fast schroffen Ton. Bisher hatte Malve überhaupt wenig Freundlichkeit von der alten Dame erfahren, und doch hatte sie das sichere Gefühl, daß sie ihr sympathisch gegenüberstand. Zuweilen, wenn es unbeobachtet blieb von den anderen, konnten die Augen der Herrin von Ramanina ganz eigenartig lieb und warm in die ihren blikken, mit einer fast mütterlichen Güte.

Es war an dem auf Malves Ankunft folgenden Sonntag. Im nächsten Battakambong wurde ein Erntefest gefeiert, und die Herrschaft von Ramanina war von ihren eingeborenen Leuten, die auf den Feldern arbeiteten, zu diesem Fest gebeten. Auch von anderen benachbarten Plantagen wurden die Besitzer erwartet.

So war vereinbart worden, daß Boolmans mit Tochter, Schwiegersohn und Enkeln nach dem Kambong fuhren; da Maria Saalfner sie ihres körperlichen Zustandes wegen nicht begleiten konnte, wollte man zu ihrer Gesellschaft Malve zu Hause lassen. Maria Saalfner hatte sich scheinbar dagegen gewehrt.

»Nehmt Fräulein Bertram ruhig mit, ich brauche keine Gesellschaft«, hatte sie gesagt. Aber Emma Boolman setzte ihren Willen durch.

»Juffrouw Malve kann dir vorlesen, dann wird dir die Zeit nicht lang, und wir sind ruhiger, als wenn wir dich allein zu Hause wissen«, sagte sie.

»Nun gut, so laßt Fräulein Bertram hier«, hatte Maria Saalfner, sich scheinbar widerwillig fügend, geantwortet.

Nun waren die anderen in zwei Ochsenkarren nach dem Kambong gefahren, und Maria Saalfner und Malve saßen auf der Schattenseite des Hauses auf der Veranda sich gegenüber. Ein kleiner Tisch stand zwischen ihnen, auf dem ein Buch lag, aus dem Malve vorlesen sollte. Sie trug ein duftiges weißes Kleid, das noch aus einer besseren Zeit stammte und aus einem feinen, schleierartigen Stoff gearbeitet und mit schönen Spitzeninkrustationen verziert war. Malve bot ein reizendes Bild mit dem geneigten, goldig flimmernden Kopf.

Als sie eine Weile mit ihrer weichen Stimme vorgelesen hatte, legte plötzlich Maria Saalfner ihre Hand auf das Buch.

»Lesen Sie jetzt nicht weiter, liebes Kind, wir wollen ein wenig plaudern«, sagte sie mit einer seltsam bewegten Stimme.

Überrascht blickte Malve auf.

»Wie Sie wünschen, gnädige Frau.«

»Lassen Sie die gnädige Frau beiseite, Kind, und nennen Sie mich, wie man mich hier überall nennt, schlichtweg Mevrouw Saalfner. Wir sind jetzt zum erstenmal allein, seit Sie hier sind. Man läßt mich sonst nie allein mit fremden Menschen, eines der Familienmitglieder wird immer an meine Seite beordert. Und man hätte mich ganz gewiß nicht mit Ihnen allein gelassen, wenn ich mir nicht den Anschein gegeben hätte, als seien Sie mir sehr gleichgültig – ja unsympathisch.«

»Ich habe wohl gefühlt, daß sie mich zuweilen sehr gütig angesehen haben, obwohl Ihr Ton mir gegenüber fast schroff war. Ich habe das nicht verstehen können und verstehe es jetzt noch weniger als zuvor.«

Die alte Dame tat einen tiefen, schweren Atemzug und zog dann aus dem Ausschnitt ihres Kleides ein großes, mit Brillanten besetztes goldenes Medaillon, das an einer starken Goldkette um ihren Hals hing. Sie öffnete es und hielt Malve ein kunstvoll gemaltes Miniaturbild hin, das Porträt einer jungen Dame, ein Brustbild. Außer dem Kopf sah man nur den schlanken Hals und den schmalen Streifen eines weißen Kleides. Malve sah betroffen auf den feinen Mädchenkopf, der von leicht gelocktem Haar umrahmt war, das denselben satten Goldton hatte wie ihr eigenes. Und dieses gemalte Mädchenantlitz glich dem Malves, wie eine Zwillingsschwester der anderen gleicht.

»Wer ist das?« fragte Malve in atemlosem Interesse und sah die alte Dame fragend an.

Diese seufzte wieder auf, und ihre Augen wurden feucht.

»Es ist das Bild meiner Tochter, meines einzigen geliebten Kindes. Ein halbes Jahr vor ihrem Tod wurde es gemalt von einem holländischen Maler, als ich mit ihr in Amsterdam war. Lange, lange Jahre sind darüber hingegangen, aber den Gram und den Kummer um den Verlust meines Kindes habe ich noch immer nicht verwunden. Können Sie sich denken, wie Ihr Anblick auf mich gewirkt hat, als Sie das erstemal vor mir standen und mich mit den Augen meines Kindes anblickten? Ich glaubte einen Moment, die Tote sei auferstanden. Am liebsten hätte ich Sie an mein Herz gezogen. Aber ich sah Mevrouw Boolman neben mir stehen und kämpfte meine Erregung nieder. Sie hat dieses Bild meiner Tochter nie gesehen, ich trage es immer bei mir, sie hat auch meine Tochter nie gekannt und ahnt nicht, was in mir vorgeht, wenn ich Sie ansehe. Sie darf es auch nicht ahnen, darf nicht wissen, wie lieb Sie mir geworden sind, sonst würde sie irgendein Mittel finden, Sie aus Ramanina zu entfernen. Ich bin ja durch mein Leiden hilflos an das Haus gebunden und könnte Sie nicht zurückholen. Ich darf an niemand mein Herz hängen außer an die Familie Boolman.«

Voll Mitleid sah Malve in das zuckende Gesicht der alten Dame.

»Aber warum nicht, liebe, verehrte Mevrouw Saalfner?«

»Warum nicht? Ja, mein liebes Kind, da muß ich Sie einen Blick tun lassen in den Gedankengang einer kleinlichen Seele. Mevrouw Boolman wartet sehnlichst auf meinen Tod, weil sie dann die Herrin von Ramanina wird. Und sie läßt niemand in meine Nähe, der mir lieb werden könnte, um mich nicht in Versuchung zu bringen, mein Erbe einem anderen Menschen zu hinterlassen. Sie drillt ihre ganze Familie, in ihrem Sinn zu handeln. Die anderen sind ja harmloser, nur von ihr beeinflußt. Aber ihr ganzes Sinnen und Denken ist nur darauf gerichtet, daß ihr nicht eine Stecknadel aus meinem Besitz entgeht. Und sie zählt die Minuten bis zu meinem Tod seit Jahren.«

Malve war ganz bleich geworden.

»Um Gottes willen, das ist ja furchtbar!«

Die alte Dame lächelte bitter.

»Man gewöhnt sich an alles, liebes Kind.«

»Aber warum dulden Sie das?«

Wieder lächelte Maria Saalfner.

»Ich bin eine hilflose alte Frau und habe seit Jahren nicht ohne Überwachung mit einem Menschen sprechen können außer mit der Dienerschaft. Ich, die Herrin von Ramanina, bin gewissermaßen eine Gefangene in meinem eigenen Haus. Das hat Mevrouw Boolman herrlich eingerichtet. Sie gibt sich den Anschein, als geschehe dies alles nur aus Sorge um meine Gesundheit. Und sie hätte wahrlich nicht nötig, so ängstlich zu sein, ich besitze keine Verwandten außer Jacob Boolman, dem Neffen meines verstorbenen Mannes. Dieser wünschte, daß sein Neffe Ramanina erben möge; er hatte etwas für Jacob übrig, als er noch nicht durch die Despotie seiner Gattin zum erbärmlichen Schwächling geworden war, der sich sein bißchen Lebensgenuß auf verbotene Weise erschleicht. Er war ein frischer, ehrlicher Bursche, nicht sehr begabt, doch ganz tüchtig. Aber er ist das Opfer seiner Frau geworden. Also, wie gesagt, er würde auf jeden Fall der Erbe von Ramanina sein. Aber daß seine Frau hier herrschen wird nach meinem Tod, das läßt mich, glaube ich, nicht sterben. Ich stemme mich gegen den Tod, und ich glaube, ich lebe nur noch aus Protest gegen die Habgier und Herrschsucht dieser Frau, die ihrer ganzen Familie zum Verderben lebt.«

Malve verschlang die Hände und sah die alte Dame fassungslos an.

»Mein Gott, was für ein furchtbares Dasein ist das für Sie!«

Maria Saalfner atmete tief auf.

»Ich sagte Ihnen schon, man gewöhnt sich an alles. Aber daß ich noch erleben durfte, daß Sie nach Ramanina kamen, daß ich Sie sehen, mich zu Ihnen aussprechen durfte, das ist schon wert, daß ich mich so lange gegen den Tod gewehrt habe. Mir ist, als sei meine Tochter wieder zu mir zurückgekehrt; so wie eine Mutter für ihr Kind, so empfinde ich für Sie. Gönnen Sie mir das?«

Malve küßte gerührt ihre Hand.

»Liebe, liebe, verehrte Mevrouw Saalfner, kann ich sonst nichts für Sie tun?«

»Ja, Sie können mir helfen, dieses Dasein zu ertragen, müssen mir helfen, daß uns zuweilen so ein Stündchen wie heute beschieden ist. Dazu ist nötig, daß auch Sie ein wenig Komödie spielen. Gern verleite ich Sie nicht dazu, aber es darf niemand ahnen, was Sie mir sind, wie wir zusammen stehen. Da waren im vorigen Jahr zwei junge Herren hier, unser Nachbar auf Madala, Doktor van der Straaten, und sein Freund. Ich hing mein altes Herz an diese beiden prächtigen Menschen. Glauben Sie mir, daß man mir auch nur eine Minute des Alleinseins mit ihnen gönnte? Nein – und so ist es immer. Deshalb bin ich jetzt gewitzter und spiele Komödie.

Ich verberge mein Wohlwollen für Sie hinter einer starren Gleichgültigkeit. Nicht wahr, Sie verraten mich nicht?«

Tief bewegt küßte Malve wieder ihre Hand.

»Liebe, teure Mevrouw Saalfner, das dürfen Sie mich gar nicht fragen. Es ist doch selbstverständlich.«

Die alte Dame nickte.

»Wenn Sie wüßten, wie sehr ich mich auf diese Stunde gefreut, wie ich sie herbeigesehnt habe. Endlich einmal reden dürfen, wie mir ums Herz ist, mit einem Wesen, das Zug um Zug meiner Tochter gleicht, die mir in der Blüte ihrer Jahre, kaum zwanzig, entrissen wurde.«

»Auf welche Weise verloren Sie Ihre Tochter so jung?« fragte Malve teilnahmsvoll.

Ein zitternder Seufzer entschlüpfte den Lippen Maria Saalfners.

»Vor langen Jahren waren wir zur Erholung nach Holland gereist, mein Mann, meine Tochter und ich. Damals ließ ich dieses Bildchen malen. Auf der Rückreise nach Sumatra verlobte sich meine Tochter mit einem holländischen Seeoffizier, der mit uns an Bord war. Wir hatten mit ihm vereinbart, daß er seinen Abschied nehmen und zu uns nach Ramanina kommen sollte. Mein Mann freute sich, in ihm eine junge, kräftige Stütze zu bekommen, denn Ramanina wurde immer größer. Der Verlobte meiner Tochter mußte jedoch an Bord des Dampfers bleiben, bis dieser wieder nach Amsterdam zurückkehrte. So mußte die Hochzeit so lange verschoben werden. In Padang nahm dann der Dampfer einige Zeit Aufenthalt, weil die Maschine einen Defekt bekommen hatte. Malves Verlobter teilte uns das mit und bat uns, mit Malve solange nach Padang zu kommen. Die Reise nach Padang ist nicht eben weit. Und wir hatten liebe Freunde dort, die wir gern wiedergesehen hätten. Außerdem war meine Tochter natürlich voller Sehnsucht, ihren Verlobten noch einmal wiederzusehen, ehe er nach Amsterdam zurückfuhr. So reisten wir also unten von der Station Moesi, wo Sie den Flußdampfer verlassen haben, mit der Gebirgsbahn nach Padang hinüber.

Der Verlobte meiner Tochter erwartete uns schon voll Sehnsucht, und wir sahen das Glück unserer Kinder emporblühen wie eine zarte, herrliche Wunderblume. Die beiden jungen Menschen hingen mit großer Liebe aneinander.

Eines Tages nun machte das junge Paar eine Fahrt in einem kleinen Segelboot auf das Meer hinaus. Das Wetter war ruhig, kein Wölkchen am Himmel. Mein Mann und ich saßen mit unseren Freunden auf einer Hotelterrasse und sahen unseren glücklich lachenden Kindern frohen Herzens nach. Es war das letztemal, daß ich in meines heißgeliebten Kindes lebendes Antlitz sah. Als das Boot weit draußen war auf der See – wir konnten das Segel kaum noch erblicken –, erhob sich ganz plötzlich ein heftiger Gewittersturm, ohne jedes warnende Vorzeichen. In ihm kenterte das Boot, vor unseren Augen ertranken unser Kind und der Mann, der es liebte.

Sie sind zusammen in Padang beerdigt worden und mit ihnen unser ganzes Glück. Zehn Jahre später verlor ich meinen Gatten, er liegt in Padang neben seiner Tochter bestattet. Solange ich noch reisen konnte, fuhr ich jedes Jahr einige Male zu meinen Gräbern hinüber. Seit Jahren kann ich auch das nicht mehr. Eines Tages, kurz nach meines

Mannes Tod, tauchten Boolmans hier auf und setzten sich auf Ramanina fest. Ich ließ sie gewähren, denn mir war alles gleichgültig geworden, was nicht mit meinem Schmerz zusammenhing. Damals kannte ich freilich Emma Boolman nicht, wie ich sie heute kenne, sonst hätte ich sie wohl energisch von Ramanina fortgewiesen. Aber man gewöhnt sich an alles. So, liebes Kind, nun wissen Sie, wie ich meine Tochter verlor. Fast fünfundzwanzig Jahre ist es her, aber das Erleben jenes furchtbaren Tages ist heute noch lebendig in mir.«

Malve sah mit feuchten Augen in das gramvolle Gesicht der alten Dame.

»Arme, arme Mutter«, sagte sie mitleidig.

Maria Saalfner richtete sich seufzend auf.

»Ja, es ist trüb und schwer, eine einsame alte Frau zu sein, auf deren Tod gierige Erben warten. Es fehlt ihnen an nichts, diesen Menschen, und sie haben in meinem Haus ein sorgloses Leben, und doch gönnen sie mir nicht die Luft zum Atmen. Aber ich will nicht ungerecht sein, im Grunde ist es nur die eine, die mein Ende nicht erwarten kann: Emma Boolman. Jacob ist von ihr beeinflußt, seine Tochter Jo ist viel zu träge, um einen bösen Gedanken zu fassen, sie tut und läßt, was die Mutter befiehlt. Und Alfred Meersburg ist ein rechtlicher Mann, mir in Dankbarkeit ergeben und im Innern ein Feind seiner despotisch berechnenden Schwiegermutter. Nur um des Friedens willen läßt er sie gewähren. Hoffentlich hat er die Kraft, seiner Kinder Seelen nicht vergiften zu lassen. Unterstützen Sie ihn dabei, so gut es geht, liebes Kind, helfen Sie, die Kinder zu ehrlichen Menschen zu erziehen; Sie haben eine liebe, kluge Art, mit ihnen umzugehen.«

»Die Kinder sind mir lieb, und was in meiner Kraft liegt, soll geschehen, sie zum Guten zu lenken.«

»Möge es Ihnen gelingen! Ich habe meine Tage dumpf dahingelebt, seit ich durch mein Leiden an das Haus gefesselt bin. Ihr Anblick hat mich wieder aufgerüttelt aus dieser Lethargie. Ihre Ähnlichkeit mit meiner Tochter hat wie ein Wunder auf mich gewirkt, und ich zergrüble mir alle Tage, seit Sie hier sind, den Kopf, wie eine solche Ähnlichkeit möglich ist. Auch daß Sie den Namen meiner Tochter führen, ist seltsam, da er wenig gebräuchlich ist. Sie sagen, daß Sie Rheinländerin sind, auch ich bin es, und zwischen vier blonden Geschwistern war ich der einzige Schwarzkopf. Das hat mir früher viel Kummer gemacht. Ich wollte auch goldenes Haar haben wie unsere Ahne, die in den Freiheitskriegen ihr goldenes Haar geopfert hatte.«Malve richtete sich betroffen auf.

»Das ist sehr seltsam. Meine Mutter hat mich zu Ehren einer Vorfahrin Malve genannt, die ihr goldenes Haar dem Vaterland opferte.«

Nun stutzte auch Maria Saalfner.

»Wissen Sie, wie diese Vorfahrin hieß?«

»Ja, sie hieß Malve Döring.«

Mit einem jähen Ruck richtete sich die alte Dame in ihrem Sessel empor.

»Malve Döring? Das ist dieselbe, nach der ich meiner Tochter den Namen gab. Sie heiratete einen Kaufmann namens Redwitz und hinterließ zwei Töchter, Malve und Dorette Redwitz.«

Malves Augen leuchteten auf. Sie nickte eifrig.

»Und die Tochter von Dorette Redwitz war meine Urgroßmutter, Malve Schwind.«

»Ah, jetzt wird es klar. Die Tochter von Malve Redwitz war meine Großmutter. Aber sie hat behauptet, daß von ihr keine Verwandten mehr existieren.«

»Das kommt wohl daher«, sagte Malve erregt, »daß mein Großvater, der einzige Sohn von Malve Schwind, in jungen Jahren nach Amerika auswanderte und für verschollen galt. Meine Mutter ist in Amerika geboren, kam dann mit ihrem Vater als erwachsenes junges Mädchen nach Deutschland und heiratete am Rhein meinen Vater.«

Maria Saalfner wurde immer erregter.

»Da sind nun all meine Verwandten um mich gestorben. All meine Geschwister starben jung, noch ehe ich mit meinem Mann nach Holland ging. Nur eine meiner Schwestern, die auch unverheiratet blieb, starb erst kurz vor meiner Tochter Malve. Und ich habe immer geglaubt, es existiere nicht einer meiner Verwandten mehr.«

»So glaubte meine Mutter auch. Ihr Vater hatte sich wieder im Rheinland niedergelassen, starb aber bald nach seiner Rückkehr nach Deutschland. Sie besaß nur noch eine Kusine, die aber aus meines Vaters Familie stammte. Der Gatte dieser Kusine wurde mein Vormund, und in seinem Haus lebte ich die letzten drei Jahre seit dem Tod meiner Mutter, die meinen Vater nur um ein Jahr überlebte.«

Tief bewegt faßte die alte Dame Malves Hand.

»Kind, das ist eine wunderbare Fügung des Himmels, daß du hierhergekommen bist. Ich muß dich du nennen, du bist Blut von meinem Blute, wir stammen beide von Malve Döring ab. Malve, liebe kleine Malve, komm, laß dich umarmen!«

Und sie zog das junge Mädchen tief bewegt an sich.

Malve war zumute, als ruhe sie in den Armen einer liebevollen Mutter.

Dann mußte Malve von ihrem Schicksal erzählen, und so hörte Maria Saalfner auch, daß Malve mit der jungen Frau von Doktor van der Straaten befreundet war.

Nur von Rüdiger Lersingen sagte Malve kein Wort, seinen Namen erwähnte sie nicht, und auch Maria Saalfner sprach nicht von ihm.

15

»Da sind wir wieder, Tante Maria. Hast du dich gut unterhalten?« begrüßte Emma Boolman die alte Dame nach ihrer Rückkehr.

»O ja, aber ihr werdet euch wohl besser unterhalten haben«, meinte die alte Dame mit einem bedeutsamen Blick nach Malve hin, und Mevrouw Boolman entschuldigte sich sehr wortreich, daß sie nicht doch lieber zu Hause geblieben sei. Dann schickte sie Malve fort zu den Kindern, die ihrer Erzieherin aufgeregt und lustig von dem Fest und den Ereignissen des Tages erzählten.

Während Malve mit den Kindern im Garten spielte, saßen die Erwachsenen bei Tante Maria auf der Veranda und berichteten ihr ebenfalls vom Fest. Und dann sagte Emma Boolman aufgebracht:

»Ich habe eine Überraschung gehabt, allerdings keine freudige. Außer den anderen Nachbarn war auch der neue Direktor von Madala auf dem Fest.

Zu meinem Erstaunen sah ich, daß es Doktor Lersingen ist. Und kein Mensch hatte mich darauf vorbereitet. Ich weiß nicht, aus welchem Grund mir Doktor van der Straaten verheimlichte, daß sein neuer Direktor Lersingen ist. Aber auch Jo und Alfred haben es unterlassen, mir Mitteilung davon zu machen.

»Bei den letzten Worten sah sie ihre Tochter und ihren Schwiegersohn strafend an.

»Wir wußten nicht, daß dich das interessieren würde«, warf Alfred Meersburg ein.

»Ach, du weißt oft vom hellen Tag nichts, Alfred! Es ist mir sehr unangenehm, daß dieser mir so unsympathische Mensch jetzt dauernd in unserer Nähe leben soll. Man wird nicht vermeiden können, daß er mit uns verkehrt.«

»Das wollen wir auch gar nicht vermeiden, Emma. Ich freue mich jedesmal, wenn er kommt. Warum ist er dir denn so unsympathisch?« fragte Tante Maria.

Über Emma Boolmans Gesicht jagte eine fliegende Röte. »Er ist so arrogant, tut immer so überlegen und hat eine Art, einen anzusehen, die mir direkt unangenehm ist.«

»Mir scheint, mit dieser Ansicht wirst du ziemlich vereinzelt dastehen«, meinte die Greisin ruhig.

»Jedenfalls ist Doktor Lersingen überall sehr beliebt, und ich halte ihn für einen tüchtigen, zuverlässigen Mann von vornehmer Gesinnung«, konnte sich Alfred Meersburg nicht enthalten zu sagen.

Seine Schwiegermutter starrte ihn fassungslos an.

»Mein lieber Alfred, ihr Männer habt wenig Menschenkenntnis.«

Jo wollte tapfer auch etwas zugunsten Doktor Lersingens sagen, aber sie schwieg verlegen unter dem Blick der Mutter. Maria Saalfner merkte das. »Hat Doktor Lersingen nicht gesagt, warum er die ganze letzte Woche nicht in Ramanina war?«

»Er hatte die Absicht, heute vorbeizuschauen, aber die Festlichkeit in Kambong durfte er natürlich nicht absagen, sonst hätte er seine Leute gekränkt. Er wird aber an einem der nächsten Tage herüberkommen«, berichtete Jacob Boolman.

Seine Gattin hielt es für notwendig, das Thema zu wechseln, und kam auf Malve zu sprechen.

»Sie scheint sich vorzüglich zur Erzieherin zu eignen«, meinte sie. »Jan und Martje hängen wie die Kletten an ihr und haben heute wohl hundertmal bedauert, daß sie nicht mit von der Partie war.«

»Du bist wohl etwas eifersüchtig auf die Erzieherin deiner Kinder, Jo?« fragte Maria Saalfner.

Jo lachte.

»Nein, Tante Maria, zur Eifersucht habe ich kein Talent und keine Zeit. Ich bin sehr zufrieden, daß die Kinder sich so gut mit ihr verstehen. Sie ist zuverlässig, und die Kinder lernen spielend bei ihr. Ich selbst habe so viel in der Wirtschaft zu tun, und Alfred ist fast den ganzen Tag draußen auf den Feldern, da ist es sehr gut, wenn wir die Kinder wohl aufgehoben wissen.«

»Ich wußte, daß ich eine gute Wahl getroffen hatte, meine Menschenkenntnis läßt mich nicht so leicht im Stich«, bemerkte Emma Boolman selbstgefällig.

*

Malve hatte in den nächsten Tagen wiederholt ein Stündchen mit Maria Saalfner plaudern können, ohne von Emma Boolman beargwöhnt zu werden. Die Vorlesestunden gaben den Vorwand dazu.

Die beiden Damen waren einander schnell nahegekommen. Wenn Maria Saalfner für Malve wie für eine neu geschenkte Tochter empfand, so erwiderte Malve dieses Gefühl durch eine innige kindliche Zuneigung.

Sie waren aneinander gefesselt durch die Bande des Blutes und gegenseitigen Verstehens.

Emma Boolman, der sonst nicht leicht etwas entging in ihrer Umgebung, blieb diesem geheimnisvollen Bündnis gegenüber seltsamerweise blind. Vielleicht weil sie Malve mehr zu den Dienstboten rechnete, die ihren Plänen nicht gefährlich werden konnten.

Es war am Mittwoch nach jenem Sonntag, an dem sich Malve und Maria Saalfner als Verwandte gefunden hatten, um die Mittagszeit. Jan und Martje pflegten nach der mittäglichen Reistafel zu ruhen, und auch die übrigen Familienmitglieder hielten um diese Zeit eine ausgedehnte Siesta.

Malve war also für einige Stunden von allen Pflichten frei. Meist schlüpfte sie dann in den luftigen Sarong, warf die Kabaja über und setzte sich im Schatten auf die Veranda oder ging hinüber in den kleinen Pavillon, der dicht neben der Eingangspforte zum Garten an einem Aussichtspunkt stand. Dort pflegte sie ihre Briefe zu schreiben oder in einem Buch zu lesen.

Auch heute hatte sie erst auf der Veranda gesessen und an Daniela geschrieben und ihr ausführlich von allem berichtet, was sie erlebt hatte, seit sie sich an Bord des Dampfers verabschiedet hatten. Nur von ihren Beziehungen zu Maria Saalfner erwähnte sie kein Wort, denn diese hatte sie eindringlich gewarnt und ihr gesagt, daß Emma Boolman keinen Brief aus dem Haus gehen lasse, den sie nicht kontrolliert habe. Die Post ging durch ihre Hände. Das hatte Malve sich eingeprägt, und sie richtete ihre Briefe danach ein.

Als sie mit dem Schreiben an Daniela fertig war, richtete sie sich auf und ließ ihre Augen, an der Verandabrüstung lehnend, umherschweifen. Es war ein herrliches, tropisches Landschaftsbild, das sich vor ihr ausbreitete. Unten im Tal der Urwald mit seinem smaragdenen Grün, ringsum weite Reis-, Kaffee- und Baumwollfelder, und jenseits derselben lag im Dunst das Gebirge. In weiter Ferne ragte nördlich der Indrapura empor. Hinter ihm, das wußte Malve, lag noch weiter nördlich Padang, die Hafenstadt, wo Mevrouw Saalfners Tochter mit dem Geliebten beerdigt war. Es mußte trotz allem ein schöner Tod gewesen sein – sie war in den Armen des geliebten Mannes gestorben, der sie auch im Tod nicht hatte lassen wollen. Gab es wirklich eine solche Liebe bis in den Tod bei einem Mann? Malve seufzte tief auf und strich sich über die Stirn. Nicht daran denken! Es war besser, sie ging hinüber zum Pavillon.

Ein leichtes Tuch über den Kopf als Sonnenschutz werfend, lief sie in ihren Strohpantöffelchen, in Sarong und Kabaja die Verandatreppe hinab und durch das grelle Sonnenlicht hinüber. Gerade als sie den Pavillon erreicht hatte, nahte jenseits des Gartenzauns der Eingangspforte ein Reiter. Malve bemerkte ihn nicht. Sie stand abgewendet von der

Pforte und ließ ihre Augen über die herrliche Aussicht gleiten.

Der Reiter sprang jenseits der Pforte vom Pferd, öffnete dieselbe und gab seinem Pferd einen leichten Schlag, worauf dieses ruhig nach den ihm wohlbekannten Stallungen schritt.

Der Reiter selbst blieb stehen und sah sich um. Es war Rüdiger Lersingen, der von Madala herübergekommen war, um auf Ramanina einen Besuch zu machen.

Er sah in dem Pavillon die schlanke Mädchengestalt in Sarong und Kabaja stehen. Das Tuch verdeckte noch Malves goldglänzendes Haar. Er glaubte, eine malaiische Dienerin vor sich zu sehen.

»Heda, Kind, ist die Herrschaft noch bei der Siesta?« rief er ihr zu.

Malve schrak empor aus ihren Träumen und wandte sich schnell um. Dabei glitt ihr das Tuch vom Kopf. Und nun starrten die beiden einander in die erblaßten Gesichter – ohne ein Wort über die Lippen zu bringen. Erst nach einer Weile ermannte sich Lersingen und trat ganz nahe an Malve heran.

»Es gibt doch keine Gespenster am hellen Tag! Oder sehe ich ein Trugbild vor mir? Malve Bertram! Malve Bertram – sind Sie es, oder äfft mich ein Spuk?« stieß er hervor.

Malve stand zitternd gegen die Pavillonbrüstung gelehnt und preßte die Hände auf die Brust.

»Doktor Lersingen – mein Gott –, wie kommen Sie hierher?« stammelte sie fassungslos.

Er atmete tief auf, und ohne seine Augen von ihrem blassen, süßen Gesicht zu lösen, sagte jetzt Rüdiger Lersingen mit verhaltener Erregung:

»Wie ich hierherkomme? Ich kam von Madala

herüber, der Besitzung meines Freundes van der Straaten. Aber Sie? Ich fasse es noch nicht – Sie in Ramanina, in dem Gewand einer Eingeborenen? Ich weiß, auch die Europäerinnen tragen in den heißen Tagesstunden diese Tracht. Aber wie kamen Sie nach Ramanina?«

Mühsam hatte Malve ihre Fassung zurückgewonnen und richtete sich nun stolz empor, einen kühl abweisenden Blick in ihre Augen zwingend.

»Ich – ich bin als Erzieherin der Kinder von Mynheer und Mevrouw Meersburg hier angestellt«, sagte sie, so ruhig sie konnte.

Er sah sie an, als spräche sie in einer fremden Sprache mit ihm. Aber dann gab auch er sich einen Ruck und richtete sich straff empor.

»Verzeihen Sie, ich habe natürlich kein Recht, Sie zu fragen, wie das gekommen ist, wie Sie von Lindenhof nach Ramanina gekommen sind.«

Es zuckte schmerzlich um Malves Mund – er sah es. Was ging in ihr vor?

»Das ist schnell erklärt, Herr Doktor«, erwiderte Malve. »Um es kurz zu machen, Mevrouw Boolman war mit ihrem Gatten in Hagenau zu Besuch, als – als mein Vormund plötzlich starb – durch eigene Hand – und ich in sehr schwierigen Verhältnissen zurückblieb. Ich war vor die Notwendigkeit gestellt, mir mein Brot selbst zu verdienen. Dani und ihre Mutter wollten mich für immer bei sich aufnehmen. Auch Doktor van der Straaten bot mir liebenswürdig seine Hilfe an. Ich konnte weder das eine noch das andere annehmen. Da schlug mir Mevrouw Boolman die Stellung als Erzieherin bei ihren Enkelkindern vor – ich nahm an, und hier bin ich«, sagte sie mit erzwungener Ruhe.

Er schüttelte verständnislos den Kopf.

»Ich verstehe das alles nicht. Soviel ich weiß, waren Sie doch in pekuniärer Hinsicht unabhängig von Ihrem Vormund – im Besitz eigenen Vermögens. Wie ist es möglich, daß Sie in eine solche Lage kamen?«

Sie atmete tief auf und sah an ihm vorüber in die Ferne.

»Mein Vormund hat mein gesamtes Vermögen, wie auch sein eigenes verspekuliert. Lindenhof ist in andere Hände übergegangen. Meine Tante Herta hat bei ihren Kindern Zuflucht suchen müssen. Und ich muß mir mein Brot bei fremden Menschen verdienen.«

Er machte unwillkürlich eine Bewegung, als wolle er sie umfassen und stützen, ließ aber dann die Arme wieder sinken.

»Das ist ja furchtbar! Die verwöhnte, reiche Erbin – und jetzt in abhängiger Stellung bei Mevrouw Boolman. Das ist ein schwerer Schicksalsschlag für Sie!«

Sie sah ihn unsicher an. Warum gab er sich den Anschein, als ob er noch glaube, daß sie eine reiche Erbin wäre? Der Vormund hatte ihm doch geschrieben, daß dies ein Irrtum sei, und es hatte ihn in die Flucht getrieben. Und der Schmerz, von ihm verschmäht worden zu sein, weil sie arm war, stieg wieder heiß und brennend in ihr auf. Ihre Stirn umschattete sich.

»Sie sollten doch davon nicht so überrascht sein, daß ich arm bin«, sagte sie bitter.

Er verstand sie nicht.

»Doch, denn ich hielt Sie für sehr vermögend.«

Sie zuckte leise zusammen und sah ihn mit

großen Augen an. Die Empörung über seine vermeintliche Lüge wollte ihr schroffe Worte über die Lippen treiben. Aber wozu noch einmal an diese Dinge rühren, die noch wie eine offene Wunde brannten?

Er sah ihr an, daß sie etwas, das sich über ihre Lippen drängen wollte, in sich verschloß. Aber er fragte nicht, was es gewesen sei, als sie nach einer kleinen Pause sagte:

»So haben Sie sich geirrt, es ist ja auch nicht wichtig.«

Er sah sie mit einem Blick an, daß sie erschrocken die Augen schloß, und sagte heiser:

»Nein? Glauben Sie, daß mir etwas unwichtig ist, was mit Ihrer Person zusammenhängt?«

Sie wurde glühend rot und richtete sich wie in stolzer Abwehr auf.

»Herr Doktor, ich muß Sie bitten, alles, was mit meiner Person zusammenhängt, als völlig uninteressant für sich zu betrachten.«

Er verneigte sich.

»Verzeihen Sie – einst habe ich geglaubt –, aber nein, auch das darf ich nicht aussprechen. Seien Sie unbesorgt, ich werde die von Ihnen gewünschte Distanz halten. Also ein unverfängliches Thema: ›Wie gefällt es Ihnen in Ramanina?‹«

Sie ging aufatmend auf seinen leichten Ton ein.

»Ich danke Ihnen. Sehr gut. Darf ich fragen, ob Sie für längere oder für kürzere Zeit in Madala weilen?«

Sein Blick brannte schmerzlich in den ihren.

»Wahrscheinlich für immer. Ich bin Plantagendirektor auf Madala geworden, seit ich von Hagenau abreiste. Ich muß mich übrigens noch entschuldigen, daß ich damals in Lindenhof keinen Abschiedsbesuch machte.«

Sie zog die Stirn zusammen.

»Es war besser so. Aber warum hat mir Doktor van der Straaten nicht gesagt, daß Sie auf Madala sind?«

»Er hat es auf meinen Wunsch hin verschwiegen, ich wollte nicht, daß Sie wissen sollten, wohin ich ging.«

Ein bitteres Gefühl stieg in ihr auf.

»Waren Sie in Sorge, daß ich Ihnen nach Ihrer fluchtartigen Abreise noch ein Lebenszeichen von mir aufdrängen würde?« sagte sie herb und spöttisch.

Er sah sie verständnislos an.

»Nein, ich habe nicht angenommen, daß ich noch etwas von Ihnen hören würde. Aber ich wollte mich ganz aus Ihrem Leben auslöschen. Wenn Sie erfahren hätten, daß ich damals, um schnell aus Ihrer Nähe zu kommen, meinen Freund bat, mir den vakant gewordenen Posten eines Plantagendirektors zu übertragen, und daß ich nach Madala abgereist war, dann hätten Sie doch vielleicht, der Form halber, nach meinem Ergehen fragen müssen, und das wollte ich Ihnen – und mir ersparen.«

In schmerzlichem Hohn sprühten ihn ihre Augen an.

»Sie hatten es sehr eilig, so spurlos zu verschwinden«, sagte sie zornig.

Er atmete tief und schwer.

»Es war die einzige Rettung, und ich hoffte, daß Sie wenigstens dafür Verständnis haben würden.«

»Wenigstens dafür?« fragte sie bitter. »Oh, ich habe für alles Verständnis gehabt, Herr Doktor, und ich bedaure sehr, daß Sie mir nun doch noch einmal begegnen mußten. Angenehm wird Ihnen diese Begegnung wohl nicht sein?«

Er biß die Zähne zusammen. Höhnte sie ihn noch in seinem Schmerz, der von neuem mit seiner ganzen Wucht auf ihn hereinbrach?

»Sie gestatten, daß ich Ihnen die Antwort hierauf schuldig bleibe.«

Eine Weile standen sie sich stumm gegenüber. Seine Augen ruhten in schmerzlicher Innigkeit auf der schlanken Mädchengestalt, die so fremdartig in dem bunten Sarong, der so gar nicht zu dem goldigen Haar und zu den deutschen blauen Augen passen wollte, vor ihm stand. Sie ahnten beide nicht, wie unrecht sie einander taten, ahnten nicht, daß ihre Herzen in schmerzvoller Sehnsucht einander entgegenschlugen, trotz allem.

Endlich riß sich Malve aus ihrer qualvollen Erbitterung empor.

»Sie wollten den Herrschaften Ihren Besuch machen, Herr Doktor, bitte, lassen Sie sich durch mich nicht länger aufhalten.«

Es zuckte in seinem Gesicht.

»Das heißt auf gut deutsch: ›Befreien Sie mich von Ihrer Gegenwart.‹ Ich werde mich sogleich zurückziehen, bitte Sie nur noch, mir zu sagen, wie Sie meinen Freund Hendrik und seine junge Frau verlassen haben. Ich erhielt erst in diesen Tagen ihre Vermählungsanzeige. Geht es ihnen wohl?«

Malve richtete sich auf.

»Sie sind beide sehr glücklich, und ich besuchte sie vor der Abfahrt des Dampfers in ihrem schönen Heim in Amsterdam. Sie geleiteten mich zum Dampfer und sagten mir, daß sie im Frühjahr nach

Madala kommen. Aber – daß ich Sie hier finden würde, verheimlichte man mir.«

Die letzten Worte stieß sie in zorniger Erregung hervor, und sie mußte jetzt an Danis seltsame Worte beim Abschied in Hagenau denken. Warum, ach, warum hatte sie es ihr verschwiegen, daß Doktor Lersingen hier war?

»Sonst wären Sie sicher nicht hierhergekommen, das brauchen Sie mir nicht zu versichern«, sagte er bitter. »Aber es tut mir leid, Ihnen nicht die Beruhigung geben zu können, daß wir einander hier nicht zu begegnen brauchen. Ich stehe beruflich fortwährend im Verkehr mit Ramanina und war in der letzten Woche nur verhindert zu kommen. Es wird sich nicht vermeiden lassen, daß wir einander begegnen. Und noch einmal die Flucht ergreifen kann ich nicht, da ich hier einen verantwortungsvollen Posten habe. Ich verstehe meinen Freund Hendrik nicht, daß er uns beiden diese peinliche Situation nicht ersparte. Er ist sonst so taktvoll und hätte sich unter diesen Umständen nicht an sein Versprechen binden sollen. Er mußte Ihnen sagen, daß ich hier bin. Seltsamerweise hat er mir in seinen Briefen auch kein Wort davon mitgeteilt, daß Sie hierherkommen würden.«

»Wie die Dinge liegen, müssen wir uns beide ins Unvermeidliche fügen, denn auch ich bin nicht in der Lage, meine Stellung aufzugeben, da ich mich für zwei Jahre mindestens verpflichtet habe. Um uns beiden die Sache zu erleichtern, bitte ich Sie aber, daß wir einander begegnen wie ganz flüchtige Bekannte.«

Wieder sah er sie mit einem Blick an, der sie seltsam beunruhigte. Mit einer formellen Verneigung sagte er dann:

»Wie Sie befehlen, mein gnädiges Fräulein.«

In diesem Augenblick erschien drüben auf der Veranda Mevrouw Saalfner. Auf ihren Stock gestützt, sah sie scharf und forschend zu den beiden jungen Menschen hinüber.

Malve wandte sich zum Gehen.

»Mevrouw Saalfner ist auf der Veranda. Ich muß gehen.«

»Gestatten Sie, daß ich Sie begleite, mein gnädiges Fräulein?«

Sie schritten nebeneinander durch den blütenschweren Garten, in dem sich Schmetterlinge von seltener Farbenpracht tummelten. Mevrouw Saalfner sah ihnen fragend entgegen.

»Endlich sieht man Sie wieder, lieber Herr Doktor. Ich fürchtete, Sie hätten Ramanina ganz vergessen. Und wie ich sehe, haben Sie schon Bekanntschaft mit Fräulein Bertram gemacht.«

Rüdiger küßte ehrerbietig die Hand der alten Dame.

»Das ist schon vor langer Zeit in Deutschland geschehen, Mevrouw Saalfner. Ich war doch den ganzen Sommer bei meinem Freund Hendrik in Hagenau. Und Fräulein Bertram lebte damals auf dem Nachbargut Lindenhof. Mein Freund Hendrik hat die beste Freundin von Fräulein Bertram geheiratet.«

Maria Saalfners kluge Augen forschten in Malves blassem zuckendem Gesicht und in dem nicht minder erregten Doktor Lersingens.

»Oh, so wußten Sie schon, daß Sie einander hier treffen würden, Fräulein Bertram?«

»Nein, Mevrouw Saalfner, das wußten wir beide nicht. Wir waren sehr überrascht, als wir uns hier wiedersahen nach unserer flüchtigen Bekanntschaft in Hagenau.«

Es fiel Maria Saalfner auf, daß Malve dieses »flüchtigen« so besonders betonte und daß ihre Augen nicht wie sonst klar und offen in den ihren ruhten.

»Ah, Herr Doktor Lersingen!« ließ sich plötzlich Emma Boolmans Stimme vernehmen. Sie war leise auf die Veranda herausgetreten, als sie Tante Maria sprechen hörte.

Rüdiger begrüßte nun auch Mevrouw Boolman, etwas konventioneller und weniger herzlich als Maria Saalfner.

Diese ließ ihren Blick noch immer forschend auf Malves Gesicht ruhen.

»Nun, Juffrouw Malve, wollen Sie nicht nach Jan und Martje sehen?« fragte Emma Boolman mit scharfem Tadel. »Kleiden Sie die Kinder an, und bringen Sie sie hierher!«

Malve zuckte leise unter dem scharfen Ton zusammen.

»Verzeihung, Mevrouw Boolman, ich habe mich etwas versäumt.«

Rüdiger zog die Stirn zusammen.

»Daran bin ich schuld, Mevrouw Boolman, ich hielt Fräulein Bertram auf. Wir kennen uns von Hagenau, und ich erkundigte mich nach meinem Freund«, sagte er schnell.

»So, so, Sie kennen sich schon. Nun gut, jetzt gehen Sie schnell zu den Kindern.«

Malve verneigte sich und ging schnell davon.

In diesem Augenblick kam auch Alfred Meersburg mit seiner Gattin heraus und begrüßte erfreut den Gast.

Nur Jacob Boolman fehlte noch. Den fand Malve bei den Kindern, die, halb angekleidet, im Zimmer herumtollten und Malve jubelnd begrüßten.

»Also, Kinder, heute werdet ihr mir Ehre machen. Es ist ein deutscher Herr bei den Eltern und Großeltern zu Besuch, mit dem müßt ihr deutsch sprechen. Ihr sagt zuerst: ›Guten Tag, Herr Doktor.‹ Und wenn er euch etwas fragt, antwortet ihr deutsch.«

»Wenn es aber nicht geht, wenn wir ihn nicht verstehen, wenn er deutsch spricht?«

»Ihr müßt euch nur Mühe geben. Schlimmstenfalls helfe ich aus. So, nun seid ihr fertig. Jetzt wartet ihr hier artig fünf Minuten, bis ich mir schnell ein anderes Kleid übergeworfen habe.«

»Du siehst im Sarong am hübschesten aus, Juffrouw Malve«, sagte Jan mit einem schüchternen Versuch, ein Kompliment zu machen.

»Der Sarong ist aber höchstens als Hauskleid zulässig, und jetzt ist ein Gast im Hause. Also seid artig und bringt euren Anzug nicht in Unordnung. Ich denke, ihr übt euch inzwischen ein wenig und plaudert deutsch miteinander, und wer die wenigsten Fehler macht, ist König.«

Damit waren die Kinder einverstanden und waren so mit Eifer bei ihrer Übung, daß ihnen die Zeit schnell verging.

Als Malve in einem ihrer hübschen weißen Kleider wieder eintrat, schrie ihr Jan entgegen:

»Ich bin König. Martje hat sieben Fehler und ich nur drei.«

Die Kinder hängten sich rechts und links in Malves Arme, und so traten sie heraus auf die Veranda, wo die anderen um einen runden Tisch saßen. Eingeborene Dienerinnen servierten Erfrischungen.

Malve fühlte Rüdigers Blick auf sich ruhen. Das helle Rot stieg ihr ins Gesicht. Das bemerkte nicht nur Rüdiger, sondern auch Mevrouw Saalfner.

Malve ahnte nicht, mit welchen Gefühlen Rüdiger ihr gegenübersaß. Sie wagte kaum, zu ihm hinüberzusehen, denn wenn ihre Augen in die seinen trafen, begegnete sie immer wieder diesem seltsam schmerzvollen Blick, der sie beunruhigte. Weshalb sah er sie so an, daß ihr Herz immer wieder unter diesem Blick erzitterte?

Maria Saalfner, die Kluge, Gütige, machte sich ihre eigenen Gedanken über die beiden jungen Menschen, aber sie ließ sich nichts anmerken.

Rüdiger Lersingen blieb auch den Abend und die Nacht in Ramanina. Es war so üblich, denn in der Nacht war es nicht ratsam, allein den stundenlangen Weg zurückzulegen, da wechselten allerlei Raubtiere aus dem Urwald herüber.

So war Malve gezwungen, stundenlang in Rüdigers Gesellschaft auszuharren. Er beschäftigte sich mit den Kindern und gewann sich gleich ihre Herzen. Jan und Martje schlossen Freundschaft mit ihm und erzählten ihm Wunderdinge von Juffrouw Malve. Jan rief einmal in heller Begeisterung aus:

»Juffrouw Malve habe ich am liebsten!«

Da sagte Rüdiger leise vor sich hin: »Das kann ich dir nachfühlen, Jan.«

Aber Malve hatte es doch gehört, und dunkle Glut schoß in ihr Gesicht. Sie sprang auf und ging ins Haus und kam erst nach einer Weile mit einer Handarbeit wieder heraus. Bei der Abendtafel saß Rüdiger Malve gegenüber, und wieder mußte sie seinen Blicken begegnen, die kaum von ihrem Gesicht ließen.

Später als sonst wurden die Kinder heute zu Bett geschickt. Mevrouw Boolman gab endlich das Signal zum Aufbruch.

»Juffrouw Malve, bringen Sie die Kinder zur Ruhe. Wir bedürfen Ihrer dann nicht mehr«, sagte sie.

Malve erhob sich sofort. Einesteils war sie wie erlöst, daß sie fortgeschickt wurde, andernteils tat ihr das Herz darüber weh. Jan und Martje sagten reihum gute Nacht, und Malve verabschiedete sich mit einer stummen Verbeugung.

Da hielt sie Maria Saalfner noch einen Moment zurück.

»Ich werde heute abend schlecht einschlafen können, Juffrouw Malve kann mir noch ein Stündchen vorlesen, wenn du sie nicht brauchst, Emma«, sagte sie.

Mevrouw Boolman nickte.

»Selbstverständlich steht sie zu deiner Verfügung, Tante Maria.«

»Also gut, kommen Sie in einer halben Stunde in mein Zimmer«, bat die Greisin Malve.

Malve verneigte sich.

»Ich werde kommen, Mevrouw Saalfner.«

Damit verschwand sie.

Maria Saalfner merkte sehr wohl, daß Doktor Lersingen, seitdem Malve verschwunden war, ein wenig geistesabwesend war. Sie verabschiedete sich bald.

»Bitte, laßt euch nicht stören, ihr werdet euch mit Doktor Lersingen noch gut unterhalten. Und ich höre es gern, wenn hier draußen noch geplaudert wird, wenn ich auf meinem Lager ruhe und den Schlaf erwarte.«

»Geht es Ihnen noch immer nicht besser, Mevrouw Saalfner?« fragte Rüdiger teilnahmsvoll, der alten Dame die Hand küssend.

»Eine so alte Frau wie ich muß zufrieden sein, wenn es nicht schlechter geht, Herr Doktor. Gute Nacht also. Und da Sie morgen früh doch gleich nach Sonnenaufgang fortreiten: Auf Wiedersehen! Kommen Sie recht bald wieder.«

»Wenn Sie gestatten, komme ich am Sonntag wieder herüber – für den ganzen Tag, wenn Sie mich haben wollen.«

»Wollen wir! Wollen wir!« riefen die anderen außer Emma Boolman.

Maria Saalfner lächelte.

»Nun also, da erübrigt sich meine Antwort. Auf Wiedersehen also am Sonntag, lieber Herr Doktor!«

Rüdiger bot der alten Dame den Arm, um sie bis zur Tür ihres Zimmers zu geleiten. Als sie außer Hörweite der anderen waren, sagte sie leise:

»Lieber Herr Doktor, es könnte sein, daß ich Ihnen etwas zu sagen hätte, was die anderen nicht zu wissen brauchen. Deshalb werde ich es aufschreiben und Ihnen bei unserem nächsten Wiedersehen heimlich übergeben. Bitte, sprechen Sie aber mit keinem Menschen darüber!«

»Mein Ehrenwort, Mevrouw Saalfner. Was Sie mir auch anvertrauen werden, es bleibt unter uns.«

»Ich danke Ihnen – und nun gute Nacht, lieber Herr Doktor!«

Maria Saalfner verschwand in ihrem Zimmer, und Rüdiger ging wieder an den Tisch zu den anderen zurück. Er ließ sich von dem Ehepaar Boolman von dem Aufenthalt in Hagenau erzählen. Dabei erfuhr er Ausführliches über das Drama in Lindenhof und über Hendrik van der Straatens Hochzeit. Und so nüchtern Emma Boolman auch berichtete, er lauschte voll Interesse, denn sie sprach auch von Malve.

16

Diese hatte die Kinder zu Bett gebracht. Es ging dabei immer sehr lustig zu. Aber heute war sie nicht so ganz bei der Sache, und Jan und Martje waren unzufrieden. Malve mußte es gutmachen, indem sie ihnen vor dem Einschlafen noch ein Märchen erzählte.

Dann ging sie hinüber in Maria Saalfners Schlafzimmer, die sich bereits von ihrer Dienerin hatte zu Bett bringen lassen. Sie sah Malve lächelnd entgegen.

»Setz dich zu mir, Kind, die Gelegenheit zu einem Plauderstündchen wollen wir uns nicht entgehen lassen. Aber setze dich so, daß du das offene Fenster im Auge hast. Es ist nicht ausgeschlossen, daß Emma Boolman sich besorgt nach mir umsieht, ohne daß wir es merken würden.«

Malve nickte lächelnd und glättete sorgsam die Kissen der alten Dame, die sie mit eigen forschendem Blick ansah.

»Du siehst heute so blaß und müde aus, so, als ob dich etwas bedrückte.«

Starr sah Malve vor sich hin, dann sagte sie leise: »Das Herz ist mir heute auch besonders schwer.«

Maria Saalfner faßte Malves Hand.

»Ist Doktor Lersingen daran schuld, Malve? Hängt es mit ihm zusammen?«

Glühende Röte schoß in Malves Gesicht.

»Bitte, frage mich nicht, Tante Maria«, bat sie.

»Kind, ich will mich nicht in dein Vertrauen drängen, aber sieh, ich habe dir und Doktor Lersingen angemerkt, daß etwas Schweres zwischen euch steht. Und – du bist mir lieb und teuer geworden, wie ein eigenes Kind. Und wenn jetzt meine Tochter so vor mir sitzen würde wie du – mit diesem bangen, unglücklichen Gesicht –, dann würde ich nicht ruhen, bis sie mir alles gesagt hätte, damit ich wüßte, ob ich nicht helfen könnte.«

Malve küßte ihr dankbar die Hand.

»Du kannst nicht helfen – niemand kann das.«

»Sag mir, Malve, bist du wegen Doktor Lersingen nach Ramanina gekommen – um ihn wiederzusehen?«

Heftig schüttelte Malve den Kopf.

»Nein – o nein! Hätte ich gewußt, daß er hier ist, nie wäre ich nach Ramanina gekommen.«

»Und ich hätte dich nie gesehen. Gottlob, daß du es nicht gewußt hast! Also du wärest nicht gekommen, wenn du gewußt hättest, daß du ihn hier treffen würdest? Er aber hat dich angesehen, als trüge er tausend Schmerzen um dich.«

Ein bitteres Lächeln spielte um Malves Mund.

»Du bist sonst so klug und scharfsichtig, Tante Maria, aber hier siehst du falsch. Du sollst wissen, was zwischen Rüdiger Lersingen und mir gewesen ist. Ich habe es nie einem Menschen anvertraut, dir will ich es sagen, denn du bist gütig wie eine Mutter zu mir.«

Und Malve erzählte, wie sie Rüdiger Lersingen

kennen und lieben gelernt hatte, wie er sie an seine Liebe glauben ließ und schließlich bei ihrem Vormund um sie angehalten hatte. Ganz ausführlich berichtete sie die Unterredung mit ihrem Vormund – von dessen Verlangen, Doktor Lersingen einer Prüfung zu unterziehen, und von dem Inhalt seines Briefes an Rüdiger. Auch das verschwieg sie nicht, was sie an ihn geschrieben hatte, um ihm zu zeigen, daß sie nicht anders gekonnt hätte, als diese Bedenkzeit von ihm erbitten zu lassen. Und dann erzählte sie mit bebender Stimme von Rüdigers fluchtartiger Abreise, nachdem er erfahren habe, daß sie nicht die reiche Erbin sei, für die er sie gehalten habe.

»Seitdem sah und hörte ich nichts mehr von ihm. Sein Freund entschuldigte ihn, er habe plötzlich in Geschäften abreisen müssen. Und – nun stand er mir heute plötzlich gegenüber. Du kannst dir denken, Tante Maria, wie mir da zumute war.«

Aufmerksam hatte die alte Dame zugehört.

»Das alles stimmt so gar nicht zu Doktor Lersingens Art, Kind. Was sagte er dir heute, als er dich so unerwartet wiedersah?«

Malve berichtete nun auch von ihrer heutigen Unterredung mit Rüdiger. Zum Schluß sagte sie:

»Du siehst, er fand es für gut, sich den Anschein zu geben, als habe er noch immer daran geglaubt, daß ich eine reiche Erbin gewesen sei. Überhaupt – sein ganzes Verhalten war mehr vorwurfsvoll als verlegen. Es mag ihm wohl auch euretwegen nicht angenehm sein. Aber nun wollen wir nicht mehr davon reden, Tante Maria, es schmerzt noch immer, und ich möchte so gern vergessen.«

Die alte Dame nahm Malves Hand.

»Gut – aber eins muß ich dir noch sagen: Was auch Doktor Lersingen damals bewogen haben mag abzureisen, ohne dir nach der erbetenen Bedenkzeit die Frage, ob du seine Frau werden willst, noch einmal vorzulegen: Mangel an Liebe ist es nicht gewesen. Er liebt dich; wenn ich je in eines Menschen Auge Liebe gesehen habe, so sah ich sie in den seinen, als er dir nachsah.«

Malve wurde ganz bleich.

»Das kann nicht sein, du mußt dich irren.«

»Gewiß nicht. Er liebt dich – wie du ihn liebst.«

»Ich liebe ihn nicht mehr, das ist vorbei.«

Die alte Dame lächelte.

»Mein liebes Kind, wir Frauen aus dem Geschlecht der Malve Döring lieben nur einmal, und dann für das ganze Leben. Mir scheint, dein Vormund hat dich nicht nur um dein Vermögen, sondern auch um dein Glück betrogen. Hast du den Brief gelesen, den er an Doktor Lersingen schrieb?«

»Ja, Tante Maria. Vor meinen Augen steckte er den Brief, nachdem ich ihn durchgelesen hatte, in ein Kuvert und überreichte es in meiner Gegenwart dem Boten.«

Die alte Dame sah nachdenklich vor sich hin und dachte: »Kann der Vormund nicht den Boten mit dem Brief zurückgerufen und einen anderen Brief befördert haben?« Aber sie sprach das nicht aus, sondern fragte nur:

»Und sonst ist dir nichts aufgefallen in der ganzen Angelegenheit?«

Malve strich sich über die Stirn.

»Mein Vormund hat sicher eine Heirat zwischen Lersingen und mir hintertreiben wollen, damit vor meiner Großjährigkeit niemand nach dem Stand meines Vermögens fragen konnte. Das sah ich deutlich aus der Aussage einer Untergebenen.«

Und sie erzählte von Vronis falscher Aussage und deren Beichte nach des Vormunds Tod.

Maria Saalfner richtete sich empor.

»Deinem Vormund war jedes Mittel recht. Und alles, was du mir von Doktor Lersingen sagtest, stimmt absolut nicht zu seinem Charakter – und noch weniger zu den Augen, mit denen er dich ansieht. Weißt du, mein Kind, Männer wie Lersingen pflegen nicht nach Geld zu heiraten, die stehen selber für sich ein und für die Frau, die sie lieben.«

»Vielleicht für die, die sie lieben«, sagte Malve leise, »aber mich liebt er eben nicht.«

Maria Saalfner sah vor sich hin. Sie sagte sich, daß Malve jetzt nicht zu überzeugen sei. Aber sie nahm sich vor, Klarheit in diese Angelegenheit zu bringen. So sagte sie jetzt nur:

»Ich weiß nicht, ob du recht hast oder ich. Das wird sich vielleicht eines Tages zeigen. Mir scheint, der liebe Gott hat dich nicht umsonst nach Ramanina geführt. Er wird schon wissen, wozu das geschehen ist. Und nun wollen wir von etwas anderem reden. Ich habe dieser Tage darüber nachgedacht, wie ich dir aus deiner schlimmen Lage helfen könnte. Eins weiß ich gewiß, es muß dir geholfen werden.«

»Es geht mir doch ganz gut, Tante Maria, ich bin ja bei dir – das ist so viel für mich«, wandte Malve ein.

»Aber meine Tage sind gezählt, Malve, ich fühle es. Und Ramanina soll und muß dem Neffen meines Mannes bleiben, er hat es gewünscht, und es ist recht und billig, zumal ich Jacob Boolman wiederholt versichert habe, daß Ramanina einst ihm gehören würde. Aber ich besitze noch ein großes Barvermögen und kostbaren Schmuck. Der Schmuck stammt zum größten Teil aus meiner Familie, nur wenige weniger kostbare Stücke bekam ich von meinem Mann geschenkt. Ich denke, darüber kann ich frei verfügen, ohne die Erben meines Mannes zu schmälern. Und so kann ich zum mindesten auch über das Vermögen, das ich in die Ehe brachte, nach meinem Herzen testieren. Und das alles soll dir gehören, Kind. Ich habe Jacob Boolman freilich auch darüber zum Erben eingesetzt, da ich ihn zu meinem alleinigen Universalerben ernannte, aber damals wußte ich nicht, daß ich selbst noch eine Verwandte habe. Ihm bleibt ohnedies der Löwenanteil. Aber ein wenig will ich auch für dich sorgen. Und deshalb ist es nötig, daß ich so bald wie möglich ein neues Testament niederschreibe und es vor Emma Boolman in Sicherheit bringe. Der liebe Gott wird mir hoffentlich noch so lange Zeit lassen, bis ich alles in Ordnung gebracht habe. Und nun bin ich müde und will schlafen. Wie schön, daß du bei mir bist, kleine Malve! Und daß du mich liebhast. Ahnst du, was das für mich ist, die nur von Menschen umgeben war, die auf meinen Tod lauerten? Wie ganz anders wären meine letzten Lebensjahre gewesen, hätte ich dich bei mir gehabt. Und dir wäre bei mir auch wohler gewesen als im Haus deines Vormunds. Aber Gott hat es so gefügt, und wir müssen uns bescheiden. Jedenfalls will ich versuchen, dir deinen ferneren Lebensweg ein wenig leichter zu machen. Laß mir nur die Freude, für ein liebes Wesen sorgen zu dürfen. Das ist so schön für mich. Und nun gute Nacht.«

Malve küßte der alten Dame die Hände und wünschte ihr gute Nacht.

Auf ihrem Zimmer angekommen, hörte sie, wie sich Rüdiger Lersingen von den Hausbewohnern verabschiedete; er wollte gleich nach Sonnenaufgang aufbrechen und niemand im Haus stören.

»Auf Wiedersehen also am Sonntag, Herr Doktor!« hörte Malve noch Jo Meersburgs Stimme.

»Auf Wiedersehen!« rief Rüdiger zurück.

17

Als das Frühlicht in Malves Zimmer fiel, wachte sie auf und lauschte hinaus. Ihr war, als hörte sie Männerstimmen. Sie sprang auf und trat ans Fenster, verstohlen hinausspähend. Und da erblickte sie Alfred Meersburg und Rüdiger Lersingen. Er reichte Alfred die Hand nach der Veranda hinauf.

»Sie sind hoffentlich nicht meinetwegen so früh heraus, lieber Meersburg?«

»Nein, nein, lieber Doktor, ich muß mal wieder in aller Frühe auf den Feldern kontrollieren. Sie wissen, unsere Leute sind nicht eben sehr tatendurstig. Man muß sie immer ein wenig treiben.«

»Das ist richtig. Also auf Wiedersehen.«

Rüdiger Lersingens Augen flogen noch einmal über das Haus hin, als suche er etwas. Erschrocken zog sich Malve tief in das Zimmer zurück und suchte noch einmal ihr Lager auf.

Rüdiger Lersingen aber ritt durch den wundererfüllten Tropenmorgen. In seinem Herzen war die Sehnsucht nach Malve Bertram von neuem zu jäher Leidenschaft erwacht. Warum war Malve so bleich geworden, als sie ihm plötzlich gegenüberstand? Warum hatte sie sein unerwarteter Anblick so sehr erregt? Und warum lag so viel stolze Bitterkeit in ihren Worten? Hatte sie ihm nicht fast wie eine Richterin gegenübergestanden?

Er zog seine Brieftasche hervor und las, wie schon so oft, die wenigen Worte, die sie ihm damals mit dem Brief ihres Vormunds zusammen geschrieben hatte:

»Bitte zürnen Sie mir nicht – ich konnte nicht anders. Ihre Malve Bertram.«

Und es war seltsam, heute, nachdem er Malve wiedergesehen hatte, bekamen diese Worte plötzlich eine andere, neue Bedeutung für ihn. Dieses: »Ich konnte nicht anders« – klang das nicht, als sei irgendein Zwang auf sie ausgeübt worden? Warum hatte sie nicht anders gekonnt, als ihn abzuweisen? Nur weil ihr Herz ihm nicht gehörte? Konnte sie nicht dennoch einem anderen Zwang unterlegen sein? Aber hatte ihr Vormund ihm nicht geschrieben, daß Malve seinen Antrag nicht annehmen könne, weil sie ihre Hand nicht ohne ihr Herz verschenken könne?

Nicht ohne ihr Herz?

Seine Zähne bissen sich fest aufeinander. Er gab seinem Pferd die Sporen und ritt im flotten Tempo weiter, in der Richtung nach Südost, wo Madala lag.

Als er dort eintraf, fand er genügend Arbeit und Ablenkung. Den ganzen Tag hatte er keine Zeit mehr, seinen Gedanken nachzuhängen. Aber am

Abend, als er in dem großen, schönen Wohnhaus, das dem in Ramanina glich, allein in seinem Zimmer saß und dem Rauch der Zigarette nachstarrte, dachte er wieder an die Begegnung mit Malve. Greifbar sah er ihr holdes Bild vor sich, in dem fremdartigen Sarong, mit dem goldig schimmernden Haar. Wie süß hatte das blasse, erschrockene Gesicht ausgesehen. Ach, wie er sie liebte, noch immer liebte, tiefer, schmerzlicher, sehnsuchtsvoller als zuvor! Und wie er sich um sie bangte. Er wußte, daß sie auf Ramanina, wo eine Emma Boolman das Hausregiment führte, nicht auf Rosen gebettet sein würde. Wenn er ihr wenigstens helfen könnte!

Auch an Maria Saalfner mußte er denken. Er verehrte und liebte die prächtige alte Dame und hatte schon immer gefühlt, daß sie in ihrem eigenen Haus gewissermaßen unter Bewachung lebte. Ihre Worte gestern abend hatten ihm das bestätigt. Sie durfte nicht einmal mit ihm sprechen, wie sie es wünschte. Nun, was sie ihm auch mitzuteilen hatte, sie durfte versichert sein, daß er ihr treu ergeben war.

So saß er lange sinnend im Dunkeln. Draußen hörte er die eingeborene Dienerschaft miteinander schwatzen und lachen, und im Nebenzimmer saßen einige der niederländischen Beamten von Madala beim Kartenspiel. Er plauderte sonst wohl ein Stündchen mit ihnen, wenn der Abend herniedergesunken war, aber heute hatte es ihn nicht in ihrer Gesellschaft gelitten – er mußte allein sein mit seinen sehnsüchtigen Gedanken.

Und er wußte, daß ihm die Zeit bis zum Sonntag sehr lang werden würde. Dann würde er Malve wiedersehen. Und diese Gewißheit erfüllte ihn doch mit einer heißen Freude.

*

Maria Saalfner saß in ihrem Arbeitszimmer am Schreibtisch, Mynheer Boolman und Alfred Meersburg waren auf den Feldern, und Mevrouw Boolman und ihre Tochter Jo besuchten eine Familie, die nördlich von Ramanina ihre Besitzung hatte. Emma Boolman wollte ihnen von Holland erzählen und den Nachbarn Nachricht bringen von holländischen Verwandten. Sie hatte es bis jetzt verschieben müssen, weil sie keine Zeit gefunden hatte. Aber nun drängte es. Malve hatte den Auftrag erhalten, sich mit den Kindern nur so weit zu beschäftigen, als Tante Maria ihrer nicht bedurfte.

Diese hatte nun endlich Zeit und Gelegenheit gefunden, ihren Vorsatz, ein neues Testament niederzuschreiben, auszuführen, denn wenn Emma Boolman im Haus war, konnte sie unbeobachtet nicht eine Zeile schreiben.

Die früher aufgesetzte letztwillige Verfügung lag in ihrem Schreibtisch. Sie wußte sehr wohl, daß Emma Boolman sich einen Nachschlüssel zu diesem hatte machen lassen und daß sie zuweilen darin Nachforschungen hielt. Obwohl sie das wußte, ließ sie es sich nicht anmerken.

Maria Saalfner wußte also, daß sie vorsichtig sein und ihre Vorkehrungen danach treffen mußte. Sie schrieb ihre neue letztwillige Verfügung nieder, die folgendermaßen lautete:

Meine vor einigen Jahren im Beisein meines Neffen

Jacob Boolman und seiner Frau niedergeschriebene letztwillige Verfügung erkläre ich hiermit für ungültig, weil ich inzwischen in Erfahrung gebracht habe, daß noch eine Verwandte von mir existiert, die ich in meinem Testament bedenken will.

Ich testiere also heute bei vollkommener geistiger Frische und Gesundheit folgendermaßen:

Meine mir von meinem Gatten hinterlassene Besitzung Ramanina vererbe ich mit allem lebenden und toten Inventar meinem Neffen Jacob Boolman.

Alle meine Schmucksachen, deren Verzeichnis ich unten anführe, erhält dagegen meine Verwandte Malve Bertram, zur Zeit als Erzieherin auf Ramanina tätig, als unbeschränktes Eigentum. Ebenso hinterlasse ich Malve Bertram mein in die Ehe gebrachtes Vermögen von vierhunderttausend holländischen Gulden. Dieser Betrag ist ihr von der Niederländischen Bank in Palembang auszuzahlen.

Es verbleibt danach noch aus meinem Besitz ein Barvermögen von dreihundertundsechzigtausend holländischen Gulden. Dieser Betrag soll für die beiden Enkelkinder meines Neffen Jacob Boolman, Jan und Martje Meersburg, zu gleichen Teilen gutgeschrieben werden. Die Verwaltung dieses Vermögens bis zur Großjährigkeit von Jan und Martje Meersburg lege ich in die Hände ihres Vaters Alfred Meersburg. Ich will damit ihn und seine Kinder unabhängig von Emma Boolman, der Gattin von Jacob Boolman, machen und weiß, daß ich ihm damit eine Wohltat erweise. Auch in diesem Punkt weicht mein Vermächtnis von dem vor Jahren getroffenen ab. Ich habe schwerwiegende Gründe dafür. Es soll nicht sein, daß Emma Boolman nach meinem Tod ihre Habgier und Herrschsucht ungehindert an ihren

Familienmitgliedern ausläßt. Emma Boolman hat nicht das geringste Anrecht auf mein Erbe. Nach dem Tod von Jacob Boolman fällt Ramanina an seine beiden Enkelkinder Jan und Martje Meersburg, und ist deren Vater Alfred Meersburg und seiner Gattin Jo Meersburg das Verwaltungsrecht darüber bis zu ihrer Großjährigkeit zugebilligt. Selbstverständlich haben Alfred und Jo Meersburg bis zu ihrem Tod freies Asylrecht auf Ramanina, das haben sie sich durch ihre fleißige Arbeit verdient.

Damit Emma Boolman meiner jungen Verwandten, Malve Bertram, keinerlei Schwierigkeiten macht, wenn sie ihr Erbe antreten will, erkläre ich, daß diese, die meiner verstorbenen Tochter Malve gleicht wie eine Zwillingsschwester, gleich mir in gerader Linie von Frau Malve Redwitz, geborene Döring, in Koblenz geboren und gestorben, abstammt, was sie durch ihre Papiere beweisen kann.

Ich erwarte, daß meine letztwillige Verfügung in allen Dingen eingehalten wird und daß meine Erben in Ruhe und Frieden ihr Erbe antreten.

Ramanina, den 20. Februar 1922.

Maria Saalfner geb. Falke.

Nachdem Maria Saalfner noch eine Abschrift dieses neuen Testaments angefertigt hatte, löste sie die Siegel von dem Kuvert, in dem sie ihre vor Jahren niedergeschriebene letztwillige Verfügung geborgen hatte, sorgfältig ab, öffnete das Kuvert und nahm das nun ungültige Schriftstück heraus, um es zu vernichten. Dafür steckte sie die Abschrift des neu angefertigten Testaments in das Kuvert, schloß es mit sorgfältiger Versiegelung und legte es auf seinen alten Platz in ihren Schreibtisch.

Das Testament steckte sie in ein anderes Kuvert, schloß es gleichfalls mit ihrem Siegel und schrieb darauf:

Mein letzter Wille.
Zu Händen des Herrn Doktor Lersingen mit der Bitte, es nach meinem Tode im Beisein meiner Angehörigen und Fräulein Malve Bertrams zu eröffnen. Ich ernenne ihn hiermit zu meinem Testamentsvollstrecker.

Als das geschehen war, schrieb sie folgenden Brief an Doktor Lersingen:

Mein lieber Herr Doktor! Es geht nicht anders, ich muß Sie mit einer Bitte belästigen. Zu gleicher Zeit mit diesem Brief werde ich Ihnen meine versiegelte letztwillige Verfügung übergeben. Ich kenne Sie als einen Ehrenmann und weiß, daß mein Testament bei Ihnen gut und sicher verwahrt ist. Eine Abschrift davon deponiere ich in meinem Schreibtisch, jedoch bin ich nicht sicher, daß sie zur Kenntnis der Behörden und der eingesetzten Erben kommen wird. Wenn mein Mißtrauen ungerechtfertigt ist, will ich gern der Person, die ich der Unterschlagung dieser Abschrift, die sie für das Original halten wird, befähigt halte, im Geiste Abbitte leisten. Sie hat es sich aber durch ihr Verhalten selbst zuzuschreiben, daß ich sie verdächtige, denn ich weiß, daß sie heimlich einen Nachschlüssel zu meinem Schreibtisch besitzt und von diesem oft genug hinter meinem Rücken Gebrauch macht.

Dann noch eine Bitte, lieber Herr Doktor: Wollen Sie Fräulein Bertram nach meinem Tod Ihren rit-

terlichen Schutz angedeihen lassen – auch wenn sie nicht darum bittet? Ich will nicht, daß ihr jemand zu nahe tritt.

Wie es gekommen ist, daß ich für Malve Bertram ein großes und warmes Interesse habe, mag sie Ihnen eines Tages selber sagen, falls ich nicht die Gelegenheit finde, es zu tun. Ich möchte Ihnen nur noch sagen, daß ich sehr gern einmal mit Ihnen über Malve Bertram sprechen möchte. Was sie mir auf meine ausdrückliche Bitte erzählt hat über das, was zwischen Ihnen geschah, scheint mir unklar zu sein. Ich sehe, daß Sie beide darunter leiden, und möchte gern helfen. Zu solchen delikaten Dingen bedarf es jedoch zarter Hände und einer ungestörten Stunde. Deshalb bitte ich Sie, wenn es Ihnen irgend möglich ist, am Mittwoch oder Donnerstag nach Ramanina zu kommen. Boolmans und Meersburgs fahren am Mittwoch nach Palembang, um Einkäufe zu machen und verschiedene Geschäfte zu erledigen, und kommen am Donnerstag zurück. Ich würde mich freuen, wenn ich mich noch mit Ihnen aussprechen könnte – eine Stunde genügt. Hoffentlich erlebe ich sie noch! Weil ich aber eine alte Frau bin und fühle, daß meine Tage gezählt sind, werde ich Ihnen diesen Brief und das Testament schon am Sonntag heimlich übergeben. Glauben Sie mir, daß ich schwerwiegende Gründe zu dieser Heimlichkeit habe, die ich Ihnen persönlich klarlegen werde, falls ich Mittwoch oder Donnerstag erlebe. Andernfalls wird Ihnen Malve Bertram darüber Aufschluß geben nach meinem Tode.

Ihre Maria Saalfner.

Die alte Dame las auch diesen Brief noch einmal

durch. Dann faltete sie ihn befriedigt zusammen, steckte ihn mit dem versiegelten Kuvert, welches das Testament enthielt, in ein anderes Kuvert und schrieb Doktor Lersingens Namen darauf.

Dieses Kuvert steckte sie zu sich in die weite Tasche ihres Kleides, die mit einem Knopf zu schließen war. Hier sollte das Schreiben geborgen werden, bis Doktor Lersingen am Sonntag kam. Sie mußte es so zwei Tage mit sich herumtragen. Sonst gab es vor Emma Boolmans Augen kein sicheres Versteck im Haus, das wußte sie. Nun erhob sie sich und trat an die offene Fenstertür. Trotz ihrer Jahre war sie eine stolze, gebietende Erscheinung. Etwas Königliches lag in ihrer Haltung.

Draußen auf der Veranda saß Malve mit Jan und Martje beim Unterricht. Die Kinder hatten soeben eine schriftliche Aufgabe bekommen. Als Malve die alte Dame erblickte, erhob sie sich.

»Macht brav eure Arbeit fertig, ich gehe inzwischen zur Urgroßtante Maria. Wenn ihr fertig seid, spielen wir zusammen«, sagte sie und ging auf die alte Dame zu.

Diese legte die Hand auf Malves Arm.

»Führe mich ein wenig ins Freie, Malve«, sagte sie.

Behutsam führte Malve Tante Maria auf dem breiten, abfallenden Steg neben der Treppe hinab in den Garten.

»Bist du mit deiner Arbeit fertig geworden, Tante Maria?« fragte Malve.

»Ja, Kind – mein Testament ist gemacht, und alles Weitere wird Gott fügen.«

Sie gingen nun langsam Arm in Arm den breiten Gartenweg auf und ab; Malve konnte so die Kinder im Auge behalten und doch ungestört mit Tante Maria plaudern. Diese sah mit großen Augen über ihre paradiesisch schöne Besitzung hinweg.

»Wie lange noch?« sagte sie leise vor sich hin.

»Was meinst du, Tante Maria?«

»Ich meine, wie lange werden meine Augen sich noch an diesem schönen Bild freuen können?«

»Hoffentlich noch recht, recht lange«, erwiderte Malve innig. »Möchtest du deine deutsche Heimat nicht noch einmal wiedersehen?«

Die alte Dame seufzte tief auf.

»Mein liebes Kind, die Heimat einer Frau ist da, wo ihre Lieben sind. Und ich habe meine Lieben hier auf Sumatra – wenigstens ihre Gräber. Dort, wo diese Gräber sind, ist meine Heimat – und dort will ich bei ihnen ruhen, wenn alles zu Ende ist. Aber du wirst eines Tages zurückkehren, und dann wirst du an deine alte Tante Maria denken, deren letzte Lebenstage du verschönt hast wie ein erwärmender, leuchtender Sonnenstrahl.«

»Habe ich das wirklich tun können?«

»Ja, Kind, das hast du. Bald werde ich dir das nicht mehr sagen können, ich fühle es.«

Malve schmiegte sich an sie.

»Laß mich nicht allein, Tante Maria«, bat sie leise mit halberstickter Stimme.

»Ich werde nicht gefragt werden, ob ich will, kleine Malve. Aber du wirst nicht lange allein sein.«

»Wie meinst du das?«

Die alte Dame lächelte ein wenig.

»Nun, nehmen wir an, daß im Frühjahr sich Doktor van der Straaten mit seiner jungen Frau hierher auf die Reise macht. Dann hast du deine

Freunde hier. Grüße mir dann Hendrik van der Straaten und sage ihm, daß ich ihm und seiner jungen Frau alles Glück wünsche. Er ist ein prächtiger Mensch, und deine Freundin Dani muß seiner wert sein nach allem, was du mir von ihr erzähltest. Wenn sie mit ihrem jungen Gatten hierher kommt, dann liege ich wohl längst bei meinen Lieben in Padang begraben. Ich hätte sie gern kennengelernt. Aber ich habe meine Lieben schon lange genug allein gelassen und werde bald bei ihnen sein. Sieh, wie die Sonne hinter dem Indrapura versinkt und die Berggipfel in rote Gluten taucht! Ist das nicht ein herrlicher Anblick?«

Die beiden Damen standen eine Weile andachtsvoll in den herrlichen Anblick versunken. Dann störten die Kinder sie auf.

»Juffrouw Malve, wir sind fertig! Nun sollst du mit uns spielen.«

Damit hängten sie sich in Malves Arme.

Maria Saalfner strich ihnen über die Köpfe.

»Ihr habt Juffrouw Malve wohl sehr lieb?«

»Ja, Tante Maria – sehr, sehr lieb«, sagte Jan.

»Sehr, sehr lieb«, echote Martje.

»Aber Urgroßtante habt ihr doch auch lieb, nicht wahr?« fragte Malve die Kinder.

Diese sahen zu der alten Dame auf und nickten.

»Wen habt ihr lieber, Juffrouw Malve oder mich?« fragte die alte Dame mit einem forschenden Blick.

Jan zögerte einen Moment, dann sagte er unerschrocken:

»Ich habe Juffrouw Malve viel lieber als dich.«

»Ich auch!« rief Martje als getreues Echo.

Da flog ein heller Schein über das Gesicht der

Greisin. Gottlob, Emma Boolmans Saat war in diesen Kinderherzen noch nicht aufgegangen!

»Das ist schön von euch, daß ihr ehrlich seid. Bleibt es immer!«

Bald darauf fuhr der Ochsenkarren, der Mevrouw Boolman und ihre Tochter zurückbrachte, am Haus vor. Emma Boolman stieg ein wenig steif und schwerfällig von der langen Fahrt aus. Während die Kinder lachend auf die Mutter zustürmten, sagte Emma Boolman wie in größter Sorge:

»Du noch im Freien, Tante Maria? Hast du dich nicht zu sehr angestrengt? Wenn ich nur nicht immer so sehr in Angst um dich wäre! Ich fürchte mich schon vor Mittwoch und Donnerstag, wenn wir nach Palembang hinunter müssen.«

Maria Saalfner zeigte eine undurchdringliche Miene.

»Es hat ja auch ohne dich gehen müssen, als du mit Jacob in Europa warst«, sagte sie ruhig.

Emma Boolman kniff die Lippen ein und fuhr dann ärgerlich auf Malve los.

»Wozu stehen Sie hier? Sehen Sie lieber nach den Kindern!«

»Ich wollte Mevrouw Saalfner wieder hinaufführen«, sagte Malve bescheiden.

»Das tue ich natürlich selbst, wenn ich hier bin. Bringen Sie die Kinder ins Haus!«

Malve ging still davon.

18

Am Sonntag morgen kam Doktor Lersingen wieder nach Ramanina. Er wurde von allen Seiten herzlich empfangen – nur Mevrouw Boolman machte ein saures Gesicht.

Malve war nicht zugegen, und Mevrouw Saalfner merkte sehr wohl, daß Rüdiger immer wieder unruhig zum Haus hinüberschaute.

»Die Kinder werden auch gleich kommen und Sie begrüßen, Herr Doktor, sie haben Sonntag morgens nur eine Religionsstunde bei Fräulein Bertram. Sie wird aber gleich zu Ende sein, und dann werden wir gemeinsam frühstücken«, sagte sie. Rüdiger verneigte sich.

»Ich freue mich, Mevrouw Saalfner, Sie heute frischer und munterer zu sehen als neulich.«

Die alte Dame lächelte vor sich hin und nahm dann am Frühstückstisch mit den anderen zusammen Platz.

In diesem Augenblick kamen die Kinder mit Malve heraus. Maria Saalfner merkte wohl, daß Rüdigers Augen aufleuchteten.

Wenn er Malve nicht mindestens ebensosehr liebt wie sie ihn, dann bin ich ein schlechter Menschenkenner, dachte sie.

Das Frühstück dehnte sich ziemlich lange aus, und man blieb auch dann noch behaglich beisammen sitzen, als die Dienerinnen das Geschirr abgetragen hatten.

Doktor Lersingen erzählte, daß er von Hendrik van der Straaten Grüße bestellen solle und dieser sich Ende April mit seiner jungen Gattin einschiffen würde.

»Eine unangenehme Persönlichkeit, die Gattin Doktor van der Straatens. Sie ist sehr vorlaut und selbstbewußt«, bemerkte Emma Boolman.

»Das dürfen Sie nicht in meiner Gegenwart sagen, Mevrouw Boolman. Sie müssen die junge Frau sehr wenig kennen. Ich weiß, daß sie ein liebenswerter Mensch ist, und bin stolz darauf, ihre Freundschaft erworben zu haben«, sagte Rüdiger ruhig und bestimmt.

Malve sah ihn unwillkürlich dankbar an. Sie hatte nur schwer eine ähnliche Bemerkung zurückhalten können.

Emma Boolman starrte Rüdiger unwillig ins Gesicht, zuckte aber nur die Achseln.

Rüdiger bestellte auch Malve Grüße von den Freunden. Sie dankte nur förmlich. Und er dachte daran, daß Hendrik ihm geschrieben hatte:

Du wirst mir vielleicht zürnen, Rüdiger, daß ich es nicht verhindert habe, daß Malve Bertram nach Ramanina ging. Inzwischen hast Du sie nun wohl wiedergesehen, und meine Frau und ich hoffen von ganzem Herzen, daß Ihr beide Euch trotz allem noch zusammenfinden werdet. Was zwischen Euch beiden steht, kann unseres Erachtens nur ein Mißverständnis sein oder ein Hindernis, das sich aus dem Weg räumen lassen muß. Denn Dani schwört darauf, daß Malve Dich liebt, und daß Du sie liebst, weiß ich. Wir würden uns so sehr freuen, wenn es zwischen Euch zu einem guten Ende käme.

Diese Worte klangen immer noch in Rüdiger nach, und er sah Malve immer wieder forschend und nachdenklich an.

»Dani schwört darauf, daß Malve Dich liebt.« Er seufzte.

Dann würde Dani einen falschen Schwur tun, denn wenn ihn Malve liebte, hätte sie ihm nicht mitteilen lassen, daß sie ihre Hand nicht ohne ihr Herz verschenke.

Der Sonntag verging in heiterster Stimmung für die Bewohner von Ramanina und ihren Gast – nur Mevrouw Boolman und Malve Bertram blieben still und bedrückt, aus sehr verschiedenen Gründen natürlich. Mevrouw Boolman mußte sehen, daß Tante Maria munterer und frischer war als seit Jahren, und das machte ihre Hoffnung, bald Herrin von Ramanina zu werden, zu Wasser. Malve aber litt unter ihrer Liebe.

Nach der mittäglichen Reistafel zogen sich alle Bewohner von Ramanina auf ihre Zimmer zurück. Rüdiger wollte auf der Veranda im Schatten Siesta halten und legte sich dort in einen Liegestuhl.

Als jedoch alles im Hause still war, erschien an der Fenstertür ihres Zimmers Maria Saalfner und machte Rüdiger ein Zeichen, daß er zu ihr herantreten möge. Er erhob sich sofort und folgte ihrem Wink. Sie hatte sich inzwischen vorsichtig umgesehen und zog nun das ziemlich umfangreiche Kuvert aus ihrer Tasche.

»Bitte, nehmen Sie das an sich, und verwahren Sie es gut! Erst zu Hause öffnen«, flüsterte sie ihm zu.

Er steckte das Kuvert schnell zu sich.

Sie winkte ihm zu, er möge wieder auf seinen Platz zurückkehren, und legte beschwörend den Finger auf den Mund. Er neigte bejahend das Haupt und ließ sich wieder auf dem Liegestuhl nieder.

Auch er hatte sich die in den Tropen nötige mittägliche Siesta angewöhnt und ruhte um diese Zeit gern ein wenig. Aber schlafen konnte er heute nicht. Seine Gedanken beschäftigten sich mit Malve. Forschend sah er an der langen Hausfront entlang. Wo mochte ihr Zimmer liegen? Er wußte nur, daß es nach dieser Seite hinaus lag. Ob sie schlief?

So mochte er etwa eine Viertelstunde gesessen haben, als er plötzlich das leise Geräusch leichter Schritte vernahm. Als er aufblickte, sah er Malve, heute im weißen Kleid und einem großen Schutzhut, die Verandatreppe hinabschreiten. Sie sah ihn nicht, nahm wohl an, daß auch er sich auf sein Zimmer zurückgezogen hatte.

Mit elastisch leichten Schritten ging sie durch den Garten zum Pavillon hinüber. Er sah, wie sie den Hut vom Kopf nahm und sich in einen der dort aufgestellten Korbsessel niederließ. Sie vertiefte sich in die Lektüre eines Buches. Da hielt es ihn nicht mehr in seinem Liegestuhl.

Er erhob sich und ging langsam auf sie zu.

Malve erschrak, als er vor ihr stand.

»Verzeihen Sie, mein gnädiges Fräulein, ich sah Sie hier herübergehen, und da wir anscheinend die einzigen sind, die keine Siesta halten, erlaubte ich mir, Ihnen zu folgen. Darf ich Ihnen ein wenig Gesellschaft leisten?«

Malve war erst rot und dann blaß geworden. Unschlüssig sah sie auf ihr Buch herab.

»Ich wollte lesen – es bleibt mir sonst wenig Zeit zur Lektüre.«

Er atmete gepreßt.

»Das heißt soviel wie: ›Bitte, entfernen Sie sich, Sie sind hier überflüssig‹«, sagte er bitter.

Sie konnte seinen vorwurfsvollen Blick nicht ertragen.

»Ich habe kein Recht, Sie aus diesem Pavillon zu weisen, Herr Doktor.«

»Aber wenn Sie ein Recht dazu hätten, würden Sie es tun?«

Sie sah mit einem wehen Blick in die Ferne.

»Wozu das feststellen? Es hat ja keinen Zweck.«

»Nein – es hat keinen Zweck. Aber ich wollte mit Ihnen über unsere gemeinsamen Freunde, Hendrik van der Straaten und seine Gattin, sprechen. Sie wissen, daß ich gestern Post von ihnen bekam.«

»Ja, Sie sprachen davon.«

»In diesem Brief ist auch viel von Ihnen die Rede.«

»Von mir?«

»Ja, mein Freund Hendrik entschuldigt es gewissermaßen, daß er Sie nicht gehindert hat, hierherzu kommen. Zürnen Sie ihm deshalb?«

»Er hat es sicher nicht böse gemeint.«

»Nein, er nicht – und seine Gattin auch nicht.«

»Also wußte Dani, daß ich Sie hier treffen würde?« fragte Malve erregt.

»Ja, Hendrik hatte es ihr gesagt.«

»Das hätte sie mir nicht antun dürfen – freilich, sie wußte nicht –«

Ihre Lippen fest zusammenpressend, schwieg sie.

»Was wußte sie nicht?« forschte er.

Sie machte eine abwehrende Bewegung.

»Lassen wir das! Wir wollen von anderen Dingen reden. Werden Sie für immer oder nur vorübergehend Plantagendirektor auf Madala bleiben?«

Er sah vor sich hin.

»Wahrscheinlich so lange, wie Hendrik mich

braucht. Ich habe inzwischen auch meine Absicht ausgeführt, mich hier selbst anzukaufen. Meine Besitzung ist freilich viel bescheidener als Ramanina und Madala, und das Wohnhaus muß ich etwas ausbauen und behaglicher einrichten, aber wenn ich eines Tages nicht mehr Madala bewirtschafte, dann habe ich doch ein Erdenfleckchen, das mir gehört.«

Wider Willen gefesselt, hatte sie ihm zugehört.

»So wollen Sie nicht mehr nach Deutschland zurückkehren?«

»Wahrscheinlich nicht. Das Deutschland von heute ist ohnedies nicht mehr das Ziel meiner Sehnsucht.«

»Aber – wie sollten Sie auf die Dauer dieses Leben ertragen? Soviel ich weiß, sind Sie auf den Umgang mit den Bewohnern von Ramanina und einigen anderen Plantagen angewiesen. Das würde Ihnen doch nicht auf die Dauer genügen?«

Er zuckte die Achseln.

»Zur geistigen Anregung habe ich meine Bücher, meine wissenschaftlichen Arbeiten – und die Natur. Ab und zu werde ich mir auch eine Europareise leisten können. Man ist hier ja so genügsam und kann sparen.«

Sie sah fragend zu ihm auf.

»Sie hatten früher höhere Ziele.«

Er richtete sich auf und lehnte sich an eine der Säulen, die das Pavillondach trugen.

»Höhere Ziele? O ja – außer einem Lehrstuhl an einer deutschen Universität wollte ich mir das Glück erobern. Auf den Lehrstuhl kann ich leichten Herzens verzichten – auf das Glück mußte ich es mit schwerem Herzen tun, das wissen Sie.«

Sie zuckte zusammen.

»Ich?«

»Ja – Sie! Aber davon darf ich nicht reden – es ist auch zwecklos. Vielleicht gestatten Sie mir jetzt eine Gegenfrage: Gedenken Sie längere Zeit auf Ramanina zu bleiben? Soweit ich beurteilen kann, ist Ihre Stellung in diesem Haus nicht gerade beneidenswert.«

Sie sah wieder vor sich hin.

»Ich muß doch froh sein, eine Stellung gefunden zu haben, in der ich meinen Lebensunterhalt verdiene. Hoffentlich schickt man mich nicht fort, wenn der auf zwei Jahre geschlossene Vertrag zu Ende ist«, sagte sie leise.

Er biß die Zähne aufeinander. Sie so sprechen zu hören, quälte ihn.

»Sie würden also bleiben, bis – nun, sagen wir, bis Jan nach Holland auf eine Hochschule geschickt würde und bis Martje heranwächst. Dann ist Ihre Jugend dahin, und was bleibt Ihnen dann, wenn man Sie hier nicht mehr braucht?« fragte er.

Sie zuckte mit einem resignierten Lächeln die Schultern.

»Ich habe keine Wahl.«

Er trat rasch an sie heran.

»Eins möchte ich Sie bitten, wenn Sie jemals Rat und Hilfe brauchen, dann rufen Sie mich. Wollen Sie mir das versprechen?«

Es stieg unter seinen Worten etwas Warmes, Sehnsüchtiges in ihr auf. Aber dann gedachte sie wieder seiner Flucht vor ihrer Armut. Und da warf sie stolz den Kopf zurück.

»Ich möchte lieber jedem anderen Menschen verpflichtet sein als Ihnen«, stieß sie erregt hervor.

Sein Blick verdunkelte sich.

»So verhaßt bin ich Ihnen? Und ich Tor glaubte einst, daß ich von Ihnen geliebt würde.«

Sie erhob sich rasch.

»Lassen Sie uns dieses Gespräch beenden – und es ist wohl besser, wir vermeiden in Zukunft jedes derartige Zusammensein – zumal es mich Mißdeutungen aussetzen könnte.«

Damit neigte sie den Kopf und ging davon zum Haus hinüber.

Rüdiger starrte ihr nach mit blassem Gesicht. Nun wird Daniela van der Straaten wohl nicht mehr glauben, daß Malve Bertram mich je geliebt hat. Aber warum hüllt sie sich stets in einen beleidigten Stolz, wenn ich auf vergangene Tage zu sprechen komme? Ist sie es, die gekränkt wurde? Fügte ich ihr damit ein Unrecht zu, daß ich als ehrlicher Mann um sie warb? Welches Recht hat sie, mich in so kränkender Weise zu behandeln? So fragte er sich, aber er kam zu keinem Resultat.

Er hatte bis zum nächsten Morgen in Ramanina bleiben wollen, aber er ertrug es nicht mehr, Malve so fremd gegenüberzusitzen. Und so brach er auf, nachdem er noch eine Stunde mit den anderen geplaudert hatte. Nach einem scharfen zweistündigen Ritt kam er auf Madala an. Hier herrschte Sonntagsstille. Niemand störte ihn. Er konnte Maria Saalfners Brief in aller Ruhe lesen.

Sorgsam verschloß er das Testament in dem großen Geldschrank und sann noch lange nachdenklich vor sich hin.

19

Boolmans waren mit Tochter und Schwiegersohn nach Palembang gefahren. Emma Boolman hatte Malve zu sich gerufen und ihr den Auftrag gegeben, sie möge niemand, wer es auch sei, zu Mevrouw Saalfner lassen.

»Es geschieht nur, um Tante zu schonen, da sie unbedingt Ruhe haben muß. Ich mache Sie dafür verantwortlich, daß sie durch niemand gestört wird.«

Malve hatte sich nur stumm verneigt, und nachdem ihr Emma Boolman noch allerlei Verhaltensmaßregeln gegeben hatte, blieb sie mit Tante Maria und den Kindern allein. Sie teilte der alten Dame mit, welchen Auftrag sie bekommen hatte.

»Ich hoffe, du nimmst es nicht zu genau mit diesem Auftrag, Malve«, meinte die Greisin lächelnd.

Malve küßte ihr die Hand.

»Es wird heute kaum jemand nach Ramanina kommen, Tante Maria.«

»Man weiß nicht. Und jedenfalls will ich selber darüber bestimmen, ob ich einen Besuch empfangen will oder nicht.«

»Das sollst du gewiß tun.«

Die beiden Damen genossen das Alleinsein als eine seltene Gelegenheit zu ungestörtem Plaudern. Die Kinder störten sie wenig, da Malve ihnen erlaubte, auf Jumbos Rücken auf die Felder zu reiten. Jumbo war ein riesiger Elefant, der schwere Traglasten von den Feldern heimtragen mußte. Der Führer Jumbos war ein zuverlässiger Mensch und hatte schon häufig Jan und Martje mit hinaus auf die Felder genommen.

Aber als etwa eine halbe Stunde vergangen war, zuckte Malve plötzlich zusammen und starrte zur Gartenpforte.

Maria Saalfner wandte sich um.

»Ah, da ist mein ersehnter Besuch schon!«

»Du wußtest, daß Doktor Lersingen kommt?«

»Ja, Malve, ich habe ihn sogar extra gebeten, weil ich wußte, daß wir heute und morgen allein sein würden. Ich habe etwas sehr Wichtiges mit ihm zu besprechen. Du wirst mir hoffentlich seinen Besuch nicht verwehren. Verhindern kannst du ihn ja doch nicht mehr – da ist er schon.«

Doktor Lersingen war rasch aus dem Sattel und eilte die Verandastufen empor. Er begrüßte die beiden Damen und wurde von Maria Saalfner sehr herzlich empfangen.

»Ich danke Ihnen, lieber Herr Doktor, daß Sie meinen Wunsch so bald erfüllten.«

»Es war mir eine Herzenssache, Mevrouw Saalfner«, entgegnete er.

Dann wandte sich die alte Dame an Malve, die Lersingen durch eine stumme Verbeugung begrüßt hatte.

»Liebes Kind, laß mich bitte allein mit dem Herrn Doktor, und erwarte die Kinder. Wenn irgend möglich, möchte ich vermeiden, daß sie Doktor Lersingen zu sehen bekommen.«

Malve erhob sich.

»Ich will versuchen, es zu verhindern.«

Die alte Dame nickte ihr zu.

»Wenn ich deiner bedarf, lasse ich dich rufen, Malve.«

Diese neigte das Haupt und ging davon.

Erstaunt sah Rüdiger in das Gesicht Maria Saalfners. Diese lächelte fein. »Sie wundern sich, daß ich Malve Bertram du nenne, nicht wahr?«

»Es war mir allerdings neu.«

Sie löste die Kette mit dem Medaillon von ihrem Hals, öffnete dasselbe und hielt es Rüdiger vor die Augen.

»Sehen Sie sich einmal dieses Bildchen an, Herr Doktor!«

Er beugte sich vor, sah auf die Miniatur herab und zuckte betroffen zusammen.

»Malve Bertrams Bild – und doch, nein, sie ist es nicht, aber welch eine frappante Ähnlichkeit. Wessen Bildnis ist es?«

»Das Porträt meiner einzigen Tochter, deren Tod ich seit langen Jahren betrauere.«

Und Maria Saalfner erzählte ihm nun, wie Malves Anblick auf sie gewirkt hatte und wie sie zu der Gewißheit gekommen war, daß sie mit ihr verwandt war. Auch was ihm ihr Brief noch nicht verraten hatte, erfuhr er nun, und wenn sie auch den Namen nicht aussprach, wußte er doch, daß es Emma Boolman war, der sie zutraute, das Testament verschwinden zu lassen.

Als die alte Dame mit ihrem Bericht zu Ende war, sagte er: »Ich kann mir sehr wohl erklären, daß Fräulein Bertram Ihnen sehr lieb geworden ist, aber – verzeihen Sie, wenn ich es ausspreche: Warum dulden Sie, daß sie in Ihrem Haus wie eine Untergebene behandelt wird?«

»Mein lieber Herr Doktor, wenn ich Malve so behandelt hätte, wie es mir mein Herz eingibt, dann wäre sie längst von Ramanina entfernt worden. Ich sehe schon, ich muß ganz offen zu Ihnen sprechen, bei Ihnen ist es ja auch gut aufgehoben. Sie sollen alles wissen. Mein Testament haben Sie doch gut verwahrt?«

»Es ist im Geldschrank von Madala eingeschlossen, zu dem nur ich die Schlüssel habe.«

Beruhigt nickte sie. Und dann berichtete sie ihm offenherzig, was er wissen mußte, um alles zu verstehen. Sie schilderte ihm Emma Boolmans Charakter und erzählte ihm von dem früheren, vernichteten Testament und daß sie ein neues gemacht habe, um Malves Zukunft sicherzustellen.

»Ich hätte Malve am liebsten zu meiner Universalerbin eingesetzt, aber das kann ich nicht, soweit mein Mann mir seinen Besitz hinterlassen hat. Aber das, was ich in die Ehe brachte, soll Malve gehören. Emma Boolman wird es ihr jedoch nicht leichtmachen, ihr Erbe anzutreten. Und deshalb bitte ich Sie nochmals, sich ihrer anzunehmen und ihre Rechte zu vertreten.«

Rüdiger verbeugte sich.

»Das werde ich selbstverständlich tun, auch dann, wenn Fräulein Bertram mir das Recht dazu streitig machen sollte.«

Sie sah ihn forschend an.

»Damit kommen wir auf die andere Angelegenheit, die mir am Herzen liegt. Ganz offen, Malve hat mir alles gebeichtet, was zwischen Ihnen geschehen ist. Daß ich trotzdem großes Vertrauen zu Ihnen habe, mag Ihnen mein Verhalten beweisen. Über Ihrer damaligen fluchtartigen Abreise aus Hagenau scheint mir ein geheimnisvoller Schleier zu liegen, den ich lüften möchte – und nicht aus Neugier. Deshalb bitte ich Sie, mir zu sagen, weshalb Sie Malve aufgegeben haben.«

Erstaunt sah Rüdiger Lersingen sie an.

»Ich sie aufgegeben? Da sind Sie falsch unterrichtet, Mevrouw Saalfner! Nicht ich habe Fräulein Bertram aufgegeben. Wie konnte ich das – ich liebe sie mehr als mein Leben! Aber nach dem Brief ihres Vormunds, dem sie wenige nichtssagende Zeilen beifügte, konnte ich nichts anderes tun als abzureisen. Ich war damals nicht imstande, ihr noch einmal zu begegnen.«

Die alte Dame sah sinnend in sein erregtes Gesicht. Dann sagte sie ernst:

»Ich möchte in dieser Angelegenheit gern ganz klarsehen. Da ich Malve gehört habe, möchte ich auch Sie hören. Aber vor allen Dingen möchte ich Ihnen eine Frage vorlegen.«

»Bitte, tun Sie das.«

»Besitzen Sie den Brief noch, den Malves Vormund Ihnen schrieb?«

»Ja, Mevrouw Saalfner, ich besitze ihn noch und trage ihn sogar bei mir.«

»Würden Sie mich diesen Brief einmal lesen lassen?«

Er zog seine Brieftasche hervor und entnahm ihr das Kuvert mit den beiden Schreiben.

»Hier ist er noch in demselben Kuvert, in dem er mir zugeschickt wurde. Auch die zwei Zeilen von Fräulein Bertram sind noch darin. Derer bedürfen Sie wohl nicht?«

»Nein, die können Sie erst herausnehmen.«

Das geschah, und dann entfaltete die alte Dame, nachdem sie ihre Brille aufgesetzt hatte, den Brief und las ihn durch.

In ihren dunklen Augen blitzte ein ehrlicher Zorn über die Handlungsweise des betrügerischen Vormunds. Als sie das Schreiben zu Ende gelesen, faltete sie es zusammen und sagte scheinbar ruhig:

»Würden Sie mir diesen Brief für einige Tage überlassen, Herr Doktor? Aber ohne mich zu fragen, was ich damit vorhabe?«

Er verneigte sich.

»Gewiß, er steht Ihnen zur Verfügung.«

»Ich danke Ihnen. Bei Ihrem nächsten Besuch sollen Sie ihn zurückerhalten. Falls ich diesen Besuch nicht mehr erlebe, werde ich den Brief Malve Bertram für Sie in Verwahrung geben.«

»Dessen bedarf es nicht, Sie können ihn vernichten. Ich habe ihn bisher nur aufbewahrt, weil die wenigen Zeilen von Fräulein Bertram mit darin enthalten waren.«

Ein feines Lächeln erhellte das Gesicht der alten Dame.

»Nun, ich werde Ihnen den Brief sicher wieder zustellen lassen. Aber nun noch einmal zu der Testamentsangelegenheit. Sobald Sie von meinem Tod erfahren, bitte ich Sie, nach Ramanina herüberzukommen und meine Verwandten zu fragen, ob sie meine Testamentsabschrift in meinem Schreibtisch gefunden haben. Sie werden sehen, was man Ihnen antwortet. Geben Sie acht, ob ich nicht prophetische Gaben besitze. Entweder ist diese Abschrift noch uneröffnet in meinem Schreibtisch, oder – sie ist verschwunden. Hat Emma Boolman einen Einblick getan, dann läßt sie dieses neue Testament verschwinden im Glauben, daß es nur einmal existiert. Sie wird dann Malves Verwandtschaft mit mir ignorieren und darauf fußen, daß ihr Mann mein einziger Verwandter und allein erbberechtigt ist. Von einem Duplikat des Testaments kann sie nichts ahnen. Und deshalb müssen Sie das Testament vorlegen und Malves Rechte vertreten, denn gegen Emma Boolman ist Malve machtlos. Ich ermächtige Sie dann auch, meinen Verwandten den Brief vorzulegen, den ich Ihnen geschrieben habe. Nicht wahr, ich kann mich darauf verlassen, daß Sie alles nach meinem Willen tun?«

»Sie können ganz unbesorgt sein, ich gebe Ihnen mein Ehrenwort, daß ich Fräulein Bertrams Angelegenheit zu der meinen machen werde. Es ist mir eine wahre Erleichterung, daß Fräulein Bertram durch Ihre Hilfe vor Not und Sorge geschützt ist. Daß ich nichts für sie tun durfte, hat mich namenlos gequält, seit ich von ihr erfuhr, daß sie nicht mehr die reiche Erbin war.«

»Das hörten Sie erst in Ramanina von ihr?«

»Ja, als ich sie das erstemal sah.«

Maria Saalfner nickte.

»Gott wird alles zum Besten lenken, er ist allweise und allgütig, nur daß wir kurzsichtigen Menschen es zuweilen nicht einsehen wollen. Aber nun, mein lieber Herr Doktor, habe ich noch eine sehr ungastliche Bitte an Sie. Ich werde Ihnen schnell einen Imbiß und eine Erfrischung servieren lassen und Sie dann bitten, sogleich wieder aufzubrechen. Es wäre mir nicht lieb, wenn die Kinder Sie sehen würden, durch die Emma Boolman von Ihrer Anwesenheit erfahren würde. Ihr Mißtrauen ist schnell geweckt.«

Rüdiger erhob sich sofort und verzichtete auf jede Erfrischung.

»Sie sind nicht böse, daß ich Sie nicht halte und daß ich Sie bemüht habe?« sagte die alte Dame, ihm die Hand reichend. Er küßte sie.

»Ich danke Ihnen, daß Sie es getan haben. Es hat mich erfreut, daß Sie ein so großes Vertrauen in mich setzen.«

»Ich weiß, Sie verdienen es. Und – wenn sie noch ein übriges tun wollen, dann steifen Sie Alfred Meersburg den Nacken. Er soll sich ganz frei machen von dem Zwang, den seine Schwiegermutter auf ihn ausübt. Sagen Sie ihm das!«

»Gern will ich das tun, Mevrouw Saalfner.«

»So danke ich Ihnen. Und nun geben Sie mir noch einmal Ihre Hand. Wenn ich es nicht mehr erleben sollte, daß Ihnen ein großes Glück beschieden wird, so halten Sie es, und denken Sie an Maria Saalfner, die es vom Himmel herabgefleht hat.«

Er sah mit einem resignierten Blick zu dem Pavillon hinüber.

»Es wird sich nicht fassen und halten lassen, Mevrouw Saalfner.«

Sie lächelte.

»Nur nicht kleinmütig, lieber Herr Doktor! Leben Sie wohl, und Gott mit Ihnen!«

20

Als Malve bald wieder bei Tante Maria eintrat, sah diese ihr mit großen, ernsten Augen entgegen.

»Doktor Lersingen ist so schnell wieder fortgeritten, Tante Maria?«

»Ja, mein Kind, ich bat ihn darum, damit die Kinder ihn nicht erst sehen und Emma Boolman von seinem Besuch erzählen könnten. Komm, setz dich zu mir, Malve, ich habe dir etwas zu sagen.«

Malve zog sich einen Sessel an ihre Seite.

Die alte Dame faßte ihre Hand.

»Malve, es hat mir leid getan, daß ich Doktor Lersingen so schnell fortschicken mußte. Ich hätte gern gleich heute noch die Mauer zwischen euch eingerissen. Aber es wird bei eurem nächsten Wiedersehen bestimmt geschehen. Ich habe nun die Gewißheit, daß du von ihm geliebt wirst. Er hat es mir selbst gesagt.«

Malves Gesicht wurde blaß vor Erregung.

»Ich kann es nicht glauben, Tante Maria! Wie hätte er mich sonst damals so namenlos demütigen können?«

»Weil er nicht gewußt hat, daß du dir nur eine Bedenkzeit ausgebeten hast.«

Mit großen Augen sah Malve die alte Dame an.

»Nicht gewußt hat? Mein Vormund hatte es ihm doch mitgeteilt.«

»Nein, Malve. Dein Vormund hat ein frevelhaftes Spiel mit euch getrieben. Sieh hier – diesen Brief hat Doktor Lersingen damals erhalten. Er klingt wesentlich anders als der, den du gelesen hast. Irgendwie muß dein Vormund die beiden Briefe vertauscht haben. Lies diesen Brief, und dann wirst du anders über Lersingens plötzliche Abreise denken als bisher.«

Malve faßte mit bebender Hand nach dem Schreiben, in dem ihr Vormund Rüdiger im Namen seines Mündels abwies, weil sie ihre Hand nicht ohne ihr Herz verschenken wolle.

Blaß und erregt starrte Malve auf die ihr wohlbekannten Schriftzüge. Und als sie gelesen hatte, rang es sich über ihre Lippen:

»Tante Maria, was muß Lersingen nach dem allen von meinem Verhalten denken?«

Die alte Dame faßte ihre Hand.

»Er denkt sicher nur das Liebste und Beste von dir, wenn er sich auch nicht erklären kann, was dich gegen ihn beeinflußt hat. Er glaubt wohl, daß du ihn nicht liebst. Ich habe ihm auch kein Wort der Aufklärung gegeben, das wollte ich dir überlassen. Von dir wird er es am liebsten hören. Nur den Brief bat ich mir aus, um dich überzeugen zu können. Am Sonntag kommt er sicher wieder herüber, dann sollst du ihm diesen Brief zurückgeben und ihm sagen, wie er eigentlich lauten sollte.«

Überwältigt von den auf sie einstürmenden Gefühlen brach Malve vor der alten Dame in die Knie und barg ihr blasses, zuckendes Gesicht in ihrem Schoß.

»Tante Maria – liebe Tante Maria, wie konnte ich ahnen, daß mein Vormund ein so grausames Spiel mit uns spielte? Was soll ich tun, um Rüdiger Lersingen zu beweisen, daß ich von dem Inhalt dieses Schreibens keine Ahnung hatte?«

Maria Saalfner strich lächelnd über ihren Kopf.

»Nichts als die Wahrheit sagen, mein liebes Kind, alles andere wird er selbst tun. Gib mir den Brief, und hole mir ein Kuvert und ein Blatt Papier.«

Malve erhob sich und tat, wie ihr geheißen war.

Die alte Dame schrieb auf das Blatt:

Lieber Herr Doktor! Fragen Sie Malve, was sie zu diesem Brief zu sagen hat. Und dann fassen und halten Sie Ihr Glück. Meinen Segen dazu! Ihre Maria Saalfner.

Mit diesem Blatt Papier steckte sie den Brief in das Kuvert und schrieb Rüdigers Namen darauf. Sie reichte es Malve.

»So, mein Kind, am Sonntag werde ich dafür sorgen, daß ihr euch allein sprechen könnt. Dann gibst du ihm diesen Brief, und alles Weitere kannst du Lersingen überlassen.«

Malve stürzten die Tränen aus den Augen.

»Du Liebe, Gute, wie soll ich dir danken? Was wäre aus mir geworden ohne deine Hilfe? Wenn mir jetzt wirklich ein Glück beschieden ist, wie ich es noch nicht zu hoffen wage, dann verdanke ich es nur dir. Wir wären ja ewig aneinander vorbeigegangen, ohne zu ahnen, daß uns nichts trennt als die Tücke meines Vormunds.«

Liebevoll zog die alte Dame Malve in die Arme.

»Kleine Malve, ich war nichts als Gottes Werkzeug. Er wird alles wohl machen. Und nun bin ich ganz beruhigt über dein Schicksal. Weißt du, was mir Lersingen noch gesagt hat?«

»Nun?« fragte Malve erglühend.

»Er hat mir gesagt, daß es ihn sehr gequält hat, daß er dich nicht vor Not und Sorge beschützen durfte, seit er erst hier in Ramanina von dir selbst erfahren hat, daß du dein Vermögen verloren hast.«

»Ach, Tante Maria, wie häßlich habe ich von ihm gedacht! Wenn ich mir jetzt überlege, was ich ihm alles gesagt und wie ich über ihn gedacht habe, weiß ich vor Scham nicht wohin.«

»Darüber mache dir keine Vorwürfe, es war nicht deine Schuld. Sei froh und glücklich, daß du so geliebt wirst.«

Malve barg ihr Gesicht an der Schulter der alten Dame.

»Kann es so ein großes Glück für mich geben? Wird er sich nicht stolz von mir abwenden, weil ich ihn so verächtlich behandelt habe?«

»Nun, darüber wird er dir sicher selbst die beste Auskunft geben. Bis zum Sonntag wirst du dich schon gedulden müssen. Ich habe ihn heute nicht gern fortgeschickt. Viel lieber hätte ich auch ihm gleich das Herz leichtgemacht. Aber es ging nicht anders. Also noch ein Weilchen Geduld, liebe Seele, dann wird dein Glück um so leuchtender werden.«

Maria Saalfner war froh, daß sie ihr Haus bestellt hatte und Malves Schicksal in Rüdigers Händen wohl geborgen wußte, denn sie fühlte, daß jetzt, nun ihre Energie sie nicht mehr, wie in den letzten Tagen, aufpeitschte, ihre Kräfte ganz plötzlich nachließen. Die Munterkeit und Frische, die sie Emma Boolman gezeigt hatte, war nur ein letztes Aufflammen ihrer Willenskraft gewesen.

In der nächsten Nacht wurde Malve von der Dienerin Tante Marias geweckt. Sie möge sofort zur Herrin kommen, die sich nicht wohl fühle.

Schnell erhob sich Malve und kleidete sich flüchtig an. Dann eilte sie hinüber in das Schlafzimmer der alten Dame, die sie aufgerichtet in ihrem Bett fand, von Kissen gestützt und nach Atem ringend.

»Tante Maria, was ist dir?« fragte Malve erschrocken.

Die alte Dame faßte ihre Hand und zog Malve an ihrem Lager nieder. »Ich mußte eine Menschenseele um mich haben, Malve, ich – ich glaube, es geht zu Ende mit mir! Bleib bei mir, Kind, wenn du nicht gar zu müde bist!«

Malve küßte ihre Hände und streichelte ihr liebevoll das weiße Haar aus der hohen, klaren Stirn.

»Liebe, gute Tante Maria, selbstverständlich bleibe ich bei dir. Und es wird dir wieder besser werden, du hast dich nur zu sehr aufgeregt und mußt dich beruhigen.«

Ein mattes Lächeln flog über das Gesicht der Greisin.

»Nun ist schon alles gut, da du bei mir bist. Aber ich weiß, daß mein Ende naht. Ich fürchte es nicht, aber allein möchte ich nicht sein, und Emma Boolman, wenn sie kommen sollte, ehe ich ausgelitten – laß sie nicht zu mir – auf keinen Fall. Mit dir allein möchte ich bleiben.«

Malve schmiegte ihre Wange an die der Greisin.

»Liebe, Gute, kann ich dir nicht helfen, kann ich nichts für dich tun?«

»Faß meine Hand mit deinen warmen Händen – so, und bleib bei mir, daß ich in liebe Augen sehen kann«, flüsterte Maria Saalfner.

Und Malves Gegenwart schien eine beruhigende Wirkung auszuüben. Die Greisin schlummerte ein. Malve stahl sich davon, um sich schnell vollends anzukleiden, ging dann wieder zurück und setzte sich neben das Lager der alten Dame. Geduldig harrte sie aus.

Die Nacht ging ohne eine weitere Störung vorüber. Nur der Atem kam zuweilen schwer und mühsam aus der Brust der Greisin. Dann schlug sie die Augen auf wie voll stummer Angst. Aber wenn sie Malves liebevoll besorgtes Gesicht neben sich sah, schloß sie befriedigt die Augen wieder.

Als am Morgen die Kinder wach wurden und nach Malve verlangten, ging diese leise zu ihnen.

»Ihr müßt heute sehr brav und artig sein, Tante Maria ist krank und darf nicht gestört werden.

Nicht wahr, ihr versprecht mir, euch ganz ruhig zu verhalten? Ihr frühstückt heute allein und setzt euch dann auf die Veranda und schreibt den deutschen Aufsatz, den wir gestern besprochen haben.«

Die Kinder versprachen, ganz artig zu sein, und hielten dieses Versprechen auch nach Möglichkeit.

Der Vormittag verging, ohne daß Maria Saalfners Zustand sich geändert hätte. Gegen Mittag wachte sie aus einem kurzen Schlummer auf und sah Malve mit großen Augen an.

»Mir träumte, meine Tochter sei neben dich an mein Bett getreten. Sie nahm mir die Kette mit dem Medaillon vom Hals und legte sie dir um. Nun wache ich auf, und du siehst mich mit den liebevollen Augen einer Tochter an. Ich will den Wink meiner Tochter befolgen, ich lege dir diese Kette um den Hals, du sollst das Bild meiner Tochter tragen. Ich wollte es mit ins Grab nehmen, weil es Emma Boolman nicht besitzen sollte. Trage es zur Erinnerung an deine alte Tante Maria, der du den letzten warmen Sonnenstrahl in ihr einsames Leben gebracht hast.«

Und die Greisin löste die goldene Kette mit dem brillantenbesetzten Medaillon und betrachtete noch einmal liebevoll das Bild ihrer Tochter. Dann hängte sie Malve das Schmuckstück um.

»Birg es unter deinem Kleid, mein liebes Kind. Vorläufig braucht es Emma Boolman nicht zu sehen.«

Malve küßte ihre Hand, nachdem sie den Wunsch der alten Dame erfüllt hatte.

»Ich danke dir von ganzem Herzen, Tante Maria, nie will ich vergessen, was du mir Gutes getan hast. Das Bild deiner Tochter soll mir heilig sein, danke ich es doch meiner Ähnlichkeit mit ihr, daß du mich an dein Herz genommen hast.«

»Ja, halte es heilig, so wird es dir immer Glück bringen, laß es nie von dir.«

»Aber wenn man es mir streitig macht?«

»Niemand wird das tun können, du sollst all meinen Schmuck erben, und dazu gehört auch diese Kette mit dem Medaillon. Du kannst ruhig sein, niemand wird dir diesen Besitz streitig machen dürfen, auch Emma Boolman nicht, dafür laß Doktor Lersingen sorgen.«

Malve errötete, und dann fragte sie besorgt:

»Willst du nicht etwas Kräftigendes zu dir nehmen?«

»Nein, nein, ich bin so müde – so müde.«

Und sie schlummerte wieder ein.

Während sie schlief, nahm Malve mit den Kindern die mittägliche Reistafel ein und brachte die beiden dann zur Mittagsruhe.

Als sie wieder zu Tante Maria kam, schlief diese immer noch. Malve entließ die Dienerin, die so lange ihren Platz eingenommen hatte, und sagte ihr, daß sie die Kinder ankleiden möge, wenn diese erwachten.

Malve blieb bei Tante Maria, bis sie dann draußen auf der Veranda die Kinder wieder hörte. Da ging sie leise hinaus, ermahnte sie zur Ruhe und sagte ihnen:

»Die Eltern und Großeltern müssen bald heimkommen. Ihr achtet darauf. Wenn ihr sie kommen seht, geht ihr ihnen bis zum Gartentor entgegen und sagt ihnen, daß Tante Maria krank zu Bett liegt und schläft. Man möchte sie nicht stören.«

Die Kinder nickten gehorsam.

Malve ging an Tante Marias Lager zurück. Mit Sorge bemerkte sie, daß ihre Atemzüge schwerer und schwerer wurden.

Sollte es wirklich mit ihr zu Ende gehen, schon jetzt, schon so bald? Wie gern hätte sie das fliehende Leben aufgehalten! Sie hatte nach der niederländischen Station zu dem Arzt schicken wollen, aber Tante Maria hatte es nicht gewollt.

»Gegen mein Leiden hilft mir kein Arzt, Malve«, hatte sie gesagt.

Die Sonne begann langsam zu sinken und ließ den Himmel noch einmal purpurn erstrahlen.

Maria öffnete ihre Augen groß und weit.

»Malve – siehst du – da oben – den rosigen Himmel – sieh – da kommt meine Tochter – sie winkt – sie lächelt – Malve – Malve – meine Tochter – o mein –«

Sie brach ab und wollte sich mit sehnend ausgebreiteten Armen aufrichten. Aber sie sank mit einem letzten Seufzer zurück in die Kissen. Ihre Augen brachen. Die Herrin von Ramanina war tot.

Malve schloß ihr mit linder Hand die Augen. Ein Gefühl grenzenloser Trauer und Verlassenheit kam über sie. Unter heißen Tränen sank sie neben der Toten nieder und barg ihr Gesicht in den weißen Linnen ihres Lagers. Sie sah und hörte nichts, was um sie her vorging. Plötzlich aber fuhr sie zusammen, als eine harte Stimme von der Schwelle her sagte:

»Was soll das heißen? Warum tollen die Kinder allein draußen herum? Was ist mit Tante Maria?«

Malve erhob sich und trocknete ihre Tränen.

Sie sah Emma Boolman, die auf der Schwelle des Zimmers stand, beschwörend an und deutete auf die Tote. Und sie mußte denken, daß Tante Marias Wunsch sich erfüllt hatte, Emma Boolman hatte sie nicht sterben sehen.

Diese starrte erst Malve mit ihren blicklosen Augen an und sah dann nach der Toten hinüber.

Malve legte ihre Hand über das tote Antlitz, als müsse sie es schützen.

»Sie ist tot – vor wenigen Minuten sanft entschlafen«, sagte sie leise.

Und ohne auf Emma Boolman weiter zu achten, nahm sie von dem Nachttisch am Bett ein dort liegendes ungebrauchtes Taschentuch. Das breitete sie liebevoll über das tote Antlitz, das in seiner majestätischen Ruhe ehrfurchtgebietend aussah.

Jetzt erwachte Emma Boolman aus ihrer Erstarrung.

»Gehen Sie hinaus – lassen Sie mich allein mit der teuren Toten!« gebot sie Malve.

Diese strich noch einmal über die kalten Hände, die sie gefaltet hatte, und ging still hinaus.

Emma Boolman trat an das Lager heran und überzeugte sich, daß Malve die Wahrheit gesprochen.

»Endlich!« kam es leise über ihre Lippen.

Dann eilte sie, wie von einer sinnlosen Furcht getrieben, hinaus und trat in das Arbeitszimmer Maria Saalfners. Hastig zog sie einen Schlüsselbund aus ihrer kleinen Handtasche. Sie suchte den Nachschlüssel heraus, den sie hatte machen lassen, und öffnete schnell das Schreibtischfach, das sie so oft heimlich kontrolliert hatte. Aufatmend sah sie das ihr wohlbekannte Kuvert liegen und schloß den Schreibtisch schnell wieder zu, ohne es zu berühren.

Dann erst eilte sie aus dem Haus. An der Eingangspforte standen Meersburgs, Jacob Boolman und die Kinder. Wie ein Schatten trat Emma Boolman unter sie.

»Unsere geliebte, teure Tante Maria hat ausgelitten. Kommt mit mir an ihr Totenlager!«

Und sie nahm mit hartem Griff die beiden Kinder an die Hand und ging mit ihnen den anderen voraus, die still folgten.

*

Malve hatte ihr Zimmer aufgesucht und saß dort mit blassem Gesicht und krampfhaft verschlungenen Händen. Sie war jetzt nicht imstande, den anderen Rede und Antwort zu stehen. Sie mußte diese letzte, weihevolle Stunde in sich ausklingen lassen. Vor Jahren hatte sie ihre Mutter sterben sehen, und ihr war, als sei ihr heute das zweitemal eine Mutter gestorben.

Aber lange sollte sie sich nicht ungestört ihrem Schmerz hingeben können. Emma Boolman erschien nach kurzer Zeit auf der Schwelle ihres Zimmers.

»Juffrouw Malve, Sie sind heute sehr nachlässig in der Erfüllung Ihrer Pflichten. Die Kinder sind uns in unserem Schmerz lästig; nehmen Sie sich doch besser Ihrer Zöglinge an!« sagte sie scharf.

»Verzeihung, Mevrouw Boolman, ich komme sofort. Der Tod von Mevrouw Saalfner –«

Emma Boolman ließ sie nicht aussprechen. »Nun ja, aber uns selbst trifft es noch tiefer, und wir müssen trotzdem unseren Pflichten nachkommen. Hat Ihnen Mevrouw Saalfner vor ihrem Ableben noch einen Auftrag für uns gegeben? Sie waren mit ihr allein, wie ich hörte?«

Es lag ein lauernder Ausdruck in Emma Boolmans Augen.

»Ja, ich war mit ihr allein, aber sie hat mir nichts aufgetragen. Sie ist sanft hinübergeschlummert und sprach zuletzt von ihrer verstorbenen Tochter.«

»Nun gut! Also gehen Sie zu den Kindern.«

Malve tat, wie ihr geheißen wurde. Aber die Kinder waren heute nicht zufrieden mit ihr. Malve war so still und traurig. Und in ihren Augen standen immer wieder Tränen.

*

Noch an demselben Abend war von der Station der niederländische Arzt geholt worden, der nur noch den Totenschein ausstellen konnte.

Am nächsten Morgen benachrichtigte Alfred Meersburg alle Plantagennachbarn.

Inzwischen hatte der Arzt mit Hilfe von Jacob Boolman und seiner Tochter die Tote in den seit langer Zeit bereitstehenden Sarg gebettet, den sich Maria Saalfner noch selbst bestellt hatte, um in ihm ihre letzte Fahrt nach Padang anzutreten. Malve hatte sich ebenfalls zu den letzten Liebesdiensten für die Tote erboten und durfte mithelfen. Emma Boolman hielt sich fern. Sie behauptete, es erschüttere sie zu sehr, die Tote zu sehen. Dafür kramte sie schon seit Stunden im Haus herum, als müsse sie sich überzeugen, daß alles noch vorhanden war, was die Tote hinterlassen hatte.

Als man eben fertig geworden war, die Tote zu betten, trat Emma Boolman erregt ins Zimmer.

»Habt ihr Tante Maria die schwere goldene Kette und das brillantenbesetzte Medaillon vom Hals genommen, das sie immer getragen hat? Es darf nicht mit eingesargt werden, denn es ist sehr wertvoll.«

Jo sah ihre Mutter erstaunt an.

»Tante Maria hatte keine Kette um den Hals, Mutter«, sagte sie ruhig.

Emma Boolmans Augen funkelten.

»Aber wo ist das kostbare Schmuckstück? Ich weiß bestimmt, daß sie es stets getragen hat, auch gestern morgen noch, als ich mich von ihr verabschiedete.«

In diesem Moment trat Malve wieder ein, mit einem Arm voll Blumen, die sie Tante Maria als letzten Gruß mit in den Sarg geben wollte. Sie hatte Emma Boolmans Worte nicht gehört und beugte sich nun herab, um die Blumen auf Tante Marias Hände und zu ihren Füßen niederzulegen. Einige Blumen waren ihr entfallen, und Malve bückte sich danach, um sie aufzuheben. In diesem Moment glitt ihr das Medaillon aus dem Ausschnitt des Kleides und war nun sichtbar. Emma Boolman entdeckte es mit ihren scharfen Augen sogleich. Sie stürzte auf Malve zu und faßte nach dem Medaillon.

»Was ist das? Wie kommen Sie zu diesem Schmuckstück? Das haben Sie der Toten abgenommen.«

Malve war rot und blaß geworden, und wenn sie auch einen Moment verlegen war, richtete sie sich doch stolz empor und sagte, so ruhig sie konnte:

»Sie irren, Mevrouw Boolman, Tante Maria hat mir diese Kette mit dem Medaillon selbst um den

Hals gelegt. Ich soll das Schmuckstück tragen, weil es das Bild von Tante Marias Tochter enthält.«

Eine Weile starrte Emma Boolman wie fassungslos Malve an.

»Was fällt Ihnen ein? Was erdreisten Sie sich? Wie kommen Sie dazu, unsere teure Entschlafene Tante Maria zu nennen? Es kann nicht wahr sein, daß sie Ihnen die Kette selbst um den Hals gehängt hat. Wie käme sie dazu, Ihnen ein so kostbares Schmuckstück zu schenken? Solche Märchen dürfen Sie uns nicht auftischen. Sofort geben Sie mir das Schmuckstück zurück. Sie haben es gestohlen.«

Malve zuckte wie unter einem Schlag zusammen und trat so hastig zurück, daß das Medaillon aus Emma Boolmans Fingern glitt. Malve umfaßte es nun selbst. Mit bleichem Gesicht stand sie vor all den Menschen, die sie mehr oder minder mißtrauisch anstarrten. Sie war sich sehr wohl bewußt, daß sie in einer peinlichen Situation war, aber sie sagte mit fester Stimme:

»Ich habe es nicht gestohlen, Tante Maria hat es mir geschenkt, und ich werde es nicht herausgeben. Auch habe ich ein Recht, die teure Entschlafene Tante Maria zu nennen. Sie hat es mir selbst gestattet, weil ich mit ihr verwandt bin. Das Medaillon enthält das Porträt von Tante Marias Tochter Malve. Bitte, überzeugen Sie sich, wie sehr es mir gleicht. An dieser Ähnlichkeit erkannte Tante Maria, daß wir blutsverwandt sind, und wir haben es nachher auch festgestellt, wenn unsere Verwandtschaft auch nur eine entfernte ist.«

Damit öffnete Malve das Medaillon und zeigte den stumm um sie Herumstehenden das Bildchen, ohne es von sich zu lassen. Jo betrachtete es zuerst.

»Wahrhaftig, Mutter, dieses Bild gleicht Juffrouw Malve, als sei es das einer Zwillingsschwester!«

»Unsinn! Und wenn es ihr gleicht, so hat diese schlaue Person die Ähnlichkeit dazu benutzt, um ein Märchen auszusinnen. Aber so leichtgläubig sind wir nicht. Geben Sie sofort das Schmuckstück heraus, sonst übergebe ich Sie der Polizei in Palembang.«

Malve hielt das Medaillon fest und sah mit blassem Gesicht auf ihre Anklägerin.

»Ich bitte, mäßigen Sie sich, Mevrouw Boolman, es wird Ihnen leid tun, mich beleidigt zu haben. Tante Maria hat mir gesagt, daß sie in einer letztwilligen Verfügung mir nicht nur dieses Medaillon, sondern ihren ganzen Schmuck vermacht hat.«

Schrill und höhnisch lachte jetzt Emma Boolman auf.

»Eine unverschämte Lügnerin sind Sie. Geben Sie das Schmuckstück her!«

»Nein, ich gebe es nicht aus meinen Händen. Dies Bild soll stets an meinem Herzen ruhen, ich habe es Tante Maria versprochen. Und es muß sich ja im Nachlaß von Tante Maria eine Bestimmung darüber finden.«

In diesem Augenblick trat Alfred Meersburg ein. Jo berichtete ihm, was geschehen war. Niemand achtete darauf, daß Emma Boolman sich plötzlich aus dem Zimmer entfernte. Alfred Meersburg wandte sich nun an Malve und bat sie höflich, doch ausführlich zu berichten, was sich zwischen ihr und Maria Saalfner zugetragen habe. Er schien Malve zu glauben.

Jo Meersburg konnte sich Malves Angaben so wenig als ihr Gatte verschließen. Sie sah jedoch etwas unsicher in das blasse Gesicht der Erzieherin und sagte:

»Sie begreifen wohl, Juffrouw Malve, daß uns das alles etwas sonderbar erscheint. Tante Maria hat nie mit einem Wort etwas von dieser Verwandtschaft verraten. Aber ich kann Sie nicht ohne weiteres einer solchen Verfehlung zeihen, und wenn Sie sagen, daß Tante Maria etwas Schriftliches darüber hinterlassen hat, so wird sich der Fall ja hoffentlich zu Ihren Gunsten aufklären.«

»Das ist auch meine Ansicht«, pflichtete Alfred Meersburg bei.

Malve atmete auf und bedankte sich bei dem Ehepaar, daß es sie nicht ohne weiteres verurteilte, wie Mevrouw Boolman es getan.

*

Inzwischen war diese in Maria Saalfners Arbeitszimmer hinübergeeilt. In fliegender Hast öffnete sie mit dem Nachschlüssel den Schreibtisch und faßte nach dem Kuvert mit dem Testament. Sie prüfte es mit scharfen Augen, und es entging ihr nicht, daß die gummierten Stellen des Kuverts unordentlich geschlossen waren. War das immer so gewesen, oder war das Kuvert geöffnet und wieder geschlossen worden?

Eine quälende Unruhe erfaßte sie. Schnell verschloß sie den Schreibtisch wieder, das Testament barg sie in ihrem Kleid und eilte damit in ihr eigenes Zimmer.

Hier öffnete sie so vorsichtig wie möglich das Kuvert, zog die Testamentsabschrift heraus und las jetzt mit großen, starren Augen, was Maria Saalfner niedergeschrieben hatte. Und sie faßte nur eins, entthront sollte sie werden durch dieses neue Testament, die heißersehnte Herrschaft über Ramanina sollte ihr entrissen werden – und zugleich die Herrschaft über ihre Angehörigen. Wenn diese das Testament lasen, war sie vor ihnen gedemütigt – war beiseite geschoben.

Mit einem Stöhnen richtete sie sich auf. Unerhört! Tante Maria hatte ohne ihr Wissen das alte Testament vernichtet und ein neues gemacht. Und in diesem neuen Testament wurde dieses fremde Mädchen über Gebühr reichlich bedacht. Das Schlimmste aber war, daß ihr selbst gleichsam der Boden unter den Füßen fortgezogen, daß sie vor ihrer Familie bloßgestellt wurde.

Eine wilde Entschlossenheit blitzte in ihren Augen auf, und eine hektische Röte trat in ihr hageres Gesicht.

Nein, tausendmal nein, das ließ sie sich nicht gefallen! Dieses Testament mußte verschwinden! Wenn kein Testament vorhanden war, dann wurde ihr Gatte doch der Erbe von Ramanina. Mochte dann dieses fremde Mädchen – oh, daß sie es mit nach Ramanina gebracht hatte – versuchen, Erbansprüche geltend zu machen! Vorläufig mußte man Malve Bertram einschüchtern, indem man sich weiter den Anschein gab, als habe sie das Schmuckstück gestohlen.

Mit zitternden Händen versteckte sie das Testament in ihrem Wäscheschrank, ohne zu ahnen, daß es nur eine Abschrift war, und verließ das Zimmer, um sich wieder zu den anderen zurückzubegeben.

»Nun, Juffrouw Bertram, haben Sie sich inzwischen überlegt, daß Ihnen Ihr Leugnen nichts nützt? Gestehen Sie nur, Sie haben die Kette mit dem

Medaillon der Toten abgenommen und nun, da man es entdeckt hat, das Märchen von der angeblichen Verwandtschaft erfunden«, sagte sie schroff zu Malve.

Aber ehe diese antworten konnte, wandte sich Alfred Meersburg an seine Schwiegermutter:

»Ich bitte dich, Juffrouw Bertram nicht voreilig des Diebstahls zu bezichtigen. Ihre Angaben über die Verwandtschaft mit Tante Maria sind zu positiv. Laß uns die Angelegenheit erst genau prüfen. Ich für meinen Teil bin von Juffrouw Bertrams Schuldlosigkeit überzeugt.«

Emma Boolman sah ihn mit einem Blick an, der ihn vernichten sollte. Sie haßte ihren Schwiegersohn, weil er sich nicht zu ihrem Werkzeug machen ließ, schon immer. Aber seit sie in Maria Saalfners Testament gelesen hatte, daß er gewissermaßen über sie gestellt wurde, und er nun so entschieden Malves Partei nahm, wuchs dieser Haß noch mehr.

»Nun, wir werden ja sehen, ob Juffrouw Bertrams Angaben sich bewahrheiten. Sie sprach von letztwilligen Verfügungen Tante Marias, in denen diese ihr den Schmuck vermacht hat. Ich weiß nur, daß ein Testament vorhanden war, das meinen Mann zu ihrem Universalerben einsetzte. Ob es noch existiert, weiß ich freilich nicht. Wir müssen also zunächst Tante Marias Schreibtisch durchsuchen. Jacob, ich gab dir doch gestern abend, als wir nach Hause kamen und Tante Maria tot fanden, sogleich ihre Schlüssel zur Aufbewahrung.«

Jacob Boolman zog die Schlüssel aus seiner Tasche. »Sie sind hier«, sagte er.

Weder er noch die anderen ahnten, daß Emma Boolman einen Nachschlüssel zu Maria Saalfners

Schreibtisch besaß.

Emma Boolman zwang sich zur Ruhe.

»So laßt uns alle hingehen in Tante Marias Arbeitszimmer. Auch Sie kommen mit, Juffrouw Bertram. Es wird sich ja zeigen, ob Sie die Wahrheit gesprochen haben. Andernfalls bleibt der Verdacht des Diebstahls auf Ihnen sitzen.«

Malve folgte als letzte. Ihre Hand glitt leise liebkosend über die kalten Hände der Verblichenen, und ihre Augen blickten schmerzlich in das stille Totenantlitz.

Malve hatte ebenfalls das Arbeitszimmer Tante Marias betreten. Still abwartend stand sie nahe der Tür. Aber das Herz lag ihr schwer in der Brust, wenn sie auch fest auf Tante Marias Wort baute und bestimmt glaubte, daß ihre Unschuld bewiesen würde. Daß man sie ungestraft des Diebstahls bezichtigen durfte, empörte sie tief. Unruhig wartete sie, bis der Schreibtisch durchsucht war. Aber es fand sich nichts, was ihre Angaben bestätigte. Das Testament war verschwunden, auch sonst fand sich keine Aufzeichnung. Eine heiße Angst stieg in Malve auf. Wie sollte sie beweisen, daß Tante Maria ihr das Schmuckstück geschenkt hatte, wenn sie es nicht selbst durch eine letztwillige Verfügung bestätigte? Ihr war, als würde ihr langsam der feste Boden unter den Füßen fortgezogen. Sie lehnte sich fast ohnmächtig an die Wand und starrte in die Gesichter, die sich ihr nun zuwandten.

»Es ist leider nichts zu finden, was die Situation klären könnte, Juffrouw Bertram«, sagte Alfred Meersburg sichtlich verstimmt.

In diesem Augenblick näherten sich feste männliche Schritte dem Zimmer, und auf der Schwelle erschien Rüdiger Lersingen. Er hörte noch, wie Emma Boolman sagte:

»Nun, Juffrouw Bertram, halten Sie noch immer an Ihrer Lüge fest, oder wollen Sie endlich gestehen, daß Sie das Medaillon gestohlen haben?«

Einen Moment sah er verständnislos auf die Gruppe, die sich seinen Blicken bot, und dann erblickte er Malve, die blaß und verstört an der Wand lehnte.

Mit einem Aufleuchten in seinen Augen trat er ohne weiteres an Malves Seite.

»Wer wagt es, Fräulein Bertram so unerhört zu verdächtigen?« fragte er mit scharfer, schneidender Stimme.

»Ich, Herr Doktor Lersingen, ich zeihe Juffrouw Bertram des Diebstahls«, erwiderte Emma Boolman schroff.

»Das werden Sie zurücknehmen und Fräulein Bertram Genugtuung geben. Ich hafte mit meiner Ehre für die ihre.«

»Tun Sie das lieber nicht, Herr Doktor, und mischen Sie sich nicht in Dinge, die Sie nichts angehen. Juffrouw Bertram hat eine Halskette mit Medaillon vom Hals unserer geliebten Toten entwendet und tischte uns, als sie entdeckt wurde, ein Märchen auf, daß Tante Maria ihr die Kette geschenkt habe.«

Verächtlich sah Rüdiger auf Emma Boolman.

»Wenn Fräulein Bertram das sagt, dann ist es so«, sagte er bestimmt.

Und er wandte sich an Malve, die zitternd neben ihm stand und sich kaum auf den Füßen halten konnte. Ohne Umstände griff er nach einem Sessel und schob ihn Malve hin.

»Mein gnädiges Fräulein, bitte, setzen Sie sich nieder. Sie zittern vor Aufregung. Bitte, beruhigen Sie sich, ich bin da, um Sie zu schützen und zu verteidigen!«

Und er drückte sie sanft in den Sessel.

Sie sah mit bangen Augen zu ihm auf. Am liebsten wäre sie vor ihm niedergeglitten und hätte seine Hände geküßt.

»Wie lange sollen wir uns diese Komödie noch ansehen? Ich meine, Herr Doktor Lersingen könnte seine unangebrachte Galanterie geschmackvollerweise in unserer Gegenwart unterlassen«, sagte Emma Boolman scharf und höhnisch.

Rüdiger wandte sich langsam nach ihr um und sah sie ruhig und überlegen an. Ohne auf ihre Worte einzugehen, fragte er die anderen:

»Meine Herrschaften, haben Sie Mevrouw Saalfners Schreibtisch bereits nach einem Testament durchsucht?«

»Natürlich haben wir alles durchsucht, es ist kein Testament vorhanden. Aber ich möchte wissen, was Sie das angeht, Herr Doktor?« antwortete schnell Emma Boolman.

Jetzt trat Rüdiger einen Schritt vor und sah sie scharf an.

»Das ist seltsam. Dann muß das Testament von einem Unbefugten aus dem Schreibtisch entfernt worden sein. Ich weiß, daß es darin vorhanden war.«

Emma Boolman fuhr auf, während die anderen erstaunt auf Rüdiger blickten.

»Was fällt Ihnen ein, Doktor Lersingen? Was unterstehen Sie sich? Mir scheint, Sie spielen ein abgekartetes Spiel mit Juffrouw Bertram.«

Rüdiger reckte sich hoch auf.

»Wahren Sie Ihre Worte, Mevrouw Boolman, sonst müßte ich schon jetzt eine Geschichte von einem Nachschlüssel erzählen. Ich behaupte, das Testament ist entwendet worden, und zwar von der Person, die den Nachschlüssel besitzt.«

»Unverschämter! Was erdreisten Sie sich?« kreischte Emma Boolman.

Rüdiger sah verächtlich auf sie herab.

»Also das Testament ist verschwunden, das Testament, das Mevrouw Saalfner am 20. Februar dieses Jahres niedergeschrieben hat? Nun, dann ist es sehr gut, daß sie nur die Abschrift dieses Testaments in ihrem Schreibtisch barg. Das Original des Testaments legte sie in meine Hände, weil ihr bekannt war, daß unbefugte Hände mit Hilfe eines Nachschlüssels ihren Schreibtisch zu durchsuchen pflegten. Ich bin zum Testamentsvollstrecker ernannt und bin ermächtigt, es Ihnen vorzulesen und den Behörden vorzulegen. Bitte, wollen die Herrschaften sich überzeugen, welche Worte auf dem versiegelten Kuvert stehen. Sie sehen, die Siegel sind unverletzt.«

Malve saß in dem Gefühl sicheren Geborgenseins in ihrem Sessel und sah mit leuchtenden Augen auf Rüdiger, der das versiegelte Testament herumzeigte.

Mevrouw Boolman wollte wie eine Rasende auf das Testament losfahren und es Rüdiger entreißen, aber er schob sie mit einer sanften und doch nachdrücklichen Bewegung zurück.

»Bitte, keine Überstürzung, Mevrouw Boolman, auch Sie sollen sich überzeugen. Und ehe ich das Testament öffne, will ich Ihnen allen erst den Brief vorlesen, den Mevrouw Saalfner mir mit dem Testament übergeben hat. Aber, bitte, wollen Sie nicht erst alle Platz nehmen?«

Die anderen hatten etwas beklommen dieser Szene beigewohnt und sahen nun ratlos auf die Frau, die bisher despotisch ihr Leben nach ihrer Willkür gelenkt hatte. Emma Boolman war unfähig, sich länger aufrecht zu halten, und sank in einen Sessel. Mit der ganzen suggestiven Kraft ihres Willens starrte sie Rüdiger an. Aber bei ihm übte dieser Blick keine Wirkung aus.

Er wartete, bis alle Platz genommen hatten, und ließ sich dann auch in einem Sessel nieder.

Dann las er zuerst Maria Saalfners Brief vor und berichtete darauf, daß er am Mittwoch in Ramanina gewesen sei und ausführlich mit Mevrouw Saalfner gesprochen habe, wobei sie ihm bereits mitgeteilt, daß Malve Bertram mit ihr verwandt sei und daß sie dieselbe in ihrem Testament bedacht habe.

Emma Boolman sank unter den entsetzten Blikken ihrer Angehörigen mehr und mehr in sich zusammen. Und dann las Rüdiger den Inhalt des Testaments vor, durch den Malve glänzend rehabilitiert wurde.

Als er geendet hatte, herrschte eine Weile tiefes Stillschweigen. Dann richtete sich Rüdiger auf.

»Mynheer Boolman, ich frage Sie, ob Sie dieses Testament in seiner Fassung anerkennen. Auch Sie frage ich, lieber Meersburg, denn Sie sind Stellvertreter Ihrer unmündigen Kinder.«

Jacob Boolman schaute scheu zu seiner Gattin hinüber. Aber als er sie so gebrochen und willenlos in ihrem Schuldbewußtsein vor sich sah, gab er sich einen Ruck:

»Ich erkenne es an und bin mit allem einverstanden, was Tante Maria bestimmt hat.«

»Ich ebenfalls im Namen meiner Kinder, und ich bin der teuren Verstorbenen, die ich aufrichtig geliebt und verehrt habe, von ganzem Herzen dankbar«, fügte Alfred Meersburg hinzu.

Rüdiger teilte ihm gleich im Beisein der anderen mit, welchen mündlichen Auftrag Maria Saalfner ihm für Alfred Meersburg gegeben hatte. Dieser atmete tief auf und schüttelte Rüdigers Hand.

»Ich danke Ihnen, lieber Doktor, daß Sie mir diesen Auftrag überbringen. Es ist bisher in diesem Haus manches geschehen, was ich gern verhindert hätte, aber es ist mir nicht möglich gewesen. Jetzt habe ich gottlob die Arme frei. Und so wahr mir Gott helfen möge, ich will meine Kinder zu ehrlichen Menschen erziehen, nicht nur, um Tante Maria noch im Tode zu ehren.«

Da erhob sich Emma Boolman und wankte ohne ein Wort aus dem Zimmer. Eine entthronte Königin ging ins Exil. Sie fühlte, daß ihre Macht zu Ende war, die Tote war Siegerin über sie geblieben.

Rüdiger Lersingen erhob sich.

»Ich beglückwünsche Sie alle zu Ihrem Entschluß und zu Ihrer inneren Befreiung von einem Zwang, der Sie alle bedrückt hat.«

Damit reichte er den drei Menschen mit warmem Druck die Hand.

Da trat Jacob Boolman an Malve heran.

»Verzeihen Sie, was Ihnen in diesem Hause angetan wurde. Ich will es gutmachen«, sagte er einfach.

Malve neigte das Haupt.

»Es ist alles vergeben und vergessen.«

Jo faßte Malves Hand.

»Durch Tante Maria sind auch wir ein ganz klein wenig verwandt, Juffrouw Malve. Ich hoffe, ich spreche in Vaters Sinn, wenn ich Sie bitte, in Zukunft als unser lieber Gast bei uns zu bleiben. Ich hoffe, Sie bleiben auch meinen Kindern, was Sie ihnen bisher gewesen sind.«

»Ich danke Ihnen, Mevrouw Meersburg, und bitte Sie nur, heute noch keinen bindenden Entschluß von mir zu verlangen. Sicher bleibe ich Jan und Martjes Erzieherin, bis Sie einen Ersatz für mich gefunden haben.«

Auch Alfred Meersburg reichte ihr die Hand.

»Es freut mich, Juffrouw Malve, daß ich mich in meinem Glauben an Sie nicht irremachen ließ.«

»Dafür danke ich Ihnen«, erwiderte Malve.

Und dann wandte sie sich an Rüdiger.

»Wie ich Ihnen danken soll, Herr Doktor, das weiß ich nicht. Sie haben so viel für mich getan.«

»Aber, mein gnädiges Fräulein, leider habe ich wenig genug für Sie tun können.«

Sie atmete zitternd auf.

»Sie haben meinen Namen vor einem Makel bewahrt«, sagte sie ernst.

»Ich habe nichts getan als einen Auftrag Mevrouw Saalfners ausgeführt. Und nun, da das getan, kann ich mich wohl entfernen in dem Bewußtsein, daß alles nach dem Wunsch der teuren Entschlafenen erledigt ist.«

»Sie werden doch zu Tisch bleiben, lieber Doktor. Gleich nach Tisch soll Tante Marias Sarg zur Station befördert werden. Ich hoffe, Sie geben ihr das letzte Geleit«, sagte Alfred Meersburg.

Rüdiger verneigte sich.

»Ich habe zwar auf Madala alles stehen und liegen lassen, als ich Ihre Botschaft vom Ableben Mevrouw Saalfners erhielt, aber ich denke, es wird heute ohne mich gehen, und bleibe gern, wenn Sie mich haben wollen.«

In diesem Augenblick erschienen am Fenster die Kinder und riefen Malve zu, sie seien mit ihren Rechenexempeln fertig.

Da ging Malve in treuer Pflichterfüllung zu ihnen hinaus.

21

Malve trat an das Totenlager Tante Marias, um noch einmal voll dankarer Liebe in ihr Antlitz zu schauen. Es war der letzte Blick, der auf Maria Saalfner ruhte, denn nun wurde der Sarg in vorschriftsmäßiger Weise geschlossen, und Malve ging hinaus.

Sie begab sich hinüber zum Pavillon, denn sie hatte das Bedürfnis, allein zu sein nach der Erregung der letzten Stunde.

Aber dieses Alleinsein sollte ihr nicht lange beschieden sein. Rüdiger Lersingen war ihr gefolgt und stand nun vor ihr.

»Mein gnädiges Fräulein, Mevrouw Saalfner hat mich gebeten, Ihnen Schutz und Hilfe angedeihen zu lassen, und ich bitte Sie deshalb, mich nicht für aufdringlich zu halten, wenn ich Sie frage, ob ich noch irgend etwas für Sie tun darf.«

Mit einem unsicheren Blick sah sie zu ihm auf.

»Ehe ich mich dazu äußere, Herr Doktor, möchte auch ich mich eines Auftrags von Tante Maria entledigen. Sie hat mir für Sie einen Brief gegeben, den soll ich Ihnen ausliefern.«

Und sie reichte ihm das Kuvert mit dem Brief von Franz Marlitz und den wenigen Worten, die Maria Saalfner hinzugefügt hatte.

Rüdiger las dieselben durch und sah Malve fragend an.

»Ich soll Sie fragen, was Sie zu diesem Brief Ihres Vormunds zu sagen haben? Mevrouw Saalfner bat mich am Mittwoch, ihr diesen Brief zu überlassen, ich wußte nicht, zu welchem Zweck. Können Sie mir erklären, was ihre Worte zu bedeuten haben, daß ich mein Glück fassen und halten soll?« sagte er unruhig.

Sie errötete tief und wagte nicht, ihn anzusehen. Aber sie sagte tapfer:

»Ja, Herr Doktor, ich kann es und will es. Ich bin es Ihnen schuldig und muß Sie zuerst um Verzeihung bitten, daß ich Sie so falsch beurteilt habe. Daß ich Ihnen damit ein schweres Unrecht antat, wußte ich nicht. Dieser Brief meines Vormunds an Sie ist nicht mit meinem Willen und meiner Kenntnis an Sie geschrieben worden. Mein Vormund hatte einen ganz anderen Brief an Sie geschrieben, den er mir zeigte und in meiner Gegenwart in ein Kuvert steckte. Er muß ihn in diesem Moment mit einem anderen vertauscht haben, mit dem, der sich jetzt in Ihrer Hand befindet. Ich wußte nicht, daß mein Vormund Sie abgewiesen hat, denn das hätte ich nie zugelassen.«

Er starrte sie ungläubig an. Und dann faßte er in jäher Erregung nach ihrer Hand.

»Das hätten Sie nicht zugelassen?« fragte er.

»Nein – niemals!«

»Malve, Malve, was sagen Sie da? Sie hätten mich nicht abgewiesen, wußten nicht, daß Ihr Vormund mich abgewiesen hatte?«

Sie atmete tief auf und sah ihn mit einem Blick an, der ihm ihr ganzes Empfinden verriet.

»Nein, ich wußte es nicht«, sagte sie mit verhaltener Stimme und erzählte ihm hastig, was damals in Lindenhof geschehen war. Er lauschte mit angehaltenem Atem, und als sie ihm von Vronis Aussage berichtete, ballte er in ohnmächtigem Zorn die Hände. Als Malve mit ihrem Bericht zu Ende war, sah er sie mit brennenden Augen an. Und dann riß er sie plötzlich, unfähig, sich länger zu beherrschen, in die Arme.

»Malve, dann liebst du mich, dann ist es nicht wahr, daß du meine Frau nicht werden wolltest?«

Unter Tränen lächelnd sah sie zu ihm auf.

»Nein, o nein, das ist nicht wahr, nur eins ist wahr, daß ich dich liebe und daß ich unsägliche Schmerzen erduldet habe, weil ich an dir irre werden mußte.«

»Wie ich an dir, mein geliebtes Herz. Herrgott im Himmel, wie konntest du zulassen, daß man uns so quälte?«

Sie faßte seine Hand und drückte sie an seine Wange.

»Rüdiger, er hat uns diese Prüfung auferlegt, damit wir erkennen konnten, wie lieb wir uns haben. Denn ich mußte dich lieben, zu meiner Qual, obwohl ich dich dieser Liebe für unwürdig hielt. Nur wäre ich lieber gestorben, als es dir zu zeigen.«

Er preßte seine Lippen fest auf die ihren und sah ihr voll heißer Zärtlichkeit in die Augen.

Das junge, glückliche Paar schritt zum Haus hinüber. Im Speisesaal, wo jetzt die mittägliche Reistafel aufgetragen wurde, waren Jacob Boolman, Alfred Meersburg und seine Gattin anwesend. Emma Boolman fehlte; sie hatte sich wegen Unwohlseins entschuldigen lassen. Noch ehe man zu Tisch ging, verkündete Rüdiger Lersingen seine Verlobung mit Malve und pries Maria Saalfner als die Gründerin seines Glückes, das ihm beinahe verlorengegangen war.

Gleich nach Tisch bewegte sich ein feierlicher Zug von Ramanina bis zu der am Ufer des Moesi liegenden Bahnstation. Jacob Boolman, Alfred Meersburg und Doktor Lersingen gaben der Toten das Geleit bis nach Padang, wo sie am nächsten Tag beigesetzt wurde. Malve und Jo Meersburg, die nur bis zur Bahnstation gefolgt waren, kehrten mit der Dienerschaft nach Ramanina zurück. Als sie ankamen, saß Emma Boolman auf der Veranda und sah mit ihren blicklosen Augen starr vor sich hin. Vor ihr im Garten spielten die Kinder. Jo und Malve sahen sich an, und Jo sagte aufatmend:

»Es ist meine Mutter, und ich darf nicht richten. Aber ich will ihr helfen, daß sie ebenfalls ein neues Leben beginnt.«

Malve konnte Jo sehr gut verstehen, und sie war viel zu großherzig, um nicht von dem Willen beseelt zu sein, Jo helfen zu dürfen, soweit es in ihrer Macht lag.

»Wir haben Tante Maria bis zur Station das Geleit gegeben, Mutter«, sagte Jo, an die alte Dame herantretend.

Da kamen auch schon die Kinder herbei und halfen durch ihr Geplauder weiter, eine Brücke zu bauen für Emma Boolman in ein neues Leben hinein.

*

Rüdiger Lersingen kam sooft wie möglich von Madala herüber, um seine Braut zu sehen. Einige Male fuhr Malve auch mit Meersburgs nach Madala. Rüdiger ließ sein Wohnhaus schön und behaglich einrichten, denn er wollte mit Malve einige Jahre auf Sumatra bleiben. Ob sie später wieder für dauernd oder für längere Zeit nach Deutschland übersiedeln würden, sollte von den Verhältnissen im alten Vaterland abhängen.

Ende April war das reizende Wohnhaus auf Malvenau fertig, ein wahres Schmuckkästchen, wie Jo Meersburg sagte, worauf Rüdiger mit einem feurig-zärtlichen Blick auf Malve antwortete:

»Es soll ja auch einen köstlichen Edelstein umschließen.«

Anfang Mai kam Hendrik van der Straaten mit seiner jungen Frau nach Madala. Acht Tage nach ihrer Ankunft fand die Hochzeit von Rüdiger und Malve statt. Meersburgs hatten sich ausgebeten, das Hochzeitsfest ausrichten zu dürfen. Die ganze Umgebung nahm teil an diesem Fest.

Als die heißeste Tageszeit vorüber war, fuhr das schön geschmückte Ochsengespann vor, in dem das junge Paar nach Malvenau fahren sollte.

Rüdiger trat zu Malve in das Zimmer, das sie bisher bewohnte. Sie hatte sich schon für die Fahrt umgekleidet. Mit zärtlichen Augen sah er sie an.

»Komm, mein Glück von Ramanina – jetzt sollst du mein Glück von Malvenau werden«, sagte er, Malve in seine Arme ziehend.

»Und du das meine, Rüdiger«, flüsterte Malve, sich an ihn schmiegend.

Sie sahen sich tief in die Augen und küßten sich heiß und innig.

Wenige Minuten später fuhren sie davon. Glück- und Segenswünsche flogen hinter ihnen her. Innig umschlungen zogen die beiden Glücklichen hinaus in die Blütenpracht der Tropen – dem Glück entgegen.

Ungewöhnliche Frauen in außergewöhnlichen Situationen

Die neue Taschenbuch-Reihe, die Maßstäbe setzt!

16 101

16 102

16 103

16 104

16 105

16 106

BASTEI LÜBBE

Roman um das internationale Sportgeschehen

Als Band mit der Bestellnummer 11829 erschien:

World Cup in Sarajewo. Megan Caroll, Leiterin einer internationalen Sportagentur, macht Jagd auf die Stars von morgen. Sie ist entschlossen, ihnen zu Ruhm und Reichtum zu verhelfen. Doch alle Blütenträume haben ihren Preis ...

BASTEI LÜBBE